D1362701

MARIAGE
A LA
CAMPAGNE

UTTA DANELLA

MARIAGE A LA CAMPAGNE

roman

PRESSES DE LA CITÉ

Le titre original de cet ouvrage est :
Die Hochzeit auf dem Lande
traduit de l'allemand par Caroline CAILLÉ

© Hoffmann und Campe Verlag, Hamburg, 1975
© Presses de la cité, 1976, pour la traduction française
ISBN 2.266.00466-2

(Edition originale :
ISBN 3-455 - 01349 - X - Hoffmann und Campe Verlag - Germany.)

Editions Presses de la Cité : ISBN 2.258.0008-4)

LEVER DE RIDEAU

— LE mariage aura lieu fin mai, décida Helen Kanne-giesser.

Étant donné le lieu choisi pour les festivités, c'était de toute évidence la date qui s'imposait.

— C'est une période merveilleuse en Haute-Bavière! Les prairies sont d'un vert si délicat et si lumineux! Vert émeraude.

Satisfaite de cette comparaison poétique, elle redoubla d'enthousiasme :

— Et ces myriades de petites fleurs jaunes et blanches! Et le ciel, d'un bleu si limpide! Le carillon des cloches emplira la vallée. Ce sera le mariage de l'année.

— Le printemps est pluvieux en Haute-Bavière. Il y tombe souvent des trombes d'eau, surtout en mai, alors le vert émeraude et le clair azur..., fit observer sa fille.

C'était de son propre mariage qu'elle parlait avec tant d'ironie. A l'entendre on eût cru qu'elle souhaitait voir tomber des averses torrentielles.

Connaissant sa fille, Helen ne s'y trompa point.

— Tu aimerais qu'il pleuve, uniquement pour gâcher mon plaisir.

Abandonnant un instant la lecture de son journal, M. Kannegiesser leva un sourcil méditatif.

— A croire qu'il s'agit de ton mariage, Helen. Pourquoi Tina aimerait-elle qu'il pleuve?

— Pour me contrarier, répliqua sa femme. Je connais ta fille. Mieux que tu ne la connaîtras jamais.

— Voilà bien un des nombreux préjugés dont bénéficient les hommes : ils seraient incapables de comprendre réellement les femmes, commenta Martina. Pas plus leurs épouses que leurs maîtresses, pas plus leur mère que leurs filles. Cela leur facilite la vie et leur permet de garder quelques illusions.

M. Kannegiesser jeta à sa fille un regard amusé.

— Tu n'as probablement pas tort. Personnellement je suis de ton avis : il faut entretenir ces illusions. Elles sont un gage d'harmonie.

Le père et la fille échangèrent un sourire.

— Les femmes en ont autant besoin que les hommes, ajouta Martina. Que feraient-elles d'un homme désabusé ? Rien. Impossible à manœuvrer, absolument hors d'usage.

Passablement dépourvue d'humour, Helen Kannegiesser appréciait d'autant moins ces piquants échanges de vues entre père et fille que, ne pouvant y prendre part, elle se sentait exclue de la conversation.

— Sommes-nous ici pour parler de choses sérieuses, oui ou non ? coupa-t-elle d'un ton irrité.

— Mais naturellement, ma chère, continue, nous sommes tout ouïe. Je trouve ton choix très judicieux. Le mois de mai est merveilleux et il ne pleuvra sûrement pas le jour du mariage de Tina.

Sur ces mots, M. Kannegiesser se replongea dans la lecture de son journal.

En réalité, mai lui paraissait lointain, on n'était qu'en février et depuis les fiançailles, célébrées très conventionnellement sous l'arbre de Noël, il avait vécu dans la crainte que Martina ne se marie à la sauvette, ne disparaisse du jour au lendemain. Habitué à ses manifestations d'indépendance et, connaissant son horreur des réunions mondaines, il ne s'attendait certes pas à un mariage en grande pompe.

D'ailleurs, il n'aimait guère penser à ce jour fatal. Sa fille était la seule personne de son entourage qu'il chérît vraiment. Bien qu'il eût peu de temps à lui consacrer, c'était en sa compagnie de préférence à toute autre qu'il passait les rares moments de loisir que pouvait s'accorder un homme aussi puissant et fortuné que lui. De son côté Martina restait toujours disponible pour son père. Elle n'hésitait jamais à annuler un rendez-vous ou abandonner là son nouveau flirt quand son père l'appelait en demandant : « Que fais-tu aujourd'hui? Si nous allions…? »

Mais, répétons-le, ces occasions se présentaient assez rarement.

Elle était toujours prête à partir à la campagne se promener dans la forêt avant d'entrer dans une auberge et de s'attabler devant un repas plantureux — autant de petits plaisirs qu'Otto Kannegiesser goûtait comme des moments de détente privilégiés. S'il le désirait, elle accompagnait également son père en voyage, à un congrès, une exposition, une représentation. En un mot, elle répondait toujours à son appel et le faisait de bon gré, car s'il lui vouait une affection profonde, ce sentiment était réciproque, et n'avait d'ailleurs nul besoin de mots pour s'exprimer.

M. Kannegiesser le savait : son mariage allait mettre fin à cette complicité.

Pourquoi aussi se mariait-elle si tôt? Elle avait vingt et un ans et, selon lui, aurait très bien pu attendre trois ou quatre ans. D'autant qu'elle n'avait jamais été impatiente de se mettre la corde au cou. Il n'y avait pas si longtemps, elle affirmait encore, et avec quelle force, qu'elle n'aliénerait jamais sa liberté. Le mariage était démodé, prétendait-elle, parfaitement vieux jeu. Mais, il aurait dû le savoir, elle demeurait rarement fidèle à ses idées ou ses projets. Elle avait d'abord décidé de faire des études de chimie, s'était bientôt tournée vers l'architecture, non sans avoir rêvé entre-temps de devenir infirmière ou mieux encore coopérante bénévole dans la forêt vierge. Elle voulait mener une vie simple. — « Vois-tu, papa, pour vraiment connaître les gens, il faudrait savoir comment ils vivent. Pas les gens comme nous, non, les autres. Tu comprends ce que je veux dire? Il faudrait vivre comme eux… » — et elle lui expliquait avec le plus grand sérieux qu'elle aimerait travailler en usine.

Des idées de jeunesse. Otto Kannegiesser avait la sagesse de ne pas y attacher d'importance excessive. Lui connaissait les gens, savait comment ils vivaient et quel était leur lot quotidien. Et il savait aussi quelle idée une privilégiée comme sa fille se faisait de ce qu'elle appelait la vraie vie.

Il aurait aimé qu'elle fasse preuve d'un peu plus de constance et se décide sérieusement pour un métier, peu importe lequel. Lui-même s'était élevé à la force du poignet. Parti de rien, ou presque, il avait gravi tous les échelons et était parvenu au sommet. Mais, malgré sa situation actuelle, il n'avait oublié ni ses origines ni la satisfaction que procure une telle ascension. Car il avait parcouru le chemin seul. Sans l'aide de personne.

Il pouvait tout offrir à ses enfants. Pas cela. Dommage en un sens. Car ils ne connaîtraient pas le meilleur de la vie, son véritable piment. Le travail, l'effort, la réussite procuraient plus de satisfaction que tout l'or du monde. Certes l'argent pouvait acheter bien des choses, mais pas toutes, et pas les plus importantes.

S'il regrettait que sa fille ne connût pas les mêmes joies, Otto Kannegiesser ne se faisait aucune illusion sur son fils. Lui n'évoluerait ni ne progresserait jamais. Dès qu'il avait compris de quel milieu il était issu, il s'était installé dans son rôle de fils à papa, de prince héritier. Il n'avait aucune imagination, aucun dynamisme, aucune fantaisie. Or quand à dix-neuf ans un garçon faisait preuve d'une telle force d'inertie, il y avait peu de chances pour qu'il change. Rien de commun avec Martina. Sous ses airs indifférents elle était une passionnée, même si elle affectait ces mines blasées qu'elle jugeait de bon ton. Otto Kannegiesser ne l'avait jamais vue se départir complètement de cette attitude, pas même au cours de leurs tête-à-tête où apparaissait pourtant son vrai visage.

Mais elle discutait, posait des questions, s'intéressait à une foule de choses, de sorte qu'il avait toujours gardé l'espoir de la voir s'engager dans la vie professionnelle et mener une vie indépendante.

Or voilà qu'elle allait se marier. Prématurément. Et si ce projet l'attristait, sa femme en revanche s'en réjouissait à un double titre. Helen Kannegiesser, née baronne Sorgau, voyait ce mariage d'un œil d'autant plus favorable qu'il comblait tous ses vœux : d'une part elle ne pouvait imaginer que sa fille choisisse une autre voie, d'autre part l'heureux élu était comte.

L'automne dernier, lorsqu'on leur avait présenté le jeune comte lors d'une réception ministérielle, Otto Kannegiesser avait aussitôt compris ce qui allait se passer. Il lui avait suffi de voir quel éclat illuminait le regard de sa femme, de l'entendre inviter le comte à une réception qu'elle donnait prochainement.

Éternelle comédie humaine. Rien ne change, et au fond les êtres n'évoluent pas. Il est si facile de les deviner, si décevant de les percer à jour.

Helen avait tout ce qu'une femme peut désirer. Elle vivait dans le luxe, occupait un rang élevé, son mari faisait tout pour la rendre heureuse, et elle pouvait être satisfaite de ses deux enfants. A quarante-sept ans elle était encore d'une beauté éblouissante et profitait pleinement de la vie.

Que sa fille devînt comtesse, et elle pourrait enfin se consoler d'avoir troqué son titre de baronne contre ce nom tout plébéien de Kannegiesser, d'avoir perdu le château de ses ancêtres.

Soit dit en passant : il n'y avait jamais eu de château, mais un simple appartement de cinq pièces ; sa famille était pauvre, le domaine était hypothéqué depuis longtemps et son grand-père avait dû se résoudre à le vendre. Mais personne ne le savait.

M. Kannegiesser, ou pour le présenter plus pompeusement : Monsieur le Consul général Otto Kannegiesser, décoré de la Croix du Mérite et de l'Ordre du Mérite Bavarois, fils d'un artisan munichois, et aujourd'hui président-directeur général du groupe chimique Bayern, président du conseil d'administration de plusieurs grosses entreprises, un des représentants les plus connus de la grosse industrie sur le plan international, Otto donc, en ce dimanche matin, ne parvenait pas à lire son journal en paix.

Helen gémit :

— Consentiras-tu enfin à m'écouter au lieu de lire ce journal stupide? Que je sache, il s'agit tout de même du bonheur de ta fille!

Otto Kannegiesser supportait mal les envolées pathétiques de sa femme.

— De son bonheur, cela reste à prouver, rectifia-t-il. Pour le moment il ne s'agit jamais que de son mariage.

— Un rien! s'emporta Helen. Vraiment, j'apprécie la restriction!

— ... Et puisque tu as décidé qu'il aurait lieu en mai, il aura lieu en mai. Je me demande simplement si cette idée de fête champêtre est bien judicieuse.

— Inutile de revenir sur ce point, nous en avons assez discuté.

En effet, avant de fixer une date, ou plus exactement avant qu'Helen n'aborde ce problème, ils avaient longuement débattu du lieu de la cérémonie.

Tout en beurrant ses toasts, Helen s'était livrée à de profondes méditations dont elle avait généreusement fait part à son auditoire.

La cathédrale lui avait d'abord semblé le seul endroit approprié, d'autant que la messe pourrait y être célébrée par le cardinal. L'ennui était que les travaux de restauration en cours en interdisaient provisoirement l'accès. Restait la Michaelkirche; ce joyau de l'art baroque. Ou mieux encore la Theatinerkirche. Mais où les invités gareraient-ils leur voiture?

— Otto, crois-tu que Schreiber acceptera de faire interdire la circulation Theatiner Strasse? Il pourrait bien faire cela pour toi, il me semble que ce serait la moindre des choses.

(Schreiber : chef de la police munichoise.)

Otto s'abstint de répondre. Il se contenta de lever le

sourcil droit, ce qui était sa façon à lui d'exprimer l'étonnement, la désapprobation ou le refus.

De la Ludwigkirche, d'un manque d'originalité navrant — « tout le monde s'y marie! » —, Helen passa sans s'attarder à la Schwabinger Kirchlein St Sylvester, absolument ravissante mais beaucoup trop petite. Sans parler des problèmes de parking.

Le consul s'était alors risqué à une suggestion :

— Et le Blutenburg? Voilà un endroit qui a de la classe. Et qui a également l'avantage d'être situé à l'entrée de la ville. Un site champêtre pour ainsi dire...

Silence autour de la table. Otto profita de ce répit pour lire un article. Quant à Martina, bien que concernée au premier chef, elle n'avait de toute façon pas pris la moindre part à la discussion. Indifférente, elle jouait machinalement avec sa bague de fiançailles.

« Site champêtre », voilà les mots qui tracassaient Helen. Son mari, elle le sentait, venait de mettre le doigt sur une vérité fondamentale. Dans la famille on ne se mariait pas en pleine ville comme le menu fretin, au milieu du tapage et des odeurs méphitiques.

— J'ai trouvé! s'exclama-t-elle soudain. Je sais ce que nous allons faire. Fantastique! Un événement sans précédent!

Ménageant ses effets, elle marqua un temps et attendit que son mari et sa fille lèvent un œil interrogateur pour annoncer triomphalement :

— Une véritable bombe. Nous allons organiser un mariage à la campagne.

Comme son auditoire ne réagissait pas, elle ajouta :

— DANS NOTRE FERME! Un véritable mariage paysan. Martina portera un Dirndl en soie blanche, et une couronne de fleurs d'oranger.

— Il ne manquait plus que ça! soupira sa fille.

Grande, mince, d'allure plutôt moderne et sportive, Martina jurait dans le tableau que sa mère était en train de brosser. Mais toute discussion était inutile. Entièrement à son idée, Helen ne souffrirait aucune objection.

— Un mariage champêtre! répéta-t-elle d'un ton pincé. Nous louerons toutes les auberges et tous les hôtels de la région. Nous installerons des tables dehors, et tout le village sera convié à la fête. Exactement comme autrefois sur nos terres... Comment n'y ai-je pas pensé plus tôt! Ah! cette petite église si charmante, ce sera merveilleux! D'un pittoresque!

— Dieu nous protège! murmura Otto.

Max Ludwig Kannegiesser, le fils de la maison, choisit ce moment pour faire son apparition. La mine blême et l'œil passablement hagard, il semblait d'une humeur exécrable. La nuit dernière il était allé à un bal de carnaval en compagnie d'un ami. Sinistre, d'après lui.

— Ces fêtes de carnaval n'ont aucun intérêt, dit-il de cette voix sourde et monotone qu'il avait travaillée depuis qu'il fréquentait l'école privée la plus snob de toute la ville. Seul le peuple s'y amuse. Absolument désuet!

Se rappelant qu'il avait passé pendant les fêtes de carnaval les heures les plus joyeuses de sa jeunesse, son père lui jeta un coup d'œil méprisant.

— Mais pourquoi y vas-tu, Maxi? s'étonna Helen. Ne t'avais-je pas prévenu? Je comprends que ces réjouissances populaires ne soient pas de ton goût. Tu es un aristocrate, un esthète. Ta place n'est pas au milieu de ces gens.

— Naturellement, répondit son fils en s'emparant du verre de jus d'orange qu'elle lui tendait.

— Peter dort encore?

Peter était l'ami qu'il avait invité pour le week-end.

— Il n'est pas rentré avec moi. Il a dragué une fille et est parti avec elle.

— Veux-tu dire qu'il a... qu'il a dormi ailleurs? s'indigna Helen.

— Évidemment, et alors?

— Mais s'il lui était arrivé quelque chose? De nos jours certaines filles sont si dépravées, et si vulgaires! Sur qui est-il tombé, je me le demande.

— Lui au moins n'aura peut-être pas passé une soirée sinistre, suggéra Otto.

— Savoir..., répondit son fils en s'attaquant à une tranche de jambon.

Max Ludwig Kannegiesser, fils unique, avait dix-neuf ans, redoublait la classe de première et s'apprêtait à la tripler.

Il trouvait les études aussi sinistres que le carnaval. Il avait tout son temps et ne voyait pas la nécessité de changer de raison sociale. Sa situation était assez lucrative. Fils à papa il était, fils à papa il resterait.

II

QUELQUES PAGES D'HISTOIRE

ENCORE quelques précisions?

Récapitulons :

Otto Kannegiesser, né en 1908; père peintre et tapissier, fonde une petite entreprise artisanale florissante sise à Munich Herzog-Rudolf-Strasse; un homme consciencieux et ayant le goût de l'ordre, originaire de Basse-Bavière, cinquième fils d'une famille de paysans; mère jolie, Munichoise à part entière; mariage heureux.

Cinq enfants, trois garçons, deux filles.

Otto connaît une jeunesse heureuse, il est docile, assidu et ambitieux. Très bon élève. On lui accorde une bourse. Fait des études de chimie et se révèle exceptionnellement doué.

En 1934, trouve une situation en Rhénanie dans un laboratoire pharmaceutique. Déjà fiancé avec Anna, une amie d'enfance. Mariage. Premier enfant, une fille. Retour à Munich. Trouve à nouveau une situation dans un petit laboratoire de produits pharmaceutiques. Moins bon job qu'en Rhénanie, mais Otto et Anna ont la nostalgie de Munich.

En 1938, entre dans le groupe chimique Bayern, à l'époque déjà très prospère. Commence à bien gagner sa vie. Pour employer une expression consacrée, il fait son chemin.

Puis c'est la guerre. Otto n'est pas immédiatement mobilisé. Il a plusieurs découvertes importantes à son actif et continue à travailler en Allemagne dans l'intérêt de la patrie. Ne part au front qu'en 1942. Cette même année, naissance d'un deuxième enfant, encore une fille.

Peu avant la fin de la guerre, Anna et sa fille aînée sont tuées dans un bombardement.

Perdra sa mère en 1948.

Fin 1945, Otto, prisonnier en Angleterre, est libéré. Va connaître une période difficile et tourmentée.

En 1947, réintègre ses fonctions à la Bayern. Au début des années cinquante, il en deviendra actionnaire : la guerre ayant fait de terribles ravages, on l'oblige ainsi à rester fidèle à la firme.

Son ascension sociale se poursuit. La période est favorable, l'avenir sourit aux hommes d'affaires ambitieux. Mais n'insistons pas, qui ne connaît la Bayern?

Helen Charlotte Luise, baronne Sorgau, née en Poméranie; blason passablement terni, mais famille noble; père officier tombé sur le champ de bataille. Dénuée de toute ressource, la famille émigre à Munich. Helen a la chance de rencontrer Otto. S'il n'est pas encore PDG, c'est déjà une personnalité importante. Totalement accaparé par son travail et souffrant un peu de la solitude, il est très impressionné par cette jeune fille d'une délicate blondeur, qui a aussi dix-sept ans de moins que lui.

Elle devient la deuxième femme d'Otto. Il l'aime tendrement. Du moins au début. Naissance d'un premier enfant, encore une fille. On l'appelle Martina en hommage au père d'Otto qui se prénomme Martin. Il est très touché de cette attention délicate et très fier de son fils. Sa belle-fille l'intimide un peu; elle est si distinguée, si raffinée!

Deux ans plus tard, naissance d'un fils. Helen et Otto n'auront pas d'autres enfants. La fin de la guerre a marqué pour Otto un redémarrage foudroyant. Ce n'était que le début d'une fabuleuse carrière.

En grandissant, Martina devient de plus en plus jolie. Caractère assez indépendant, bonnes études, s'intéresse surtout au sport. Au fond, c'est une enfant gâtée, capri-

17

cieuse, habituée à une vie facile et qui ignore tout des difficultés de l'existence. Charmant petit animal s'ébattant gaiement dans une cage dorée dont les barreaux encore brillants pourraient bien se ternir un jour.

Martina ne connaît qu'un seul mode de vie. Son père comble ses moindres désirs, ses soupirants sont légion, et naturellement elle s'en soucie peu. Aujourd'hui donc fiancée à un jeune homme d'excellente famille. Le comte vit à Bonn et se prépare à embrasser une carrière de diplomate. Bref un monsieur bien sous tous rapports.

Max Ludwig? A son sujet tout a déjà été dit, et il n'y a rien à ajouter.

Fin de l'histoire de la famille.

III

LA FERME

ILS avaient déjà tout : un hôtel particulier à Bogenhausen, une maison de campagne à Ammersee, une villa à Ascona; il leur fallut encore une ferme.

Une idée d'Helen, naturellement.

C'était une autre femme de consul qui la lui avait suggérée, lors d'une réception au consulat américain.

— Le Tessin, oui, bien sûr... Nous aussi, nous y avions une villa autrefois. Ce n'est vraiment plus possible. A cette époque, nous étions seuls. Mais aujourd'hui! Toute cette foule, c'est intenable. Maintenant tout le monde y va. Et ces touristes, ne m'en parlez pas. D'ailleurs, cela a beaucoup baissé. Plus aucun charme. Non, voyez-vous, non, ce n'est vraiment plus possible. Nous envisageons d'acheter une ferme. A notre époque cela se trouve facilement. J'en connais plusieurs qui sont à vendre. La désertion de la campagne, n'est-ce pas? Très triste, absolument navrant. Mais c'est ainsi. De la sorte on peut acquérir de vieilles fermes ravissantes à des prix relativement bas. Le tout est de trouver quelque chose qui ait du cachet. Cela va de soi. Nous avons des amis qui ont acheté une vieille ferme en Autriche. Elle date du seizième siècle. Absolument fantastique. Naturellement il faut faire des aménagements intérieurs. Car on a tout de même besoin d'un peu de confort. Mais au moins on a quelque chose d'original. Personnellement je cherche à acheter en Bavière, pas trop loin de

Munich. Comme je le disais à mon mari, je crois qu'il faut avoir fait cette expérience une fois dans sa vie. La campagne, la vie au grand air, voilà ce qui nous manque à l'heure actuelle. La simplicité, le retour à la nature!

Helen avait longuement médité ces propos. Comment n'y avait-elle pas songé! Une ferme, bien sûr! Elle qui avait grandi dans un château, un immense domaine, voilà ce qu'il lui fallait. Et cette acquisition ne devait souffrir aucun délai. Bientôt ce serait la ruée; les prix monteraient.

Elle consulta son avoué, puis courut les agences immobilières avant de trouver l'homme de la situation. Et ce fut ainsi qu'ils achetèrent leur ferme de Chiemgau. Otto n'avait élevé que de faibles objections. N'était-ce pas un investissement important, et pourquoi une ferme, en avaient-ils vraiment besoin?

Encore une fois, il se contenta de protester faiblement car, tout bien considéré, l'idée le séduisait.

Il préférait la ferme à leur villa du Tessin et s'y plut davantage. Même s'il n'y séjournait que fort rarement, depuis qu'elle était aménagée, il pensait de plus en plus à l'avenir. A sa retraite. Car un jour il faudrait bien qu'il diminue ses activités. A soixante-trois ans, en dépit de quelques petits ennuis cardiaques, il était encore en bonne forme, mais il ne pourrait indéfiniment vivre à un tel rythme. Il envisageait donc de se retirer des affaires, et sans trop tarder. Certes il ne pouvait guère compter sur son fils, mais dans le monde de la haute finance il ne manquait pas de candidats susceptibles de lui succéder. Personne n'est irremplaçable...

Il caressait le projet de venir s'installer à la ferme une fois qu'il aurait pris sa retraite. C'était là qu'il finirait ses jours, et il n'en bougerait plus. Pouvait-on rêver sort plus enviable? Il regrettait que son père n'ait pu connaître pareil privilège, lui qui était issu d'une famille de paysans. Otto se souvenait encore de son enfance et des vacances qu'il passait chez ses grands-parents à Plattling. Il avait vécu des heures merveilleuses dans leur ferme pourtant modeste.

Sa décision était sans appel : dans cinq ou six ans il prendrait sa retraite et irait vivre à la campagne. Il ne retournerait plus jamais en ville, ou du moins très rarement... Il n'en parlait à personne. Pas même à Martina. Encore moins à Helen. Elle n'aurait pas compris. Elle était encore jeune et voulait profiter de la vie. Elle aimait les bals, les réceptions, les soirées de première. C'était son droit et il ne pouvait l'empêcher de se distraire. Lui en tout cas n'assisterait plus à ces réceptions mortelles et ces cocktails stupides. Ou le moins possible. Aller au théâtre, passe encore. Il aimait surtout les opéras. Aucun problème de toute façon. Chiemgau n'était pas très éloigné de Munich. Il y vivrait en toute quiétude...

Dans cinq ou six ans, sept au plus. Lors de ses malaises cardiaques, il ne pouvait se défendre d'une angoisse fugitive. Aurait-il le temps de réaliser son rêve ? Récemment il avait cessé de fumer. Or auparavant il n'avait jamais pu s'y résoudre. Désormais, chaque fois qu'il tendait la main vers un paquet de cigarettes, il pensait à la ferme et aux années, nombreuses encore, qu'il se promettait d'y vivre.

Helen était fière de son œuvre. Les aménagements avaient été confiés à un architecte célèbre, et le résultat était étourdissant. A l'extérieur toute la majesté d'une vieille ferme bavaroise. A l'intérieur le luxe des plus grands palaces. A elles seules les salles de bains étaient de pures merveilles. Toutes de couleurs différentes : l'une rose et jaune, l'autre bleue et verte, une autre encore, plus originale, réalisée dans une harmonie de noir et fuschia. Les quelques amis qui avaient eu l'occasion de visiter la ferme étaient stupéfaits. Magnifique ! Cette maison était une splendeur ! Et ces vieux arbres si majestueux ! Et ces immenses prairies ! Quand ils pénétraient à l'intérieur de la ferme, ce n'était à nouveau qu'exclamations extasiées. Quel confort ! Ravissant ! Ils ne tarissaient pas d'éloges.

C'était ici sans aucun doute que devait avoir lieu le mariage de Martina. Une grande première en quelque sorte. A la pointe du bon goût ! Ce serait le mariage de l'année.

Martina, elle aussi, aimait la ferme.

Que faire? Elle ne savait trop comment s'orienter, et cette question ne cessait de la tourmenter. Parfois elle avait envie de changer d'existence, d'opérer un complet bouleversement... A moins de partir? Mais où? Pourquoi, dans quel but?

Elle aimait son père et vivait en bonne intelligence avec sa mère. Pas de conflits de générations, non, Martina était trop intelligente et trop sûre d'elle pour cela. Elle possédait cette assurance des nantis.

Après son baccalauréat, elle passa trois mois à Boston chez des amis de son père et, à son retour, elle décida de poursuivre ses études. Mais dans quelle branche, elle n'en avait aucune idée.

A cette époque les projets d'aménagement de la ferme étaient d'actualité. Martina se trouvait assez fascinée par cette vieille ferme, avec ses murs épais, ses grosses poutres et ses pièces immenses qui semblaient retenir tout le charme d'un passé mystérieux.

Elle commença par faire moderniser l'écurie, puis y fit transporter son cheval Sturmwind, qu'en témoignage d'affection, elle appelait plus familièrement Stormy. Il galopait dans le pâturage et s'en donnait à cœur joie. Il se cabrait, s'ébrouait, piaffait, hennissait, bref il exultait. Ancien cheval de manège, il n'avait jamais eu l'occasion de galoper en toute liberté.

Pour lui tenir compagnie, Martina acheta un deuxième cheval. Un vieux cheval de manège promis à l'abattoir. Tous deux devinrent les meilleurs amis du monde et, chaque fois que Martina montait Stormy, le vieux Wallach restait devant l'écurie à attendre, immobile, le retour de son compagnon.

Pendant les travaux, Martina vint presque tous les jours. D'une part Stormy avait besoin de prendre de l'exercice, d'autre part il fallait bien que quelqu'un s'occupât de superviser les aménagements. Donc, pas le temps de faire des études...

Il lui arrivait de passer la nuit à la ferme, dans une

chambre qu'elle avait aménagée au dernier étage. Elle se donnait ainsi l'illusion de vivre une petite aventure, car elle craignait un peu pour sa sécurité. Son père partageait cette inquiétude. L'idée de la savoir seule à la ferme pendant la nuit le tourmentait.

Ce fut ainsi que Josef vint s'y installer.

Il s'appelait Josef Grainzinger et avait travaillé comme portier à la Bayern pendant des dizaines d'années. Il était presque aussi ancien dans la maison que le PDG lui-même. Le jour où il avait dû prendre sa retraite, il avait perdu toute raison de vivre. Il n'avait plus sa femme. Ses enfants, mariés, étaient partis depuis longtemps et lui étaient devenus étrangers. En un mot, il se trouvait très seul.

Il revenait souvent à la Bayern, rôdait de-ci de-là, et cherchait à se rendre utile. On lui confiait de petites missions, on lui parlait. Chaque fois qu'il le rencontrait, Otto s'arrêtait pour lui adresser quelques mots. Un jour, il eut l'idée d'envoyer Josef à la ferme.

— Va au moins y passer quelques jours, proposa-t-il. Tu pourrais surveiller les travaux. Je serais plus tranquille s'il y avait quelqu'un sur place. Et puis je n'aime pas que ma fille y reste seule pendant la nuit.

Josef avait accepté aussitôt. Il partit donc avec Martina. Tous deux s'occupèrent de lui aménager une chambre, et il s'habitua si bien à la ferme qu'il ne voulut plus la quitter. Il amena donc toutes ses affaires et s'installa à demeure. Il s'entendait bien avec les ouvriers, n'hésitait jamais à leur prêter la main, et surtout il était heureux d'être toujours entouré et d'avoir quelqu'un à qui parler. Au village il ne tarda pas à faire quelques connaissances. Il sut si bien s'adapter que même au café où il allait de temps en temps boire un demi, on ne le considéra jamais comme un étranger. Par son comportement et sa façon de parler, il contribua même à atténuer la méfiance des villageois à l'égard de ces gens de la ville qui avaient acheté la ferme. Sans le savoir, les Kannegiesser trouvèrent donc en Josef un précieux ambassadeur.

Les travaux terminés, Josef resta. Il trouvait toujours de

quoi remplir ses journées, s'occupait de tout, et était parfaitement heureux de son sort.

Helen avait d'abord protesté. Dans son esprit elle voyait plutôt quelque chose comme un métayer.

— Pas dans une vieille ferme, avait observé son mari.

Sensible avant tout au prestige, elle avait fini par admettre que le vieux Josef faisait très bien dans le tableau. Il sut d'ailleurs se rendre indispensable. Il trouva une fille du village pour s'occuper du ménage, et engagea un jardinier qui fit en même temps office de palefrenier. Un beau jour, il adopta un chien, puis deux chats, et, sur sa lancée, se mit à élever quelques poulets.

Là encore Helen n'avait pas manqué de protester. En vain. Josef savait faire valoir des arguments irréfutables.

Les travaux durèrent assez longtemps, et l'entreprise fut pour le moins dispendieuse. Il n'aurait fallu ni plus de temps ni plus d'argent pour construire trois maisons neuves. Ce fut une période très heureuse dans la vie de Martina. Elle fourmillait d'idées. N'était-ce pas passionnant? Et si varié! Mais surtout l'architecte était là. Il fut son premier grand amour. Pas son premier amant, non. Elle avait déjà eu deux aventures banales et sans lendemain. De pures expériences, de pures tentatives. Deux hommes, deux numéros dans sa vie, rien d'autre.

Elle fut réellement amoureuse de l'architecte. C'était un monsieur fort bien de sa personne, de ce type d'hommes qui plaisent aux femmes. Pas froid aux yeux, très viril, un rien de brutalité, tout à fait du genre : le monde m'appartient. Martina se mit à rêver comme une midinette. Il avait construit cette maison pour eux deux; plus tard ils y vivraient ensemble. Naturellement elle se gardait bien d'en parler. Sa liaison avec l'architecte dura ce que durèrent les travaux. La plupart du temps ils se rencontraient à la ferme, et parfois allaient passer la nuit à Salzbourg. Il leur arriva aussi, mais plus rarement, de se donner rendez-vous à Munich.

Il ne sut jamais que Martina l'aimait. Il la considérait comme une fille intelligente, orgueilleuse, jeune et inexpé-

rimentée, très jolie, et dont la présence apportait un agré-
ment supplémentaire à un travail déjà passionnant. Rien de
plus. Bien évidemment il ne songea pas un instant à demander le divorce, ce que Martina espérait secrètement. Il
avait quarante-cinq ans, son mariage était heureux, et ses
deux enfants tout à fait charmants. De plus sa femme était
décoratrice, et ils avaient souvent collaboré avec succès.
Ils étaient devenus, l'un et l'autre, la coqueluche de toute
la High Society. Aucune raison donc de divorcer pour une
petite fille riche et gâtée. Lui-même gagnait assez d'argent
pour que la fortune ne soit pas un appât suffisant. Il disparut donc de la vie de Martina. La ferme resta le seul
témoignage de cette aventure.

Martina s'habitua peu à peu à l'idée de s'y marier et finit
même par trouver ce projet très séduisant. Seulement, elle
aurait préféré une petite cérémonie discrète à cette sorte de
gala mondain que prévoyait sa mère. Mais à quoi bon
protester? On verrait bien.

On ne tarda pas à se perdre dans la liste des invités. Tant
de gens qu'Helen jugeait importants! De toute façon, il
fallait déjà compter la famille, plus la belle-famille au grand
complet, et les Solm-Weltingen étaient nombreux. Martina
envisageait son mariage avec un certain détachement.
Arndt, le comte, était un homme d'un commerce agréable,
très grand et svelte, élégant, galant, distingué, bref une
perle. Pas aussi attirant ni viril que l'architecte, non. Mais
il ferait sûrement un mari beaucoup plus convenable.

Seule l'idée de devoir quitter la ferme la tourmentait. Car
ils vivraient d'abord à Bonn, et plus tard, c'était probable,
partiraient souvent à l'étranger.

Autrefois cette perspective l'aurait séduite, aujourd'hui
elle l'ennuyait. Encore une fois, le fait d'abandonner la
ferme, pour ne plus y faire que de rares séjours épiso-di-
ques, l'assombrissait.

De plus, l'idée d'épouser un diplomate qui serait appelé
à courir le monde faisait naître en elle des sentiments

mitigés. A ses yeux, et bien qu'elle ne disposât pas de nombreux points de comparaison, Munich était la plus belle ville du monde. Dans l'avenir elle allait sans doute découvrir beaucoup d'autres villes. Mais se consolerait-elle de ne plus pouvoir vivre à Munich? Rien de moins certain.

IV

LA QUESTION DU PERSONNEL

Du mois de février au mois de mai, Helen fut accaparée par les préparatifs du mariage. Un vrai job à temps complet. Elle ne se heurta d'ailleurs pas à d'insurmontables difficultés, mais rencontra deux problèmes fort graves : celui des invitations — qui devait-on inviter? — et celui du personnel — où trouver tout le personnel nécessaire?

Pour résoudre le second problème, elle bénéficia du concours d'un ami de la maison, le consul Emil Hartl, Don Emilio, comme on le nommait dans la bonne société munichoise.

A vrai dire il n'était plus consul, mais ex-consul, et, s'étant retiré des affaires depuis des années, n'avait plus d'autre souci que de mener une vie de plaisirs, efficacement secondé en cela par son immense fortune et sa femme qui, de ses origines russes, avait gardé l'entrain et la gaieté. Ils étaient de tous les cocktails, toutes les réceptions, et ils avaient su faire de leur table une des plus recherchées. Si leurs salons étaient célèbres et très courus, le mérite en revenait surtout à leur maître d'hôtel.

Pas un quelconque maître d'hôtel. La véritable perle rare, d'une classe irréprochable, s'acquittant avec la même virtuosité des tâches les plus diverses, d'une honnêteté scrupuleuse. Une de ces bêtes curieuses comme on n'en rencontre guère qu'au cinéma. Ou plutôt comme on en rencontrait, dans le cinéma de papa. Les jeunes metteurs en scène ne s'intéressent pas à ces fossiles de la société capitaliste.

Don Emilio — on l'appelait ainsi car il avait l'aisance et la dignité d'un Grand d'Espagne — Don Emilio donc, à l'issue d'un dîner auquel Helen était conviée, eut une idée miraculeuse.

Tout commença ainsi : s'étant levée de table, Helen observait d'un œil rêveur les gestes mesurés de William, le maître d'hôtel. Elle avait toujours envié les Hartl d'avoir un tel homme à leur service.

Elle soupira.

— Quelque chose vous préoccupe, chère madame? s'inquiéta Don Emilio. Le dessert vous aurait-il déplu?

— C'était parfait, absolument exquis, répondit Helen avec un sourire douloureux.

— Peut-être une coupe de champagne?

Elle acquiesça et prit la coupe que William lui apporta personnellement, cette attention déférente étant, elle le savait, un honneur insigne réservé à quelques rares privilégiés. Plus, il apporta la coupe sans que Don Emilio ait dit un mot ou esquissé le moindre geste. Car William devait posséder d'invisibles antennes, un véritable don de divination. On n'avait jamais besoin de lui dire quoi que ce soit, il *savait*.

— Comme je vous envie! soupira Helen.

— Moi? s'étonna Don Emilio. Une femme aussi belle que vous? Il est vrai que j'ai en ce moment le privilège enviable d'être assis près de vous et de vous tenir compagnie.

Don Emilio savait s'exprimer en des termes choisis, et cette courtoisie, on le comprendra, lui valait l'estime et l'amitié de ses hôtes.

Pour l'heure, tous deux devisaient, confortablement installés dans un angle du salon Louis XVI; sans doute en raison de son grand âge — il avait plus de soixante-dix ans — il aimait se tenir un peu à l'écart.

— Je vous envie William.

— Oh! je comprends. Je crois que nous avons déjà suscité bien des jalousies. William est un être d'une valeur inestimable, auquel je ne renoncerais pas pour tout l'or du monde. Lui-même est absolument incorruptible.

Helen le savait. Il était de notoriété publique que William avait froidement rejeté plusieurs propositions fabuleuses et dédaigné de véritables ponts d'or.

— Je n'ai jamais eu la chance de découvrir une perle aussi rare, susurra Helen.

— C'est qu'il n'en existe plus. Ces échantillons de la race humaine ont disparu du globe. Pensez, William est chez nous depuis plus de vingt-cinq ans. C'est ma première femme qui l'avait découvert.

Don Emilio jeta un regard pieux au tableau qui ornait l'un des murs du salon.

— A l'époque nous vivions en Suisse. C'était le moment de l'hitlérisme, n'est-ce pas, nous étions à la veille de la guerre. C'est pourquoi nous nous sommes retirés en Suisse dès la fin des années trente.

— Très judicieux, murmura Helen.

— Ma première femme avait toujours eu un faible pour la Suisse. Elle avait été élevée dans un pensionnat de Lausanne. Nous nous sommes installés au bord du lac Léman. Eh oui, nous n'avons pas toujours eu la vie facile. Nous avions loué une petite maison, rien d'extraordinaire, huit pièces. Nous avions quelques ennuis d'argent et j'étais obligé de jongler avec les finances car nous avions presque tout laissé en Allemagne. Oui...

Don Emilio eut encore un regard attendri pour Mme Hartl numéro 1.

— Nous avons connu William à Genève. A l'époque il n'avait pas une situation très reluisante. Il travaillait dans un restaurant. Auparavant il avait déjà été engagé comme maître d'hôtel chez un politicien anglais. Il était encore relativement jeune. Je parle de William naturellement. Le politicien mourut dans un accident. William décida de rester à Genève. Il pressentait que l'avenir de l'Europe serait sombre et, pour reprendre ses propres termes, se sentait peu enclin à embrasser la carrière militaire. Plus tard il nous suivit à Munich, et, Dieu merci, resta à notre service.

— Un homme tel que lui me serait d'un concours infini-ment précieux, dit Helen. Avec ce mariage, je ne sais plus où donner de la tête.

Don Emilio et sa femme Anastasia venant en premier lieu sur la liste des invités, Helen pouvait se permettre d'aborder ce sujet.

— Où trouver tout le personnel nécessaire? Naturelle-ment Käfer me procure des serveurs, mais uniquement pour le buffet. J'ai besoin aussi de valets de chambre, de chauffeurs, que sais-je encore?... Je pensais que mon mari pourrait mettre certains employés de la Bayern à ma dispo-sition, mais il semble s'y opposer.

— J'avoue que sa décision me paraît sage, approuva Don Emilio. Elle vous épargnera sûrement bien des en-nuis. De nos jours, on n'est jamais assez prudent avec tous ces agitateurs communistes. Quelle pâture pour les syndi-cats, pensez! Et quel merveilleux os à ronger pour les journaux de gauche, avec quelle fureur ils s'en empare-raient! Mais ne pourriez-vous par recruter parmi les villa-geois?

— C'est hors de question. La mentalité des paysans a bien changé. La campagne n'est plus ce qu'elle était. Je me souviens que dans mon enfance nous n'avions jamais le moindre problème, nous disposions toujours d'un person-nel nombreux. Et compétent. Les domestiques étaient formés à bonne école. Nous avions entre autres un vieux domestique qui avait toujours vécu au château. Un vérita-ble factotum. Il était déjà là quand je suis née. Qu'a-t-il pu devenir, mon Dieu!

Helen soupira derechef et trempa délicatement ses lè-vres dans sa coupe de champagne. (Naturellement le facto-tum n'existait que dans son imagination, mais il y était si solidement ancré qu'elle aurait pu en faire un portrait très précis : il était vieux, légèrement voûté, toujours affable, bref le type même du serviteur fidèle.)

— Non, vraiment, il ne faut pas y songer. Ces paysans sont trop bornés. Quand on a un minimum d'intelligence, on travaille en ville. Et en admettant même que j'en trouve d'à peu près convenables, il faudrait quelqu'un pour les former, les prendre en main. Personnellement je n'ai pas le temps de m'en occuper, je suis déjà débordée. Non, quand je pense à ce mariage...

Au tour de Don Emilio de soupirer. Un soupir compatissant.

— Certes un tel mariage n'est pas une mince affaire. Une chance que vous n'ayez qu'une fille.

Helen ne partageait nullement cette opinion. Si elle avait eu par exemple trois filles elle aurait eu la possibilité d'organiser trois mariages et donc trois fois l'occasion de faire la preuve de ses dons. Or elle devait tout jouer sur un seul mariage. Comme un examen sans possibilité de rattrapage. Comme un artiste dont le génie doit s'exprimer dans un seul tableau. L'œuvre serait parfaite ou ne serait pas.

— Qu'est devenue cette... enfin, je veux dire la fille que votre mari a eue de son premier mariage? Ne s'est-elle pas mariée?

— Elle? Jamais. Vous n'y pensez pas. Qui la supporterait? Aucun homme n'aurait ce courage. Cette fille a toujours eu des idées insensées. On dit... — Helen baissa la voix et se pencha vers son interlocuteur — ... on dit qu'elle est devenue une véritable pasionaria. Elle fréquente des gens impossibles, et il paraît qu'elle vit dans une sorte de communauté. Je suppose qu'elle appartient à un de ces groupes de terroristes qui ne pensent qu'à jeter des bombes et à tout saccager.

— Je pensais qu'elle avait passé l'âge de ces enfantillages.

— Oh! pas elle. Elle ne sera jamais raisonnable.

Ces attaques étaient dirigées contre la fille qu'Otto Kannegiesser avait eue de son premier mariage. On s'en souvient : Anna lui avait donné deux filles, dont une avait survécu à la guerre.

Devait-on l'inviter? Helen y songea soudain avec effroi. De toute façon personne n'avait son adresse et on ne savait jamais où la trouver. Seul signe de vie : elle ne manquait jamais de vider le compte en banque que son père approvisionnait régulièrement.

— Oui, les enfants donnent parfois de terribles inquiétudes, compatit Don Emilio. Aujourd'hui plus que jamais. Ce genre de soucis m'a été épargné, et je m'en réjouis. Vous êtes cependant bien récompensée : Martina est ravissante et tout à fait charmante. Stasi affirme qu'elle est certainement la plus jolie fille de la ville.

Helen sourit, flattée.

— Et si bien éduquée, si gracieuse! Rien de surprenant... avec une maman aussi délicieuse.

— Cher ami..., susurra Helen tandis que Don Emilio lui baisait la main, il est vrai que nous n'avons jamais eu le moindre problème avec Martina. Elle est très intelligente. Très pondérée. Mais, voyez-vous, en un certain sens, elle est restée très enfant. Son chien, ses chevaux, le sport en général, cela lui suffit. Stupéfiant quand on compare avec la jeunesse actuelle. A son âge combien de jeunes filles mènent déjà une vie dépravée! Il semble que Martina ait été épargnée. Elle ignore tout du sexe par exemple, pour elle ces choses-là n'existent pas.

De toute évidence Helen n'avait jamais été au courant des expériences de sa fille. Les mères recueillent rarement de confidences en ce domaine.

— Innocence et pureté, commenta Don Emilio d'une voix pâmée. On envie son fiancé.

Ils suivirent des yeux William qui traversait le salon. Il s'arrêta près d'Anastasia qui lui chuchota quelques mots à l'oreille, inclina légèrement la tête et disparut.

— Peut-être qu'à l'occasion de ce mariage, William pourrait vous être d'un grand secours, chère madame? Il pourrait s'installer dans votre ferme pour une semaine ou deux, et tout prendre en main.

— Cher ami, vous êtes un vrai génie, je vous adore! s'écria Helen. Sérieusement, ce serait possible?

— A condition qu'il accepte, cela va de soi, précisa Don Emilio (car, il le savait, nul ne pouvait disposer d'un William à son gré). En tout cas, je puis vous assurer que Stasi n'y verra aucune objection. Elle est toujours ravie de rendre service.

— Oh! je le sais. Nous le savons tous! Anastasia est un ange. On peut tout lui demander, elle est toujours prête à se rendre utile. Mais… dites-moi, que pourrions-nous faire pour obtenir le consentement de William? Pensez-vous qu'une offre généreuse…?

Don Emilio secoua la tête.

— Ce n'est pas en lui proposant de l'argent que l'on peut gagner ses faveurs. Il en a suffisamment. Plus qu'il n'en aura jamais besoin. Vous pensez… Après tant d'années de bons et loyaux services! A son salaire, plus que substantiel, viennent s'ajouter des pourboires mirifiques. Je préfère ne pas songer à tout ce qu'il a pu amasser. Ne serait-ce qu'à la fin de certains dîners ici même. Pas de problèmes d'impôts. De plus il joue à la Bourse, et il lui est même arrivé de me donner d'excellents tuyaux. Non, n'essayez pas de lui proposer de l'argent, vous n'obtiendriez rien de lui en l'appâtant de cette façon. Il faut simplement éveiller son intérêt. William est un organisateur de génie. Or nos réceptions n'ont pas assez d'envergure pour qu'il puisse donner libre cours à son talent. On vieillit, n'est-ce pas? Et l'époque n'est plus aux réceptions brillantes. Cela tient sans doute au climat politique. Nous nous sentons tous plus ou moins sur la touche, nous vivons dans une insécurité permanente et nous en sommes paralysés.

— A qui le dites-vous! commenta laconiquement Helen.

— Ces fêtes brillantes et somptueuses qui étaient un des principaux agréments de la vie disparaissent peu à peu. Finies les lumières, finie la joie de vivre. Voyez-vous, je ne suis pas opposé à certaines théories socialistes. Bien au contraire. J'aimerais que tous les hommes soient heureux et que tous aient de quoi subvenir à leurs besoins. Je comprendrais que ces gens luttent pour le bonheur de l'humanité, mais ce n'est nullement ce qu'ils font. Ce qu'ils veulent, c'est niveler par le bas et nous préparer un avenir terne et sans joie. Je ne connais rien de plus antisocial que le socialisme.

William vint leur présenter un plateau avec deux coupes de champagne. Don Emilio le remercia d'un signe de tête; tandis qu'Helen le gratifiait de son plus beau sourire.

— Croyez-moi, j'ai raison, reprit Don Emilio quand ils furent à nouveau seuls, le tout est de savoir lui présenter l'affaire. En principe, l'idée d'avoir à organiser un grand mariage devrait le séduire. Un peu comme si on lui proposait la direction d'un grand orchestre. S'il accepte, vous pourrez vous reposer sur lui entièrement. Il s'occupera de tout. Je vais lui en parler, Helen, sans tarder, je vous le promets. Laissez-moi faire, j'essaierai d'être diplomate.

Don Emilio tint parole. Helen en reçut la confirmation officielle début avril : William acceptait. Comme elle le déclara à son mari, avec lui la bataille était gagnée.

Quelques jours plus tard, le célèbre modéliste munichois, Schulze Varell, livrait la robe de mariée. Pas un véritable Dirndl, mais une robe très stylisée, une sorte de compromis entre les robes de l'Empire et le vêtement traditionnel bavarois. Martina l'examina avec une méfiance aussi vive qu'injustifiée : la robe était somptueuse.

Un professeur de l'Académie des Beaux-Arts conçut les cartes d'invitation. La liste des invités ne cessait d'ailleurs de s'allonger et de se modifier.

Le prêtre du village voyait cette cérémonie d'un assez mauvais œil. Si les gros bonnets de la ville s'attendaient à des courbettes et des sourires mielleux, ils se trompaient. Il en profiterait plutôt pour énoncer quelques vérités bien senties. Si la fiancée ne se tuait pas d'ici là! Rien de moins sûr au train où elle allait. Car il l'avait vue passer au galop sur sa jument noire, ses longs cheveux blonds flottant dans le vent. Et il s'était signé.

Les voitures, soit, il y était habitué; lui-même conduisait rapidement.

Mais un cheval? Cela lui paraissait terriblement dangereux.

Car il n'en connaissait pas un seul dans toute la région, et jamais il n'avait vu un paysan monter à cheval. Il y avait bien une écurie à environ quinze kilomètres. Mais le prêtre avait rarement l'occasion de s'aventurer jusque-là.

V

LES INVITÉS

N'ESSAYONS pas de donner un chiffre exact. En avril, Helen elle-même n'en eût pas encore été capable. Quoi qu'il en fût, on avait déjà envoyé quelque cent cinquante cartes d'invitation, sans compter celles destinées à la famille. Mais on n'en resterait sûrement pas là. La liste s'allongeait chaque jour de tel ou tel qui serait mortellement vexé d'avoir été oublié. De plus l'expérience prouvait que les invités amenaient souvent un ou plusieurs amis. Bref, il fallait compter au bas mot sur deux cents personnes, sinon deux cent cinquante.

— Un véritable mariage princier! grommelait Otto Kannegiesser. Et naturellement on s'est bien gardé de me demander mon avis.

Protestation de pure forme, il en était conscient. Mais tout ce remue-ménage l'épouvantait. Il en était exaspéré. Réaction bien légitime, avouons-le.

Certaines invitations posaient des problèmes épineux. N'en citons qu'un exemple, celui du ministre. Difficile avec des gens comme lui de retenir une date précise. Quand on veut inviter un ministre, il faut tenir compte de ses disponibilités et donc être parfaitement au courant de son emploi du temps. Mais comment savoir des semaines ou des mois à l'avance s'il sera libre tel ou tel jour? Impossible de prévoir s'il ne sera pas en voyage ou s'il ne sera pas retenu par quelque obligation imprévue.

Helen avait rencontré le ministre début mars à l'occasion de l'ouverture de la Foire internationale de Francfort. Voilà ce que l'on pouvait appeler un heureux hasard.

Le soir, la ville de Francfort donna une grande réception, et, à la fin du banquet, Helen put échanger quelques mots avec le ministre. Charmant comme toujours. Il savait quand même ce qu'il devait à Otto. Sans lui il n'aurait jamais été député et ne serait jamais devenu ministre. Seulement ministre il l'était maintenant bel et bien et se souciait fort peu du mariage de la fille d'Otto.

— Je viendrai volontiers, cela va sans dire, expliqua-t-il, si mes obligations me le permettent. Hélas! chère madame, vous savez quelle vie nous menons. L'année dernière j'ai dû m'absenter alors que nous nous apprêtions à fêter nos noces d'argent. Je vous laisse imaginer la déception d'Ilse. Mais c'est ainsi.

— Je sais, Bob, répondit Helen, nous connaissons tous votre dévouement.

Il se prénommait Robert, mais aimait qu'on l'appelle Bob, plus jeune et dynamique.

— Cette petite Martina, c'est incroyable. Voilà qu'elle se marie. Déjà! Je la vois encore enfant, chez nous, au bord du Starnberger See. Comme les années passent! Elle était excellente nageuse, je m'en souviens. Elle voulait toujours traverser le lac à la nage. Un jour, il a fallu que j'aille la chercher en bateau et que je la force presque à monter à bord. Est-elle toujours aussi douée pour la natation?

— Bien sûr. Non seulement elle nage, mais elle monte à cheval, joue au tennis, fait du ski. Le sport est ce qui compte le plus dans sa vie. A vrai dire je ne m'en réjouis qu'à moitié. Otto et moi sommes un peu inquiets. Nous aimerions la voir s'intéresser à autre chose. Enfin, je pense que son mariage la changera. Car une épouse doit faire face à bon nombre d'obligations.

— Elle aura même une tâche assez lourde si son mari est diplomate. Je crois le connaître. Grand, élancé, n'est-ce pas? Solm-Weltingen, attendez... Une famille du Wurtemberg, si je ne m'abuse?

— En effet. Ils habitent tout près du lac de Constance.

— Oui, c'est bien cela. Je crois même savoir qu'une branche de la famille est originaire de Suède.

— Décidément, Bob, vous m'étonnerez toujours. Impossible de vous prendre en défaut, vous êtes au courant de tout.

— Oh! n'en croyez rien. Je l'étais, oui. Autrefois. Mais maintenant je suis trop accaparé par mes fonctions. Est-ce un mariage d'amour?

— Voyons, Bob! Naturellement. De nos jours les jeunes gens ne se marient plus que par amour. Le reste leur importe peu. D'ailleurs, sur le plan financier, ce n'est pas le parti rêvé. Les Solm-Weltingen ne sont plus aussi... enfin disons qu'ils sont un peu moins à l'aise. Pensez, une des sœurs de mon futur gendre tient une boutique à Constance. Qu'en dites-vous?

— Mon Dieu, pourquoi pas?

— Oui... bien sûr... Et vous avez sûrement entendu parler de son oncle, le comte Gustav?

— Ce bon vieux Gussi, qui ne le connaît pas? Un vrai play-boy. Ne s'est-il pas marié ave une vedette de cinéma américaine?

— Une chanteuse à succès. La brebis galeuse de la famille. Mais franchement, Bob, je trouve absolument fan-tas-tique qu'avec tout votre travail vous trouviez encore assez de temps pour vous mettre au courant de ces petits détails. Je vous admire d'être toujours aussi bien informé.

— Oui, grâce à Ilse. C'est elle qui me raconte tout cela.

A ce moment leur conversation fut interrompue. Beaucoup d'autres invités voulaient eux aussi parler au ministre. Helen s'en rendit compte. Certes, elle ne pouvait monopoliser le ministre toute la soirée. Mais elle resta près de lui et l'écouta avec un sourire poli échanger des propos assommants sur quelque question d'économie. Puis le ministre voulut prendre congé.

— Un instant, Bob, intervint Helen. Nous n'avons toujours rien convenu?

— Mais... à quel sujet?

— Pour le mariage de Martina. Au mois de mai, je vous l'ai dit. Mais il est encore assez tôt pour que je puisse au besoin fixer une autre date... à votre convenance...

— Oui, le mariage, bien sûr. Voyons... comment faire? Je ne peux guère vous donner de réponse dans l'immédiat.

Il adressa un signe à quelqu'un. Il en avait assez de cette conversation. Comme s'il n'avait rien de plus important à faire que de se préoccuper d'un mariage, auquel, de plus, il était fermement décidé à ne pas assister.

— Je suis désolé, mais je ne puis rien promettre, répéta-t-il. Toutefois, Ilse sera très heureuse d'être des vôtres. Ce sera naturellement un mariage très brillant?

— Rien d'extraordinaire. Nous pensons à une petite fête champêtre, en toute simplicité. Dans notre ferme de Chiemgau. Juste la famille et quelques amis.

— A la campagne? Magnifique. C'est une excellente idée!

Il posa son verre vide sur le plateau d'un serveur et murmura :

— Maintenant il faut que je parte... croyez bien que je ferai tout mon possible...

— En mai, insista Helen, fin mai.

— Pourquoi n'appelez-vous pas Ilse? Voyez avec elle... Pardonnez-moi, mais il faut vraiment que je parte. Je suis navré, chère madame, mais nous nous reverrons.

Pendant le trajet — chaque fois qu'Otto avait affaire à Francfort, ils allaient passer la nuit à Kronberg dans le château transformé en hôtel —Helen déclara :

— Crois-tu qu'il viendra? Il *faut* qu'il vienne.

Quelque peu fatigué par la réception, aussi bien que par cette sempiternelle question du mariage. Otto répondit :

— Mais, grands dieux, Helen, quelle importance? Qu'il vienne ou qu'il ne vienne pas, qu'est-ce que cela changera? Il y aura assez de monde, il me semble. Et même beaucoup trop pour mon goût. Je me demande d'ailleurs pourquoi tu tiens à transformer ce mariage en parade mondaine.

— Que je sache, c'est ta fille qui se marie. Ta fille unique. Et tu es tout de même un des hommes les plus importants de ce pays.

— Tu exagères toujours. A croire que je suis le seul!

Il s'abstint de rappeler à Helen qu'il avait une autre fille. Depuis qu'Iso avait quitté la maison dix ans plus tôt, Helen faisait semblant d'ignorer son existence. Ses griefs étaient d'ailleurs parfaitement justifiés, Iso n'ayant rien trouvé de mieux avant son départ que de lui renverser un bol de mayonnaise sur la tête...

— Quoi qu'il en soit, tu es un homme influent.

— Disons que j'ai encore quelque influence, mais de moins en moins. Les temps ont changé. Et, pour ma part, ce genre de questions ne me passionne plus.

— Il te doit beaucoup.

— Qui?

— Robert.

— Helen, je t'en prie, cesse de rappeler le passé. Beaucoup d'eau a coulé sous les ponts.

— Enfin tout de même rappelle-toi, il n'était pas dans une situation particulièrement brillante. Tu t'es engagé pour lui, tu lui as même donné de l'argent. C'est toi qui as financé sa campagne électorale. C'était certes un geste très *noble* de ta part. Car tu n'as jamais été proche de lui politiquement, que je sache. Tu avais même des opinions tout à fait opposées. Or il était dans une situation pour le moins précaire et je ne sais ce qu'il serait advenu si...

— Je t'en prie, Helen, n'en parlons plus. Si je l'ai aidé, c'est parce que je savais que c'était un type bien. Honnête et droit. Son père m'a d'ailleurs rendu de grands services à une certaine époque.

— Oui. Seulement, toi tu es reconnaissant. Pas lui.

— Comment cela, pas lui? Que veux-tu dire par-là?

— Eh bien, s'il refuse de venir au mariage de Martina...

— Vraiment c'en est trop! Quand cesseras-tu de me rebattre les oreilles avec ce mariage?

Le reste du trajet se passa en silence. Helen était vexée.

Quant à Otto, il était conscient de l'avoir offusquée, mais avait d'autres soucis en tête.

Helen n'avait décidément pas de chance avec sa famille. Partout on lui prêtait une oreille attentive, sauf précisément chez elle. Car sa fille elle-même ne voulait plus entendre parler du mariage. Au point qu'un jour, piquée au vif, Helen s'emporta :

— A croire que tu n'es pas concernée! reprocha-t-elle à Martina. Quand je pense à tout le mal que je me donne! Est-ce ton mariage, oui ou non?

— Justement, répondit Martina d'un ton placide. S'il ne tenait qu'à moi…

— Oui, je sais. S'il ne tenait qu'à toi, tu te marierais à la sauvette comme une vraie bohémienne.

— Tu ne connais pas les gitans, Helen. Eux au contraire organisent des fêtes gigantesques. Et d'un certain point de vue, c'est un véritable mariage gitan que tu es en train de nous préparer. Mais tu ne sais pas ce que tu veux. Tu commences par parler d'un mariage à la campagne en toute simplicité. Bravo! J'étais ravie. J'adore la ferme, tu le sais. Et j'imaginais très bien ce que cela pouvait donner. Mais à partir du moment où tu prétends transformer cette petite réunion intime en un véritable gala, je m'insurge.

— Martina, je t'en prie! Enfin tout de même on ne se marie qu'une fois, et…

— Qu'en sais-tu? Je me marie *pour la première fois*. Mais est-ce que ce sera la dernière? personne ne peut en jurer.

— Épargne-moi ces insanités, veux-tu? Que signifie ce langage? Venant de toi, de tels propos me paraissent bien malséants. Tu n'es pas n'importe qui, Martina. Et tu épouses le comte Solm-Weltingen.

— Cessons, cela vaudra mieux. Enfin, ne sois pas ridicule. Je ne suis rien. Mon père, oui, est peut-être quelqu'un. Mais moi? Et Arndt n'est pas grand-chose non plus. Peut-être deviendra-t-il quelqu'un d'important, mais pour le moment ce n'est pas le cas. Il est comte? La belle affaire! Qui cela impressionne-t-il de nos jours?

— C'est un garçon d'excellente famille. Très intelligent, très brillant. D'une éducation parfaite. Et avec toutes les possibilités que...

— D'accord, d'accord. Je le connais aussi bien que toi.

— Il n'a que des qualités.

— Ça, on verra... En tout cas vivement que ce mariage soit une affaire réglée!

En vérité, ce n'était pas précisément le vœu de Martina. Elle aurait de loin préféré que l'issue fatale soit retardée. Le plus tard serait le mieux. Car plus le jour J approchait, plus son malaise augmentait. Non que son fiancé lui fût indifférent. Au contraire. Elle lui était très attachée. C'était moins le mariage qu'elle craignait que ses conséquences. Que lui réservait l'avenir? Elle s'avouait incapable de l'imaginer même confusément. Elle avait toujours vécu à sa guise sans la moindre contrainte, et elle songeait parfois qu'elle commettait peut-être une grave erreur en renonçant à cette existence paisible et douce. Arndt était un être essentiellement digne. Ambitieux aussi. Il voulait faire carrière. Il avait besoin d'une femme qui ait le sens du devoir.

Finie l'insouciance. Elle allait découvrir le « sérieux de la vie ». Des devoirs, elle en aurait non seulement vis-à-vis de son mari mais également de ses beaux-parents. A quoi s'ajoutaient les obligations d'une femme de diplomate, nombreuses, importantes et variées, l'avait déjà prévenue Arndt. Bref, autant de charges qu'elle ne se sentait pas du tout prête à assumer.

VI

WILLIAM LE CONQUÉRANT

LE temps a une particularité immuable, indéniable : il passe. Chaque année revient le mois de mai. Cette année-là ne fit pas exception. Et la fielleuse prophétie de Martina se réalisa : avec le mois de mai vint la pluie. Pas de petites ondées passagères, non. Le ciel déversa de véritables trombes d'eau pendant des jours entiers, et il sembla que la pluie ne cesserait jamais. L'herbe, évidemment, prit une magnifique couleur vert émeraude, mais les petites fleurs jaunes et blanches manquèrent à l'appel.

Alors une personnalité de tout premier plan fit son entrée en scène : William, le maître d'hôtel.

Son premier soin fut de se livrer à une véritable tournée d'inspection : les préparatifs préparatoires en quelque sorte.

Quand, début avril, il débarqua à Endershausen au volant de sa voiture, il commença par visiter un peu la région, puis entra à l'auberge « Zur Post ». Les patrons virent arriver un monsieur distingué en costume gris, chemise blanche et cravate à la mode. Il composa son menu avec le plus grand soin et commanda le meilleur vin. Endershausen n'était sans doute qu'un petit village à l'écart de la grand-route, mais son auberge méritait un détour. Il en existe beaucoup de semblables en Haute-Bavière.

La patronne, Mme Therese Obermaier, qui avait une prédilection pour les messieurs distingués, vint en personne s'assurer que son hôte était satisfait.

— Parfait, répondit William avec componction. Votre cuisine est digne d'éloges et votre table mérite d'être recommandée. Je n'y manquerai pas.

— Merci beaucoup, monsieur, répondit Mme Obermaier. Mais vous savez, à cette époque on ne voit pas beaucoup d'étrangers. Du moins en semaine. Le samedi et le dimanche, c'est autre chose, là nous faisons le plein. L'été aussi. Nous avons pas mal de pensionnaires qui passent leurs vacances dans la région. Des gens qui apprécient le calme.

— Des gens raisonnables, approuva William. Il faut être fou pour gaspiller son énergie en d'interminables voyages sous prétexte de dépaysement.

— C'est ce que je dis toujours, répondit Mme Obermaier avec une visible satisfaction. Il y a des gens qui vont jusqu'en Espagne ou en Yougoslavie, quand ce n'est pas l'Afrique, et quand ils reviennent ils sont à moitié morts. Tout ça pour le plaisir de raconter qu'ils sont allés loin.

— Une aberration, commenta sentencieusement William. On ne dira jamais assez combien les hommes ont un instinct moutonnier. Dieu sait pourtant que cette région est merveilleuse, le coin idéal pour se reposer et reprendre des forces. Combien le village compte-t-il d'habitants au juste?

Mme Obermaier ne savait pas exactement.

— Peut-être trois cents, quatre cents à ce qu'on dit.

Mais son mari saurait donner un chiffre plus précis. Il était d'un contact moins chaleureux que son épouse, et s'il ne dédaignait pas de prendre un petit verre avec les gens du village en leur faisant un brin de conversation, il se méfiait des étrangers qui le mettaient mal à l'aise.

— Viens voir un peu ici, appela Mme Obermaier. Tu sais, toi, combien il y a d'habitants?

— Où ça?

— Ici, tiens, chez nous à Endershausen.

Lui non plus ne savait pas exactement. Mais il fit un louable effort de mémoire et entreprit de recenser la population.

À tout seigneur tout honneur, il commença par nommer

Monsieur le Curé. Puis ce fut le tour de l'instituteur, qui n'était d'ailleurs plus instituteur puisqu'il avait pris sa retraite, et n'avait jamais été remplacé puisque aussi bien il n'y avait plus d'école à Endershausen. On en avait construit une, d'école, une belle, toute neuve, ça avait coûté assez cher, mais on ne s'en servait plus, et les enfants, si c'était pas malheureux! les enfants devaient faire quinze kilomètres pour aller en classe. Une honte, mais on n'y pouvait rien. Bref, l'instituteur s'occupait maintenant de la bibliothèque municipale. Il y avait aussi un docteur à Endershausen, un vieux docteur, bien sûr. Qu'un jeune vienne s'installer ici, il ne fallait pas y compter : les jeunes préfèrent la ville.

M. Obermaier énuméra encore plusieurs notables, dont un certain M. Bramhuber qui avait sept enfants..., et il s'apprêtait à poursuivre quand William l'interrompit :

— Un village important, à ce que je vois. L'église m'a beaucoup plu. Elle est assez grande, je crois. Je suppose que les habitants des villages voisins viennent à la messe à Endershausen? Et qu'ils sont rattachés à la commune?

— Oui, justement. Ça ne facilite pas les comptes. Il faudrait demander à l'instituteur, il doit sûrement savoir.

Changeant de sujet, William se tourna vers Mme Obermaier :

— Si j'ai bien compris, vous louez des chambres. Combien en avez-vous?

— Seize. Toutes avec eau courante chaude et froide. Il y en a même deux qui ont une salle de bains. Monsieur aimerait-il les visiter?

— Plus tard, éventuellement. Y a-t-il une autre auberge?

— Oui, il y a bien Brandinger, juste à la sortie du village. Mais ils ne louent pas de chambres.

— Hm, commenta William.

Il sortit de sa poche une carte de Haute-Bavière, la déplia sur la table non sans avoir pris la précaution d'écarter son verre de vin. Il avait déjà marqué Endershausen d'une croix et tracé un cercle tout autour. Une véritable carte d'état-major.

Faisant part de ses réflexions à haute voix, il expliqua :

— Il faut dresser une liste des villages voisins. Deux conditions s'imposent : que les liaisons soient faciles, et qu'il s'y trouve une ou plusieurs auberges convenables. Disons dans un rayon de trente kilomètres. Vous pourriez m'être très utiles, je n'en doute pas.

Son regard alla de Mme Obermaier à son mari, tous deux manifestement perplexes. Mme Obermaier quêta en vain l'approbation de son époux, puis, se tournant vers son hôte, demanda d'une voix quelque peu altérée :

— Pourquoi voulez-vous visiter d'autres auberges? Vous ne vous plaisez pas chez nous?

— N'en croyez rien, chère madame, répondit William, simplement votre maison n'est pas assez spacieuse.

D'un geste souverain, il sortit de son autre poche un carnet et un stylo, qu'il déposa sur la table.

— J'ai besoin d'au moins cent chambres, peut-être même cent cinquante, voire un peu plus. Et le plus près possible d'Endershausen.

Cette déclaration eut pour effet de plonger M. et Mme Obermaier dans la plus profonde stupeur. Silence dans la salle de restaurant. William savait ménager ses effets. Mme Obermaier fut la première à se ressaisir. C'était une femme qui avait les pieds sur terre et elle trouva tout de suite une explication plausible :

— J'y suis, vous travaillez pour une agence de voyages !

— Certainement pas, affirma William avec une expression de dignité offensée. Je suis chargé d'organiser un mariage qui aura lieu à la fin du mois prochain.

Officiellement personne au village n'était encore au courant d'un mariage. Un certain Grainzinger, qui venait souvent à l'auberge, y avait bien fait une discrète allusion, mais sans plus. Il avait simplement laissé entendre que la demoiselle blonde que l'on voyait de temps en temps passer au galop sur sa jument noire avait l'intention de se marier. Ici même, à Endershausen.

Mme Obermaier n'avait pas pris ces bruits très au sérieux. S'il lui était arrivé d'apercevoir la jeune fille, elle n'avait jamais rencontré aucun des autres membres de la famille. D'autant que la ferme était assez loin du village, et surtout l'on n'aimait pas beaucoup ces gens de la ville qui achetaient les plus belles fermes, tout ça pour y passer quelques jours de temps en temps.

Mais voilà que William les plongeait au cœur de l'affaire. Il comptait sur leur soutien, expliqua-t-il en dardant sur eux un regard sévère. On attendait des invités du monde entier, tous d'un très haut rang, riches, célèbres, en un mot les plus éminents représentants du monde de la politique, des affaires et de la culture seraient présents. Et le premier problème était celui de l'hébergement.

— Il faut donc recenser toutes les possibilités, étant bien entendu que les chambres doivent présenter tout le confort nécessaire. Naturellement il faudra les visiter et, le cas échéant, y apporter les améliorations indispensables. Votre maison sera retenue, il va sans dire. J'irai plus tard inspecter les chambres, car je tiens à tout vérifier par moi-même. Mais si vous aviez l'obligeance de m'assister dans ma tâche, je vous en serais infiniment reconnaissant. J'aimerais que vous me donniez le nom de toutes les auberges voisines dignes de figurer sur ma liste. Je suppose en effet que vous connaissez vos collègues et que vous pourrez me renseigner sur la qualité de leur accueil. Je ne puis en effet aller de village en village visiter toutes les auberges, ce serait une perte de temps et d'énergie considérable. Vous me faciliteriez donc la tâche en m'indiquant au préalable celles qui vous semblent convenables. Des maisons d'une certaine classe, il va sans dire.

— C'est donc cela! s'écria Mme Obermaier rouge d'émotion. Tout ce beau monde va venir chez nous?

M. Obermaier éprouva le besoin urgent de boire une petite bière. L'habitude lui avait prouvé qu'il réfléchissait mieux un verre à la main.

Voilà donc comment William entra en action. Le même jour, il rendit visite au curé et au maire du village, entra dans la plus grande épicerie et fit connaissance avec le garagiste. Il tenait en effet à travailler dans un climat de bienveillance, car il avait compris qu'il ne pourrait mener son entreprise à bien qu'en s'assurant le concours de la population autochtone.

La nuit était déjà avancée quand il rentra à Munich. Tout au long du trajet il conduisit lentement et resta très prudent car en fin de journée à l'auberge « Zur Post », on ne s'était pas contenté d'élaborer des projets, mais on avait trinqué, on s'était congratulé, et les libations s'étaient poursuivies assez tard. L'affaire semblait engagée sous d'heureux auspices, et William qui avait donné le coup d'envoi avait désormais bon espoir de remporter glorieusement la partie. Il fallait s'en sortir, et avec tous les honneurs de la guerre, avait-il déclaré en levant son verre à la réussite de l'entreprise, surpris lui-même de s'entendre tenir un langage d'inspiration toute militaire. Mais il avait trouvé les mots justes. Son discours porta. M. Obermaier offrit la tournée du patron — le petit dernier pour la route — tandis que Mme Obermaier souriait aux anges. Le rêve de sa vie était en train de se réaliser : on ne parlait déjà plus que de l'HÔTEL « Zur Post ». Elle ne manquait d'ailleurs pas de donner l'exemple, et prononçait chaque fois le mot « hôtel » avec ravissement.

Le 5 mai, William établit son quartier général à Endershausen. Là encore il agit en stratège accompli. Il logea à la ferme, certes, mais prit également une chambre à l'hôtel « Zur Post », laquelle lui servit de bureau ; il y installa, en qualité de secrétaire de direction et coordonatrice, la fille de l'instituteur en retraite, qui avait longtemps travaillé à Munich comme sténodactylo, puis s'était mariée et, après avoir divorcé, était revenue vivre avec son père qui pour l'heure l'appuyait dans sa tâche et lui dispensait généreusement ses conseils. Quelle phrase ! Reprenons : la fille de l'instituteur devint la secrétaire de William, et son père l'aida. Point.

Du jour où William s'installa à Endershausen, toute la population ne pensa plus qu'au mariage. Les femmes se lancèrent dans de grands travaux de nettoyage, tandis que les hommes scrutaient d'un œil soucieux le ciel obstinément gris.

Helen s'était parfaitement rendu compte que, sans William, ses projets de mariage à la campagne n'auraient jamais vu le jour. Il pensait à tout. Elle recevait régulièrement un rapport dans lequel il rendait compte de ses activités. Quand elle se déplaça en personne, quelques jours après l'installation de William à Endershausen, son émerveillement ne connut plus de bornes. Aucun doute, il menait l'opération tambour battant. A la ferme tout était briqué et reluisant, certains meubles avaient été déplacés, certaines pièces entièrement réaménagées, bref tout était prêt pour recevoir les invités. A l'hôtel « Zur Post », la fille de l'instituteur tapait à la machine avec une sorte de frénésie, le téléphone ne cessait de sonner, et au mur était accrochée une carte détaillée de la région portant déjà des indications très précises. Des piles de lettres jonchaient le bureau : boulangers, bouchers, garagistes, épiciers écrivaient pour proposer leurs services ou soumettre un devis.

— Grands dieux, murmura Helen, que cette débauche d'activité avait laissée muette pendant quelques instants — muette, oui parfaitement —, que serais-je devenue sans vous, William? Seule, j'allais au-devant d'un épouvantable fiasco.

William s'abstint de tout commentaire.

— Si Madame le permet, dit-il simplement, j'aimerais que nous revoyions la liste des invités, car il nous reste plusieurs décisions à prendre. Il importe de savoir qui sera hébergé à la ferme et où seront répartis les autres invités. J'ai moi-même visité tous les lieux de résidence envisageables et en ai déjà éliminé bon nombre. J'ai retenu tout ce qui me paraissait convenable. Naturellement si nous nous rendons compte au dernier moment que nous avons retenu trop de chambres, les frais de location resteront tout de même à notre charge.

— Naturellement! admit Helen. Mais si c'était l'inverse?

— J'ai également envisagé ce cas, et j'ai donc tenu compte d'une certaine marge d'incertitude. Je me permets d'ailleurs d'attirer votre attention sur un point particulier : dans de nombreux cas nous ne savons pas exactement combien de temps resteront nos invités. Peut-être tel ou tel d'entre eux envisagera-t-il de prolonger son séjour. C'est essentiellement de là que vient ce coefficient d'incertitude auquel je faisais allusion tout à l'heure. J'ajoute enfin qu'il a parfois été impossible de retenir un nombre suffisant de chambres dans la mesure où beaucoup sont déjà louées par des gens en vacances à cette date.

— Autrement dit nous n'avons pas assez de chambres. Mais alors qu'allons-nous devenir?

— Nous en avons assez. Seulement, à mon grand regret, notre rayon d'action s'est un peu élargi. J'ai dû prospecter jusqu'à cinquante kilomètres à la ronde, ce qui au départ n'était pas dans mes intentions. Cela implique que nous ayons suffisamment de chauffeurs à notre disposition. De chauffeurs et de voitures, bien entendu. J'ai déjà recruté quelques personnes du village. J'ai également pris contact avec le bureau d'emploi des étudiants à Munich et j'espère que l'on m'enverra quelques jeunes gens bien élevés, sachant conduire, et capables de rendre quelques menus services.

— Des étudiants? Bien élevés? murmura Helen d'un ton dubitatif. Je crains que vous n'ayez frappé à la mauvaise porte.

— La contagion gauchiste et le laisser-aller n'ont atteint qu'une faible minorité de la jeunesse universitaire, me suis-je laissé dire. Nous verrons. Par prudence, j'ai adressé une autre demande au service de l'emploi.

— Le service de l'emploi. Mon Dieu!

Imperturbable, William poursuivit sans prendre garde à cette intervention :

— Le programme serait le suivant : mercredi soir, grand bal. Dernier adieu au célibat, en quelque sorte. Donc arrivée des invités mercredi au plus tard, dès mardi dans la plupart des cas. Quoi qu'il en soit, toutes les chambres sont réservées à partir de mardi. Jeudi matin cérémonie à la mairie. Et à midi précis, la bénédiction nuptiale.

Il s'interrompit pour préciser :

— C'était une heure un peu inhabituelle. J'ai eu quelque peine à convaincre le prêtre qu'il pourrait aussi bien déjeuner plus tard. A mon avis il aura donc tendance à abréger la cérémonie, et ce n'en est que mieux. Je suppose que Madame partage cette opinion?

— Totalement.

— Je le pensais bien. Pour le lunch, pas de grande table. Plusieurs buffets seront dressés à l'intérieur de la maison et dans le jardin. Ils seront assez judicieusement répartis et en nombre suffisant pour éviter toute cohue. Les spécialités bavaroises seront à l'honneur. Mais je n'ai pas besoin de vous donner plus d'informations sur ce point, la maison Käfer ayant soumis plusieurs propositions à votre accord.

— Oui, bien entendu.

— Vous pouvez sans crainte vous en remettre à cette maison qui a toujours soutenu sa réputation. Tout est parfait. Käfer fournit le personnel, en costumes régionaux naturellement, et même un orchestre bavarois. Nous garderons pour le soir du mariage l'orchestre qui aura animé le bal de la veille. Dans l'immédiat le principal problème est de trouver suffisamment de tables et de sièges, lesquels, je le répète, seront répartis à l'intérieur de la maison et dans le jardin. Car nous ne donnons pas un cocktail, et il est indispensable que tous les invités soient confortablement installés. C'est la seule question que je n'ai pas encore entièrement résolue.

— Vous parlez d'installer des tables dehors, dit Helen en interrogeant le ciel avec inquiétude. Et si le temps ne change pas?

— J'espère que si. Mais il faut évidemment tenir compte de cette possibilité. Le cas échéant on installera une tente. Käfer s'en occupe également.

(Pour le cas où *réellement* quelqu'un ne saurait pas encore qui est Käfer : épicerie fine, restaurant éminemment gastronomique, traiteur mondialement célèbre.)

C'était d'ailleurs une des questions qui avaient suscité un léger différend entre Mme Kannegiesser et son mari.

— Toi et ton Käfer, avait maugréé Otto. Vous êtes toutes les mêmes. A vous entendre on croirait qu'il était impossible de manger quelque chose de convenable à Munich avant que Käfer ne s'y installe. Pourquoi ne demanderais-tu pas à Dallmayr de s'occuper du buffet? C'est ce que nous faisions autrefois et nous n'avons jamais été déçus. Tout était parfait, absolument irréprochable. Dernièrement nous avons eu recours à leurs services pour une réception à la Bayern, et tout le monde était enchanté. Surtout les Français. Et Dieu sait qu'ils ont une réputation de gastronomes. Enfin, à mon avis, c'est plutôt à Dallmayr que tu devrais t'adresser.

Mais Helen n'était pas femme à se laisser influencer. Du reste sa décision était prise depuis longtemps, et elle avait déjà conclu un accord avec Käfer.

— Je vous demande pardon? Vous disiez, Madame?

— Comment?... Ah! rien, rien d'important. Mon Dieu, William...

— Que Madame ne s'inquiète de rien. Tout se passera bien.

Et, événement rare, William sourit. Pour être exceptionnel ou parce qu'il était exceptionnel, son sourire n'en avait que plus de valeur; il était aussi important qu'un rayon de soleil dans le ciel de Chiemgau le jour du mariage. Un soleil qui ne manquerait pas de faire son apparition, William n'en doutait pas un instant.

— Une dernière chose, ajouta-t-il. Je me suis permis, sans vous en demander l'autorisation, de passer plusieurs commandes chez les commerçants de la région. En effet j'ai pensé que si nous faisions tout venir de la ville, les gens risqueraient de se vexer, voire de réagir assez violemment. Or il est préférable de se gagner leur sympathie.

— Certainement, William, vous avez très bien fait. Je

vous félicite d'y avoir pensé. Mais il est vrai que vous pensez à tout.

— Je l'espère, Madame, je l'espère.

Comme Helen, laissons-le en toute confiance poursuivre les préparatifs et tournons-nous vers l'avenir : le grand jour approche.

VII

LE PREMIER INVITÉ

LES invités n'arrivèrent pas tous le mardi ou le mercredi, mais certains beaucoup plus tôt.

Ce fut le cas, et sur ce plan elle détint un véritable record, de Doña Joana Ramirez, née Johanna Maria Mühlbauer, Jo pour les intimes.

Un jour que Martina l'avait appelée Tante Jo, elle avait répliqué :

— Quand tu me parles, appelle-moi Jo.

Et Martina, qui avait quatre ans à l'époque et était une enfant sérieuse, avait gravement opiné. Elle ne dit plus jamais « tante » à celle qui refusait ce titre. L'enfant était d'ailleurs très attirée par Jo. Sans doute ce sentiment aurait-il laissé place à une véritable passion, si Jo avait fréquenté les Kannegiesser avec plus d'assiduité. Mais on la voyait très rarement.

Elle était apparentée à Otto, dont la première femme, née Mühlbauer, avait une sœur de huit ans sa cadette : Johanna Maria. Dès son adolescence, elle se distingua par ses frasques. A dix-neuf ans, elle s'était déjà fiancée deux fois pour rompre juste avant le mariage : la demoiselle avait déjà du tempérament.

Peu après elle quitta sa famille pour devenir actrice. Elle connut d'ailleurs une certaine célébrité sous le pseudonyme de Jo Bauer. Pendant quelque temps, elle se produisit à Berlin au théâtre de la Renaissance, interpréta avec beaucoup de succès des rôles comiques dans des pièces de boulevard, et apparut même dans des opérettes car elle avait une assez jolie voix qu'un maestro, amoureux transi, lui fit travailler.

Les rôles de femme fatale étaient ceux qui lui convenaient le mieux. Et pas uniquement sur scène. Au cours de sa carrière théâtrale elle se maria deux fois. Son troisième mari l'emmena en Amérique, et elle atterrit bientôt à Hollywood. Pendant longtemps sa famille resta sans nouvelles. Ce fut la guerre.

Après la guerre, elle ne tarda pas à refaire parler d'elle, et en 49 elle revint en Europe. Divorcée, cela va sans dire. Au lieu d'essayer de remonter sur les planches, elle nourrit l'ambition de devenir écrivain. Elle écrivit donc plusieurs romans-fleuves dont la hardiesse parut trop choquante à une époque où le vent de la sexualité ne s'était pas encore levé, de sorte qu'ils se vendirent sous le manteau dans des conditions donc peu propices à une carrière littéraire glorieuse.

Ayant épousé un Français, elle s'envola pour Paris. Cette fois, elle n'eut pas à divorcer, cet infortuné mari n'ayant pas survécu. De nouveau une longue période s'écoula sans qu'elle donnât de nouvelles. Quand elle revint, elle était devenue Señora Joana Ramirez, l'épouse d'un milliardaire mexicain. N'étant plus toute jeune, elle ne pouvait guère souhaiter mieux. Quand le Señor Ramirez vint à disparaître, elle hérita d'une somptueuse demeure à Mexico, d'une villa à Acapulco, et devint célèbre dans tous les grands palaces internationaux.

De tous les invités au mariage, ce fut donc elle qui arriva la première. William, est-il besoin de le préciser? en fut absolument enchanté. D'autant qu'elle était entourée d'un faste quasi princier. On vit s'arrêter devant la ferme une Rolls-Royce conduite par un chauffeur dont la beauté aurait fait pâlir de jalousie Apollon lui-même.

Une des jeunes filles du village, engagée par William, se précipita en entendant le klaxon mélodieux de la Rolls et ouvrit des yeux stupéfaits devant la voiture et son prestigieux chauffeur.

— Oh! fit-elle, quand elle retrouva ses esprits.

— *Madre de Dios!* Quel trou perdu! Est-ce bien le château des Kannegiesser?

Pour toute réponse, Zensi hocha la tête.

— Voyons... C'est bien ici qu'on fête un mariage?

— Oui, la semaine prochaine.

— *So I told you, madam,* dit l'Apollon.

— Aucune importance.

Sous un flot de cheveux flamboyants, Señora Ramirez souriait, et d'un sourire si éclatant que Zensi en resta encore plus pantelante.

— Nous sommes un peu en avance? Eh bien, profitons-en pour jeter un coup d'œil.

John se précipita pour ouvrir la portière. La Señora descendit. Une silhouette juvénile, mise en valeur par un pantalon noir et un blazer à rayures rouges et noires. Elle regarda autour d'elle, puis leva vers le ciel un œil désapprobateur.

— Pourquoi pleut-il?

A son tour Zensi leva la tête.

— Je ne sais pas. Il pleut depuis longtemps.

— Aucune importance.

D'un pas majestueux, la Señora se dirigea vers la maison. Mais la Rolls réservait une autre surprise à Zensi : une deuxième silhouette féminine en descendit, aussi frêle et délicate qu'une poupée; elle avait d'immenses yeux noirs et sa peau était d'une belle couleur chocolat au lait; sa mini robe verte couvrait à peine un petit derrière miniature et fort charmant.

— Hou la la! fit la jeune personne, ce qui était sans doute une allusion à la température ambiante.

Puis elle découvrit à peu près vingt-quatre dents étincelantes et ajouta à l'intention de Zensi :

— Hello!

— Hum! répondit Zensi, sur quoi elle suivit d'un œil fasciné le déchargement de la Rolls. Les valises succédèrent aux valises. Au bout d'un moment Zensi renonça à compter.

Pendant ce temps Josef Grainzinger accueillait la Seño-ra. De toute sa vie, Joana Ramirez, née Johanna Mühlbauer, n'avait jamais rencontré un homme qui eût la force de lui résister. Josef Grainzinger ne fit pas exception. Dans la demi-heure qui suivit, il lui fit visiter toute la ferme, lui raconta sa vie, et trouva encore le temps de la renseigner sur le mariage qui se préparait.

Sur ces entrefaites arriva William, que Zensi, qui avait tout de même gardé les pieds sur terre, s'était empressée d'avertir.

William savait qui était la Señora Ramirez.

— Señora Ramirez est la belle-sœur de mon mari, lui avait expliqué Helen lorsqu'ils avaient revu ensemble la liste des invités. Nous lui avons envoyé un faire-part, cela va de soi, mais je doute qu'elle vienne. Elle vit à Mexico... quand elle n'est pas en voyage. Elle vient rarement en Allemagne. La dernière fois que nous l'avons vue, c'était... voyons... c'était... oui, j'y suis, c'était pour le huit centième anniversaire de Munich.

— En dix-neuf cent cinquante-huit, précisa William.

On n'en dit pas plus sur la belle-sœur du consul.

Ce jour-là, William vit immédiatement à qui il avait affaire. Une vraie femme du monde, digne représentante de la gentry internationale. Aucun doute, il fallait installer la Señora au premier étage dans la grande chambre d'apparat, la plus luxueuse de la maison, où trônait un immense lit à baldaquin.

Helen avait pensé la donner au ministre au cas — plus que douteux — où il se déciderait à venir.

Mais William raisonna en ces termes : s'il venait, le ministre ne resterait qu'une journée, voire une demi-journée. La Señora en revanche allait prolonger son séjour pendant une semaine entière. En conséquence la plus belle chambre lui revenait de plein droit.

William demanda à la Señora ce qu'il devait lui servir à boire. Elle jeta un coup d'œil à sa montre, qui indiquait cinq heures un quart, et ordonna :

— Whisky.

Quand vint le soir, la ferme était devenue sa ferme. William, son maître d'hôtel. Josef, son fervent admirateur. Et elle avait appris tout ce que l'on pouvait savoir sur la famille Kannegiesser, le mariage, les invités et le village d'Endershausen.

Elle était également allée rendre visite à Stormy dans l'écurie.

On lui servit un dîner succulent, qui ne devait pourtant rien à la maison Käfer. Pendant le repas, elle but toute une bouteille de vin et accepta de fort bon gré le champagne que William lui proposa avec le dessert.

— Et maintenant appelez-moi Munich ! demanda-t-elle une fois restaurée.

Otto Kannegiesser se trouvait à Milan, mais Helen était là, et après avoir poussé une série d'exclamations subtilement nuancées en reconnaissant la voix de sa belle-sœur par alliance, elle lui suggéra de venir la rejoindre à Munich où elle serait peut-être plus confortablement installée.

— Je suis très bien ici, répondit Joana. Ton maître d'hôtel est la perfection même.

On n'aurait su mieux dire : ces paroles mirent du baume au cœur d'Helen.

— Je croyais que le mariage avait lieu demain, poursuivit Joana.

Et à la question d'Helen, qui demandait si elle devait venir, elle répondit qu'elle se sentait un peu lasse car elle arrivait directement de Monte-Carlo, elle avait l'intention d'aller se coucher le plus tôt possible.

Elle dormit d'un sommeil pesant, ce qui, après trois whiskies, une bouteille de vin et une demi-bouteille de champagne, n'avait rien de très surprenant.

Le lendemain matin à huit heures, elle était dans l'écurie et, avisant l'homme qui faisait office de palefrenier, elle lui ordonna de seller Stormy. Subjugué, il n'osa pas objecter que Mlle Martina entendait être seule à monter la jument. Toutefois il crut bon de la mettre en garde :

— C'est une vraie sauvage. Elle n'en fait qu'à sa tête !

— Et alors ? jeta sèchement la Señora.

Une minute plus tard elle quittait la ferme au petit trot. Stormy ne s'y trompa, il sentit immédiatement la cavalière experte. Une demi-heure plus tard elle traversait le village à cheval. Stormy prit peur en voyant un tracteur et fit un écart. Quand un autobus passa, il se cabra et rua de telle sorte qu'il fit s'écrouler un tas de pommes.

Le prêtre, qui prenait son petit déjeuner après la messe du matin, demanda à sa cuisinière :

— Qui est cette personne qui vient de passer à cheval?

La cuisinière n'en savait rien. Personne n'était au courant. Mais à midi plus personne ne l'ignorait : le premier invité était arrivé. Et l'échantillon était prometteur. On risquait d'assister non au mariage de l'année mais du siècle.

L'après-midi, Martina vint à la ferme. Elle représentait sa mère, retenue par une conférence chez son couturier.

Martina n'avait pas vu sa tante — ou pseudo-tante — depuis plus de douze ans, mais les sentiments d'un enfant résistent au temps.

— Je suis très heureuse que tu sois venue, dit-elle avec un sourire rayonnant.

— Tu es devenue très jolie, apprécia Joana. Tu es contente de te marier?

— Oui, très.

— Il faut bien commencer un jour. Comment est-il?

— Très bien.

— Bon amant?

— Je ne sais pas encore.

— Comment? Tu veux dire que tu ne l'as pas essayé?

Martina se fit soudain l'effet d'une petite oie blanche très vieux jeu.

— Non.

— Et pourquoi non?

— Ça ne s'est pas trouvé.

— Cela ne me dit rien qui vaille. Ou il n'a pas de tempérament, ou il ne t'aime pas. Je te trouve bien imprudente, ma chérie. Personnellement, je n'aurais jamais épousé un homme sans l'avoir essayé.

Martina éclata de rire :

— Il n'empêche que tu n'as pas toujours tiré le bon numéro. Tu as changé assez souvent, il me semble.

— Les hommes sont lassants, on finit toujours par s'en fatiguer. Ce n'est pas le choix qui manque, heureusement.

— Une chance qu'Helen ne t'entende pas.

— Helen! Elle ne comprend rien à ces choses-là. Mais toi... oui, plus je te regarde, plus j'ai l'impression que tu seras d'une autre trempe. Tu as une bouche sensuelle.

Ce soir-là, les deux femmes dînèrent en tête à tête sous l'œil attentif de William, que Zensi assistait de son mieux. Une question la tracassait : quelle était la véritable couleur des cheveux de la Señora? A son arrivée, elle était rousse, le lendemain blond platiné, et voilà que ce soir, toute brune, elle arborait une coiffure romantique en harmonie avec sa robe du soir en soie rouge.

— Mais alors elle a les cheveux de quelle couleur? demanda Zensi à Josef.

— Comment veux-tu que je le sache? Attendons, on verra bien.

Mais autant le dire dès maintenant : personne ne put jamais répondre avec une certitude absolue.

VIII

AINSI MONIKA...

QUE l'on n'aille pas s'imaginer qu'Endershausen est un village fantomatique perdu au fin fond d'un désert. Certes il est situé un peu à l'écart des grandes routes, ce qui est finalement un avantage car, les habitants considérant leur village comme le centre du monde, il y règne une atmosphère très vivante et originale. Il n'est cependant pas suffisamment à l'écart pour que les villageois ignorent ce qui se passe dans le monde. Pas assez retiré non plus pour que, partant d'Endershausen, on ait des difficultés à accéder aux grands axes routiers.

Beaucoup avaient émigré vers les villes, Munich en particulier, mais revenaient de temps en temps. Et tout le monde était d'accord sur ce point : inutile de chercher, aucun endroit au monde n'était plus beau qu'Endershausen.

Pendant un an Zensi avait travaillé à Munich dans une petite fabrique de textiles, mais elle avait eu le mal du pays et était revenue au village. Contrairement à la plupart des jeunes gens de son entourage qui rêvaient de la capitale, elle s'accommodait mal de la vie citadine.

Son père avait une ferme qui, pour n'être pas la plus importante du pays, n'en était pas moins une exploitation agricole déjà fort respectable et, après avoir déclaré à seize ans qu'elle en avait assez des vaches et du foin, Zensi s'était bientôt rendu compte que les deux lui manquaient. Sepp aussi lui manquait.

Sepp était le fils de la ferme voisine. Si tout se passait comme prévu, ils se marieraient dans un an. Aussi était-elle curieuse de voir comment on se mariait chez les gens bien.

De retour au pays, Zensi avait fait un apprentissage chez la couturière du village. Elle était d'ailleurs très habile de ses mains, et le peu qu'elle avait appris lorsqu'elle était employée dans la fabrique de textiles, ne lui avait pas été inutile. Cependant, quand elle atteignit vingt-trois ans elle retourna à la ferme. L'ouvrage avait beau ne pas manquer, elle n'était pas surchargée, car d'une part son frère s'était marié avec une jeune paysanne qui avait beaucoup de cœur à la tâche, d'autre part une de ses sœurs, restée à la ferme, participait également aux travaux quotidiens.

Aussi quand Grainzinger lui avait demandé si elle accepterait de venir travailler à la ferme Schlättersbacher, avait-elle immédiatement donné son accord. Il l'avait donc engagée comme domestique. La ferme était la plus grande et la plus belle de toute la région, et tout le monde avait regretté qu'elle soit vendue à des étrangers. Mais le paysan était trop vieux pour continuer à l'entretenir, et il n'avait pas d'héritiers.

A la ferme on menait une vie calme et presque ennuyeuse. Mais la perspective du mariage avait quelque peu modifié l'ambiance. Soudain débordée de travail, Zensi avait dû faire appel à Roserl, la fille cadette du cordonnier. A dix-huit ans, elle n'était encore qu'une gamine, mais elle était pleine de bonne volonté et toujours à la dévotion de Zensi qu'elle considérait comme un modèle.

Moni en revanche était une découverte de William. C'était la patronne de l'auberge qui la lui avait recommandée en lui affirmant que Moni était un véritable cordon bleu digne des plus grandes maisons.

L'avenir devait lui donner raison. Monika était la plus intelligente des trois domestiques, et elle avait de l'expérience. Son père possédait une épicerie qu'il avait peu à peu agrandie, puis transformée en magasin libre-service, car à Endershausen on n'était pas ennemi de la bonne chère et nullement hostile au progrès.

Moni avait fait ses premières armes à l'auberge « Zur Post », puis était entrée comme apprentie cuisinière dans un hôtel de Priem, où elle avait eu la chance de travailler sous les ordres d'un excellent chef. Mais arriva ce qui arrive souvent à de très jeunes filles : un homme vint perturber cette carrière prometteuse. Elle tomba follement amoureuse d'un Autrichien qui travaillait comme sommelier dans un hôtel. Un homme jeune et beau, plein de charme, mais, hélas! un peu trop séduisant. En dépit des nombreuses mises en garde de ses parents, elle le suivit à Salzbourg. Elle venait juste d'avoir dix-huit ans. Elle trouva un emploi de serveuse, puis quitta Salzbourg pour Vienne. Là, ce fut la fin de son grand amour. Son galant ami la quitta.

Elle fut vraiment malheureuse et serait volontiers rentrée chez ses parents si elle n'avait craint les sarcasmes de ses deux sœurs. Et elle ne voulait pas non plus être la risée du village. Elle resta donc à Vienne où elle trouva de nouveau un emploi de serveuse, mais cette fois dans un café. Ayant réussi à économiser, elle prit une décision fort judicieuse : elle s'inscrivit dans une école hôtelière afin de parfaire sa formation. Puis elle trouva un engagement dans un hôtel de la Forêt-Noire qui venait de s'ouvrir. Là elle travailla sous la direction d'un très grand chef qui lui enseigna le véritable génie de la cuisine. Ce fut à cette époque qu'elle se maria. Son mari, qui dirigeait une entreprise de location de voitures, était un homme sérieux, droit et honnête. Il lui était très attaché et sut la rendre heureuse. Tous deux gagnaient bien leur vie et projetaient d'acheter un petit hôtel.

Trois ans plus tard, quand son mari trouva la mort dans un accident de voiture, Monika rentra à Endershausen. Depuis elle vivait chez ses parents qu'elle aidait à tenir l'épicerie, et elle s'entendait bien avec sa famille qui faisait tout pour qu'elle oublie son chagrin. Peu à peu, elle reprit goût à la vie et envisagea de chercher une nouvelle situation. Quand William lui proposa de l'engager pour une période déterminée, elle accepta ce travail qui devait apporter dans son existence un changement salutaire.

D'autre part, un homme était entré dans sa vie. Elle avait fait sa connaissance l'hiver dernier à Wendelstein où elle était allée faire du ski. Il habitait Munich, était commerçant — ou se faisait passer pour tel — et, d'un abord très chaleureux, il savait éveiller la sympathie.

Monika fut prudente. Chez elle, elle ne fit que de vagues allusions à cette rencontre. Le jour où sa mère voulut en savoir davantage, elle répondit :

— J'ai été assez échaudée. Maintenant je me méfie.

Méfiance de bon aloi... Leur dernière rencontre remontait à environ six semaines. Or ce fut en vain qu'elle attendit un coup de téléphone ou une visite. Le sort en avait décidé ainsi. Tant pis, elle trouverait des compensations dans le travail. Un jour elle quitterait Endershausen, et recommencerait une nouvelle vie. En célibataire.

IX

LE FINALE

ON en arrivait maintenant au dernier stade des préparatifs, et plus les jours passaient plus la fièvre montait. La
présence d'une femme aussi capricieuse et extravagante
que Joana aurait pu semer la confusion. Il n'en fut rien. Au
contraire sa collaboration s'avéra très précieuse.

Elle avait rendu visite à William dans son quartier général et, de sa propre initiative, il lui avait exposé non sans
une certaine fierté les grandes lignes de son plan de bataille. Elle ne s'était pas contentée d'écouter et d'approu-
ver béatement, mais avait émis quelques suggestions très
avisées, par exemple en ce qui concernait l'ordre du cortège.

Restait une question importante : la télévision
filmerait-elle la cérémonie? A ce sujet William lui-même
demeurait perplexe. Personne en tout cas ne lui en avait
soufflé mot.

— Je croyais que mon beau-frère était un homme important, s'étonna Joana.

— Certainement, approuva William. Mais c'est du
jeune couple qu'il s'agit. Si Mlle Martina était une actrice
célèbre, et M. le comte une vedette du football, la situation
serait différente.

— Par exemple! Curieux pays... A n'y rien comprendre.
Car, enfin, qui contribue au prestige national de l'Allemagne? Uniquement les hommes politiques et les hommes
d'affaires. Qu'on me cite un seul nom de comédien alle-

mand célèbre sur la scène internationale, personnellement je n'en connais aucun. Quant aux vedettes du football...? Pouvez-vous m'en donner un exemple?

William l'admit : il en était incapable. Mais cela ne signifiait pas grand-chose car il n'avait jamais mis les pieds sur un terrain de football ni même dans un stade. Lui, il jouait au golf.

— Tiens! Oui, d'ailleurs, pourquoi pas? J'ai parfois l'impression que l'on fait fausse route dans ce pays. Car, ma foi, il en va des États comme des hommes : ils ont tous une vocation propre. Et on ne fait bien que ce pour quoi on est doué.

— Dans ce pays, répondit William en reprenant l'expression de la Señora, beaucoup de choses ont changé, et pas en mieux. De nos jours, on a honte des fruits de son travail et de sa réussite. Je dirai même plus... on a honte de travailler et de réussir. Brasser des affaires et gagner de l'argent est « out », complètement « réac ». On préfère ne pas en parler et, à plus forte raison, on n'ose pas avouer qu'on en est fier.

— Intéressant... Mais alors que considère-t-on comme « in »?

— Il est « in » d'afficher son mépris de la réussite et de l'argent, en s'habillant avec négligé et en clamant bien haut la nécessité d'un profond bouleversement social.

— Qu'entend-on par-là?

— Une sorte de révolution. Qui passerait par le renversement de la classe dominante et la négation de ses valeurs traditionnelles.

La voix de William trahissait une amertume sincère.

— On en serait encore là? Je croyais ces idées périmées. Il est vrai qu'en Allemagne les modes durent toujours plus longtemps qu'ailleurs. Savez-vous pourquoi? Parce que les Allemands ne prennent jamais rien à la légère. Qu'ils s'emparent d'une idée, et ils ne l'abandonneront pas avant longtemps.

— On ne saurait mieux dire, chère madame.

— Vous êtes d'une gravité rebutante. Vous prenez tout

au sérieux, c'en est terrifiant. Car cette attitude peut avoir des conséquences catastrophiques, nous en avons fait la douloureuse expérience. Bizarre, non, un peuple qui ne change jamais? S'il est des gens qui m'en imposent, voyez-vous, ce sont les Américains. Eux aussi fourmillent d'idées plus ou moins folles, mais ils ne s'y accrochent jamais très longtemps. Aucun rapport avec le fanatisme allemand, qui lui peut être dangereux... on en a eu la preuve... Faites-vous partie des réformateurs, William?

— Pas de cette façon.

— Alors en quel sens?

— Je serais plutôt un passéiste, répondit William, avec dans le regard une lueur de fanatisme. Il me semble que j'aurais été plus à ma place par exemple au dix-huitième ou au dix-neuvième siècle.

— Oui, je vois. La Belle Époque. Je suis comme vous, j'aime cette période de l'histoire. La culture, les jeux de l'esprit, l'éclat, un certain charme morbide, un soupçon de frivolité, oui, la vie devait être amusante. Même si elle ne l'était pas pour tout le monde.

— Si je puis me permettre cette remarque, aucune période de l'histoire n'a jamais été heureuse pour tout le monde. Et la période actuelle peut-être encore moins qu'une autre. Mais après cette révolution, plus personne n'aura la vie belle.

— Vous parlez de cette révolution comme d'un fait acquis? Pensez-vous qu'elle soit inévitable?

— Il m'arrive de le redouter. Oui, je le crains souvent. J'espère seulement ne pas vivre de tels événements.

— Ne soyez pas pressé de disparaître. Si vous envisagez un jour de quitter l'Allemagne, venez chez moi à Mexico. Mon mode de vie ne devrait pas vous déplaire.

— Je n'en doute pas et je vous suis très reconnaissant. Croyez bien que je ne l'oublierai pas.

Irmgard, la fille de l'instituteur et, nous le savons, la secrétaire particulière de William, avait suivi très attentivement cette conversation. A ses yeux, William était le

Seul, l'Unique, le Vrai. Elle l'admirait chaque jour davantage. Et, comme elle vivait à ses côtés depuis maintenant quatorze jours, la malheureuse se trouvait dans un état de confusion mentale avancé. En un mot, elle était amoureuse de William.

Blonde et délicate, elle était d'ailleurs très jolie. Six mois plus tôt, quand elle était revenue chez son père juste après son divorce, elle n'avait aucune idée de ce que l'avenir lui réserverait. Elle ne savait qu'une chose : elle en avait fini avec les hommes. Et voilà que William était arrivé ! Tout ce qu'il disait était parole d'Évangile, tout ce qu'il entreprenait était voué au succès.

Aujourd'hui encore cette conversation avec l'étrangère. Qui parlait d'ailleurs merveilleusement bien l'allemand. Comme il savait choisir ses mots, comme il s'exprimait bien, comme il était cultivé ! Irmgard ne put s'empêcher de le comparer à son ancien mari, un obsédé du ballon rond qui passait tous ses dimanches sur le terrain de football. Aurait-il jamais employé des mots comme « renversement de la classe dominante » ? « Qu'ils aillent se faire voir ! », c'était tout ce qu'il savait dire. Lui aussi, à sa façon, était sûrement une sorte de réformateur. Mais comment le comparer à un être d'élite tel que William ? Irmgard n'évoquait jamais le passé sans un frisson rétrospectif. Avait-elle vraiment été mariée à un tel mufle ? Et comment avait-elle été assez sotte pour souffrir de son divorce ?

La Señora avait chaussé de gigantesques lunettes à la monture rose, et étudiait les derniers dossiers déposés sur le bureau de William. Aujourd'hui elle était blond doré et portait un ensemble bleu saphir. Elle ne fut pas sans remarquer le frisson d'Irmgard. Elle leva les yeux et ôta ses lunettes.

— Vous avez froid, n'est-ce pas ? Quel temps abominable ! Regardez !

Il tombait des trombes d'eau. Au point qu'elle avait dû renoncer à sa promenade à cheval. Exceptionnellement. Car Martina lui avait dit :

— Je te suis reconnaissante de faire prendre un peu

d'exercice à Stormy. Je ne pourrai pratiquement pas venir de la semaine.

— Je suppose qu'il n'est pas prévu de se replier sur Munich... je veux dire, au cas où ce mauvais temps continuerait?

C'était là un des principaux soucis de William, mais il se refusait à l'admettre.

— Ce n'est pas prévu, en effet, mais pas impossible. Personnellement, je suis d'avis que cette pluie va bientôt s'arrêter.

— D'où tirez-vous cette conviction absurde?

— La pluie cessera bien un jour.

— Tiens? Serait-ce un principe de météorologie?

— On ne peut guère imaginer pire. Donc ça ne peut que s'arranger.

— C'est vous qui le dites. Et si on faisait dire une messe?

Irmgard haussa les épaules.

— De nos jours ce genre de pratique est un peu dépassé.

— Ah oui? Eh bien, moi, je connais beaucoup de pays où actuellement encore on prie par exemple pour qu'il pleuve. Et avec quelle ferveur! Je ne vois donc pas pourquoi on ne pourrait pas prier pour qu'il fasse beau. Si on en parlait au prêtre?

William craignait sans doute qu'elle ne se rende au presbytère séance tenante, car il répondit prudemment :

— Attendons demain.

— Soit. A part cela, puis-je encore vous être utile?

— Je vous remercie, Madame. Mais tout va pour le mieux.

Joana revint vers la fenêtre. John l'attendait au volant de la Rolls gris métallisé.

— Aujourd'hui j'ai l'intention d'aller en ville.

— Passerez-vous la nuit à Munich?

— En aucun cas. Rien ne me ferait renoncer à mon lit à baldaquin. Il y a des années que je n'ai pas aussi bien dormi.

Elle leva la main en signe d'adieu.

— *Hasta la vista.*

Quand la porte se referma derrière elle, Irmgard poussa un soupir.

— Quelle femme étonnante!

— La classe, mon petit, la classe, commenta William. Cela ne s'apprend pas, c'est inné.

Manifestement il ignorait tout de l'enfance de Johanna Mühlbauer.

— Où en étions-nous?...

Irmgard se tourna de nouveau vers sa machine à écrire.

— ... nous nous permettons d'attirer votre attention sur le fait que la livraison des articles commandés n'a pas encore été effectuée, et nous vous prions...

William garda le silence. Debout devant la fenêtre, il vit Joana monter dans la Rolls où l'attendait Miss Chocolat-au-lait. John s'installa au volant, et l'équipage princier s'éloigna sans bruit.

William soupira. Il observa le ciel menaçant qui déversait des trombes et des trombes d'eau, comme s'il se préparait un nouveau déluge. Et il soupira derechef.

— Mademoiselle Irmgard, dit-il avec une aménité surprenante, je crois que nous devrions nous offrir une petite récréation. Quant à moi, je sens qu'une boisson reconstituante me serait tout à fait salutaire.

Irmgard ne fit qu'un bond.

— Voulez-vous que j'aille vous chercher quelque chose?

William la réprimanda du regard.

— Il y a un téléphone dans cette pièce, et suffisamment de gens oisifs dans cette maison.

Irmgard avait déjà décroché le combiné.

— Une bière? demanda-t-elle Peut-être un *schnaps?*

William hocha la tête.

— Il ne saurait en être question. Demander au prêtre de prier pour le retour du soleil serait sans doute un peu délicat. En revanche quelques libations propitiatoires s'imposent. Nous allons donc boire du champagne. Si vous voulez bien en commander une bouteille... Du meilleur, naturellement!

Irmgard rougit. Il avait dit « nous ». Nous allons boire du champagne. Du champagne! Le matin! Il pouvait bien pleuvoir à torrents, le bureau, lui, était inondé de soleil.

Joana rentra de Munich assez tôt. Elle s'installa près de la cheminée de la grande pièce du rez-de-chaussée — baptisée hall en toute simplicité — pour y prendre l'apéritif et, une heure plus tard, elle s'installa comme chaque soir devant la table décorée à son intention de fleurs et de bougies. La date du mariage pourrait bien être reculée, peu lui importait. Elle était parfaitement satisfaite de sa vie actuelle.

En revanche son bref séjour à Munich ne l'avait pas enchantée. Après une petite promenade interrompue par la pluie, car à Munich aussi il pleuvait, elle s'était fait conduire chez les Kannegiesser à Bogenhausen. Otto n'était pas là. De toute évidence il avait pris ses précautions, et il avait prévu de passer la dernière semaine avant le mariage le plus loin possible de Munich. Il était parti pour New York, apprit Joana. Helen était hystérique au dernier degré, et Martina elle-même, qui trois jours plus tôt se conduisait encore comme un individu conscient et normal, semblait quelque peu contaminée. Aussi Joana se hâta-t-elle de remonter dans la Rolls et de rentrer à la ferme.

— C'est curieux, expliqua-t-elle à Miss Chocolat-au-lait et à John l'Apollon, je me suis mariée cinq fois sans jamais faire autant d'histoires. Parfois j'étais même la première surprise de me retrouver la bague au doigt. Enfin quoi, ce n'est jamais qu'une petite formalité. Il n'y a pas à faire de chichis. Pourquoi se marie-t-on? Pas pour avoir un homme. Pour cela inutile de passer devant Monsieur le Maire. Seulement, en l'épousant, un homme prouve à une femme combien il tient à elle. S'il n'est pas prêt à se marier, on peut lui dire adieu immédiatement.

— *That's an old american fashion*, commenta John, *he has to pay for her.*

— Ce n'est ni vieux jeu ni américain. C'est une loi

universelle, valable encore de nos jours. Même les femmes émancipées tiennent au mariage. *Isn't it so?*

Miss Chocolat-au-lait éclata de rire en pensant à la bonne demi-douzaine de prétendants qu'elle avait laissés à Mexico. Il était bien plus amusant de partir en voyage avec la Señora.

— Apparemment je n'ai pas à me plaindre de ma situation, poursuivit Joana. Avec mes cinq mariages, j'ai amplement fait la preuve de l'attachement que les hommes me portent. Maintenant je peux vivre comme je l'entends.

Et elle ponctua cette déclaration d'une chatouille mutine sur la nuque de son séduisant chauffeur.

Est-il besoin de le préciser, John et Miss Chocolat-au-lait se sentaient parfaitement heureux en Haute-Bavière. Tous deux menaient à la ferme une vie de rêve. De temps en temps John faisait faire de petites promenades à la Señora, et il passait le reste de la journée dans la bibliothèque assez bien fournie en livres anglais.

Aux yeux de Zensi, Roserl et Moni, John et Maria n'étaient pas moins intéressants que la Señora elle-même. Le seul fait que Miss Chocolat-au-lait s'appelât Maria était déjà extraordinaire. Chiquita, Juanita, Frasquita, soit, mais pas ce prénom banal si répandu dans la région.

— Qu'est-ce que c'est que cette fille? avait demandé Roserl.

— Une femme de chambre, tiens! avait expliqué Zensi. En Amérique il y en a encore beaucoup.

De l'avis commun, Maria, femme de chambre ou non, avait la vie douce.

Le matin, elle servait le petit déjeuner de la Señora au lit. Un petit déjeuner d'ailleurs très frugal. La Señora ne prenait qu'une tasse de café et un petit pain. Elle soignait sa ligne, c'était manifeste. Maria aidait-elle la Señora à s'habiller et se déshabiller? On se posait la question sans pouvoir y répondre. Mais, de toute façon, ce n'était pas non plus une fonction très astreignante. Ensuite Maria peignait les perruques, du moins on le supposait, faisait un peu de rangement, et voilà, sa journée était terminée.

On s'intéressait presque autant à la garde-robe de Maria qu'aux perruques de la Señora. Au cinéma les femmes de chambre portaient des robes noires et des tabliers blancs. Or Maria arborait chaque jour une nouvelle tenue. Ses robes avaient toujours deux caractères communs : leur décolleté généreux et leur longueur — toutes s'arrêtaient bien au-dessus du genou.

Une chance qu'il fasse aussi mauvais, songeait Zensi, car au moins Maria ne pouvait pas traverser le village dans cet accoutrement. Crainte superflue : elle ne se promenait jamais à pied mais toujours en voiture et, avant de monter dans la Rolls, s'enveloppait douillettement dans un manteau jaune pâle.

— Une glace à la vanille avec de la sauce au chocolat, disait Josef.

Le samedi deux hommes arrivèrent enfin à la ferme. Jeunes tous les deux. Les étudiants envoyés par le service auquel William avait fait appel. Deux candidats seulement, au lieu des quatre initialement prévus, répondaient au profil exigé : bonne éducation, bonnes manières, cheveux courts, pas de barbe, et vaccinés contre la contagion idéologique du milieu.

Selon William, deux suffiraient. Car, d'une part le beau John était là et consentirait peut-être à rendre service, d'autre part les recrues locales étaient assez nombreuses. En réalité, on aurait très bien pu se passer des étudiants. Mais on trouverait toujours à les employer, et pas seulement comme chauffeurs.

Avant d'avoir été réunis par les circonstances, les deux jeunes gens ne se connaissaient pas. L'un étant étudiant en biologie, l'autre en sociologie, ils n'avaient jamais eu l'occasion de se rencontrer. Mais, comme on les avait présentés, ils avaient décidé de faire le voyage ensemble.

Ils étaient extrêmement différents. Le biologiste n'avait pas l'allure d'un étudiant. Il devait avoir environ trente ans. Il s'appelait Erich Wilcken, était de taille moyenne, trapu, et son visage était déjà très marqué. Il avait les yeux gris, un front haut et large, et ses cheveux blonds étaient coupés assez court. Il était très réservé, voire quelque peu taciturne, ce qui ne gênait nullement son compagnon, très ouvert quant à lui et pour le moins volubile.

Le sociologue, Knud-Dietmar von Bettersberg, venait tout juste d'avoir vingt et un ans. Il avait toute l'impétuosité de la jeunesse, son visage aux traits fins et réguliers ne manquait pas de charme, et la veille encore ses cheveux blonds lui tombaient jusqu'aux épaules. Il les avait fait couper uniquement pour obtenir ce job, un sacrifice douloureux, expliqua-t-il au biologiste.

Ce dernier haussa les épaules avec lassitude.

— Tu comprends, je ne pouvais pas laisser passer une occasion pareille. Un vrai mariage princier. Tout le Gotha. Quel régal pour un sociologue! De quoi écrire une thèse de doctorat. Derniers sursauts du capitalisme décadent. Kannegiesser est une vraie canaille. Un sale cochon de bourgeois. Mûr pour la guillotine.

Ce charmant jeune homme, on le voit, ne correspondait pas trait pour trait au portrait-robot esquissé par William.

Ils voyageaient dans la voiture de von Bettersberg, un vieux tacot cahotant et brinquebalant qui allait encore bravement son petit bonhomme de chemin.

A Irschenberg, Erich Wilcken savait déjà tout de la vie de son compagnon.

— Je suis de gauche, d'accord, mais pacifiste. Je ne crois pas beaucoup à la violence. Je ne dis pas qu'il ne faudra pas en tuer quelques-uns histoire de donner l'exemple, mais on a encore le temps.

— Ça me rassure, grommela Wilcken en s'efforçant de distinguer les montagnes par-delà les lourds nuages menaçants.

— Joli temps pour un mariage, plaisanta Knud-Dietmar. La fiancée risque de grelotter dans ses voiles. Bof, elle peut bien supporter ça.

Ils allumèrent une cigarette.

— Dès que j'ai entendu parler de ce job, je me suis mis sur les rangs. Je sens qu'une bombe va éclater. Une bombe, tu entends!

Wilcken fronça les sourcils.

— Pardon?

— Je te dis que je transporte une bombe.

— Ah oui?

— Dans la tête, tu comprends… une bombe intérieure.

— Non, j'avoue que je ne comprends pas très bien.

— Toi au moins, tu ne peux pas te vanter d'avoir le sens de la dialectique. M'étonne pas, d'ailleurs, à te voir, je m'en suis tout de suite rendu compte.

Erich Wilcken s'abstint de répondre.

— Au fait, tu sais que je suis un parent de la victime.

Et il se mit en devoir d'expliquer quels liens unissaient les von Bettersberg aux Solm-Weltingen.

— Bref, c'est assez compliqué… Mais dans des conditions pareilles, je trouve assez cocasse d'aller jouer les larbins chez ces gens-là. Enfin, je plaisante, mais j'ai du mal à le digérer.

— Alors pourquoi le faire?

— J'y tiens! Quel objet d'étude, tu penses! On ne peut rêver mieux. Mais ça fait tout de même mal au ventre. Je suis fichu de tomber sur mes vieux… Et je ne te parle pas du fiancé, Arndt. Rien d'un gai luron. Futur diplomate, ou quelque chose de ce genre. Je crois que je le connais. Il a fait une partie de ses études à Munich. Mais bien avant que j'entre à la Fac. Tu penses, je crois qu'il a dans les trente-deux ans. Je connais bien sa sœur, Daniela, elle s'appelle. Elle travaille dans la mode, enfin elle s'occupe de chiffons, quoi.

Là-dessus il expliqua à son compagnon qu'il était autorisé à l'appeler tout simplement Knud. Ce n'était pas sa faute s'il était affublé d'un prénom aberrant.

— Knud-Dietmar, a-t-on idée? Deux de suite, c'est imprononçable. Tu peux, toi?

Conciliant, Erich Wilcken fit une tentative et convint de la difficulté.

— Que veux-tu, je suis né dans une famille de dingues. Ce qui me console, c'est qu'ils l'étaient déjà avant ma naissance. Knud-d-d-d-Dietmar, il ne faut vraiment pas être malin. Tu parles d'un nom. Qu'est-ce que tu en penses? Un sacré handicap, non? En tout cas, ne te gêne pas : fais comme tout le monde, appelle-moi Knuddel.

Sur ces hautes considérations, ils arrivèrent à destination.

Knuddel ne savait rien de son compagnon pour cette excellente raison qu'il ne lui avait pas posé de questions. Mais l'eût-il fait qu'il n'aurait rien appris.

Quand ils entrèrent dans la maison, la première personne qu'ils rencontrèrent fut Miss Chocolat-au-lait. Allongée sur le tapis devant la cheminée, elle jouait avec les petits chats de Josef. Ravissant spectacle, on l'imagine. La charmante jeune personne accueillit les nouveaux venus avec une visible satisfaction.

— Hei? fit-elle avec un sourire radieux.

— Je vois qu'on ne s'est pas trompés d'adresse, dit Knuddel. Maintenant je comprends pourquoi le gai luron se marie. Hello *Sweetie!* Viens faire un baiser à papa. Et envoie pépé au cinéma.

Maria n'avait pas besoin de parler l'allemand pour comprendre. Enfin les divertissements allaient commencer.

Quelques hommes dans les parages, et la vie allait changer. Elle attendait cela avec impatience. Et la Señora, elle n'en doutait pas, partageait ce sentiment. Car enfin John était beau mais ennuyeux. Et tellement infatué de sa personne! Pas de doute, il était temps que la fête commence.

X

UNE SOIRÉ PAISIBLE

Reprenons le calendrier et récapitulons : ce fut le samedi soir que Wilcken et Knuddel arrivèrent à la ferme. Donc le samedi précédant la semaine du mariage. La journée avait été relativement calme, chacun avait vaqué à ses occupations, et tout allait pour le mieux. Trop bien peut-être. Car, dans la soirée, l'ambiance s'anima et les événements se précipitèrent.

L'arrivée des deux étudiants n'en fut nullement la cause. On les attendait.

Zensi fit irruption dans la pièce juste au moment où Knuddel, inspiré par les poses lascives de Miss Chocolat-au-lait, allait à son tour se vautrer sur le tapis.

— Êtes-vous messieurs les étudiants? demanda-t-elle d'un ton peu amène.

Knuddel fit une profonde révérence :

— Pour vous servir. Et vous, êtes-vous la fiancée?

Elle haussa les épaules.

— Venez avec moi, je vais vous montrer votre chambre. M. William sera là dans le courant de la soirée. Tenez-vous à sa disposition.

— Qui est ce M. William? s'enquit Knuddel.

Et ne supportant pas qu'on lui donne des ordres, il resta planté devant la cheminée.

— Vous verrez bien, répondit Zensi.

Wilcken la suivit sans mot dire.

L'air d'un roi offensé, Knuddel vitupéra :

— Je ne suis à la disposition de personne. Qu'on se le dise!

Mais comme nul ne prenait acte de cette protestation, il se résigna à obéir. Non sans rechigner, non sans un dernier regard pour Maria.

— A plus tard! dit-il en lui envoyant un baiser du bout des doigts. *So long*, baby!

— *Hasta la vista*, roucoula Miss Praliné.

Ce soir-là, William rentra relativement tôt. Sans doute un sixième sens l'avait-il averti que sa présence à la ferme allait s'avérer plus que jamais indispensable. Il avait l'intention de passer une soirée paisible, de préférence en bonne compagnie.

Irmgard était encore assise devant sa machine à écrire, quand il s'était approché d'elle et lui avait posé une main paternelle — paternelle? — sur l'épaule, en disant d'une voix douce :

— C'est assez pour aujourd'hui, mon enfant.

Irmgard cessa de taper et leva les yeux, rose d'émotion.

— Permettez-moi de vous dire que votre aide m'a été très précieuse, ajouta William. Et j'aimerais vous en remercier.

— Oh! fit Irmgard en rougissant davantage.

Son regard s'illumina. William avait eu maintes occasions de le remarquer : que quelque chose l'amusât ou qu'on lui dît un mot gentil, aussitôt son regard s'éclairait et ses yeux brillaient d'un éclat surprenant.

— Je voulais vous demander si vous accepteriez de dîner avec moi ce soir?

— Oh! mais... je... oui, certainement. Très volontiers.

— C'est probablement notre dernière soirée de répit. Ensuite nous n'aurons plus guère l'occasion de... de converser en tête à tête. Si toutefois cette perspective ne vous est pas trop désagréable.

Irmgard baissa la tête.

— Je... j'en serais très heureuse... Ici?

— Pardon?

— Je voulais dire... dînerons-nous ici à l'auberge?

— Je n'y songe pas.

— Chez nous, peut-être? A la maison?

— J'avais l'intention de vous emmener à la ferme.

— A la ferme? Mais... est-ce que je ne risque pas de déranger?

— Qui pourriez-vous déranger, mon enfant? Personne n'est encore arrivé à l'exception de la Señora Joana. Il n'y a donc aucun problème. Monika a reçu des ordres pour le dîner. Je vérifierai simplement que tout est en ordre, et nous pourrons passer à table en toute tranquillité.

Tous les deux en tête à tête? faillit interroger Irmgard. Mais au lieu de poser la question qui lui brûlait les lèvres, elle demanda :

— Quand? Enfin, à quelle heure partons-nous?

— Eh bien, le plus tôt possible. Dès maintenant, si vous voulez. Nous avons assez travaillé pour aujourd'hui. Et, à franchement parler, je serais heureux de ne plus penser au mariage pendant quelques heures. Je suppose que vous me comprenez.

— Je comprends oui. Ce mariage devient à ce point obsédant que je finis par en rêver la nuit. Seulement... je... je...

— Oui?

— Il faut que je prévienne mon père.

— Naturellement. Passons le voir, je vous emmène.

— Ne vous donnez pas cette peine. C'est à trois pas d'ici. J'y cours, je n'en ai que pour un instant.

William comprit : elle voulait se changer et se faire une beauté.

Il sourit.

— Je passe vous prendre dans une demi-heure.

Il était six heures et demie. William contempla les piles de dossiers qui jonchaient le bureau. Il avait peine à croire que dans une semaine tout serait fini. Le jeune couple partirait en voyage de noces, en Sicile lui avait-on dit. Là-bas, au moins, ils retrouveraient le soleil, la nature en fleurs, la mer. Dans huit jours les invités seraient tous repartis, et la paix reviendrait sur Endershausen. La ferme serait à nouveau déserte. Seul Josef y demeurerait en compagnie de Zensi, de son chien, des chats et des poules. Aucun doute : sitôt la fête terminée, le soleil ferait son apparition.

Et moi? se demanda William. Étrange question. Il repartirait pour Munich, évidemment; les Hartl avaient besoin de lui. Il devrait d'ailleurs faire un saut à la villa et vérifier que tout était en ordre. Il ferait un aller et retour demain matin s'il en avait la possibilité.

En l'absence de William, Don Emilio et Anastasia n'étaient évidemment pas restés à Munich, mais étaient partis faire une cure à Abano d'où ils ne devaient rentrer que pour le mariage.

William s'approcha de la fenêtre. Il reçut alors un tel choc qu'il oublia toutes ses préoccupations. Le soleil brillait. Plus de pluie. Plus de nuages. Finie la grisaille. Le ciel se déployait, bleu et serein, tandis que le soleil couchant éclairait les arbres et les toits d'un reflet chatoyant. William eut l'impression de vivre un rêve merveilleux. Il savait pourtant que son vœu se réaliserait. Puisque tout lui souriait, pourquoi le ciel lui aurait-il fait grise mine? William s'étira avec volupté. Il avait bien fait d'inviter la petite Irmgard. La soirée s'annonçait sous les meilleurs auspices, et si elle était aussi réussie qu'il l'espérait, peut-être resterait-il en relations avec la jeune femme. Relations purement amicales et épisodiques, bien entendu. De temps en temps, il aimait assez donner rendez-vous à une jolie femme, surtout si elle était douce et candide. Il n'avait rien d'un chaud partisan de l'émancipation féminine, et il n'appréciait guère les femmes autoritaires et sûres d'elles. Sur le plan privé tout au moins. Il aimait qu'une femme soit tendre et le regarde avec vénération.

Il avisa soudain le téléphone. Mieux valait rappeler à Zensi qu'il amenait une invitée. Il avait inscrit au menu des asperges et du rôti de veau, et souhaitait que Monika apporte quelque raffinement supplémentaire. Comme chaque soir la Señora dînerait dans la petite salle à manger du rez-de-chaussée, tandis que lui et son invitée s'installe-raient dans le fumoir du premier étage.

William se sentait d'excellente humeur. L'espace d'une soirée il allait enfin s'appartenir.

Le malheureux! Il ne se doutait pas encore que ses projets allaient être quelque peu contrariés...

Zensi répondit à la première sonnerie.

— Tout est prêt, annonça-t-elle. Moni mettra les as-perges à sept heures un quart. Elles sont très belles.

— Parfait. A part cela, tout va bien? Señora Ramirez est-elle rentrée?

— Oui, elle est train de prendre l'apéritif avec les étu-diants.

— Car ils sont arrivés? Fort bien.

— Oui, tous les deux. L'un est calme et très poli, mais on ne peut pas en dire autant de l'autre.

— Je verrai. Le cas échéant je les congédierai. Dites-moi... Non, peu importe. A plus tard, Zensi.

De quoi parle la Señora? allait-il demander. Mais c'eût été une question indécente. Il n'avait pas le droit d'inciter le personnel à épier les conversations. Pourtant il désap-prouvait l'attitude de la Señora. Étudiants ou non, les deux jeunes gens faisaient partie du personnel. Qu'ils prennent l'apéritif avec la Señora, ils ne perdaient rien pour atten-dre. Décidément il était temps qu'il rentre. Il consulta sa montre. La demi-heure était-elle passée? Presque. Il pou-vait aller chercher Irmgard.

Mme Obermaier le héla au moment où il montait dans sa voiture.

— Dînerez-vous ici ce soir, monsieur William? J'ai des asperges fraîches.

— Je regrette, madame Obermaier, mais le devoir m'appelle.

— Dans ce cas... ce sera pour une autre fois. Bonne soirée.

William était surpris de se sentir aussi bien dans ce village. Il avait l'impression d'être ici depuis des mois. Beaucoup de travail, certes, et beaucoup de responsabi-

lité. Une certaine inquiétude à fleur de peau, mais par-
dessus tout un réel sentiment de bien-être. Et quelle soirée
privilégiée! Le soleil! Son reflet doré sur le clocher. L'air si
pur, si doux. Et une compagnie féminine...

Pour fêter l'apparition du soleil, Irmgard avait troqué sa
jupe et son pull-over pour une très seyante robe d'été
imprimée et s'était légèrement maquillée.

Ils sortirent du village. Les prairies encore humides
étaient d'un beau vert émeraude, et la masse bleue des
montagnes alentour se détachait sur le ciel clément.

— Regardez, dit Irmgard. N'est-ce pas magnifique?
Pourvu que ça dure.

— Ayez confiance. Vous avez une très jolie robe, Irmgard.

— Oui! Je l'ai achetée à Salzbourg. Si j'avais su, je
serais allée chez le coiffeur. Je n'avais pas l'intention de le
faire avant mardi. Pour le mariage.

William sourit.

— Vous êtes très bien coiffée.

Une joyeuse animation régnait dans le hall. Joana était
assise sur l'accoudoir d'un fauteuil. Elle portait une
combinaison-pantalon en lamé argent et arborait une chevelure d'un roux flamboyant. Elle parlait. Allongée à sa
place favorite devant la cheminée, Miss Chocolat-au-lait
buvait un Coca-Cola, tandis que le beau John était vautré dans un fauteuil, un livre dans une main, un verre
de Martini dans l'autre.

Un jeune garçon était assis sur le tapis aux pieds de la
Señora. Il tenait un petit chat dans ses bras. Un autre se
tenait à l'écart, dans la pénombre. Il était adossé à une
armoire. Enfin, à l'arrière-plan, Zensi.

— William! s'écria Joana. Vous voilà enfin, je vous
attendais avec impatience. Nous sommes en train de refaire le monde, et nous ne sommes d'accord ni sur les fins
ni sur les moyens.

— Bonsoir, dit William. J'espère bien que vous n'êtes
pas près de vous mettre d'accord. Sur ce plan il faut se
méfier de l'unanimité.

Joana leva la main pour mieux prendre l'assistance à témoin.

— Prenez-en bonne note, messieurs. Les difficultés sont le piment de la vie. Une société parfaite serait ennuyeuse à mourir.

Elle vida son verre.

— Mon troisième Martini. Il faut absolument que je mange quelque chose.

— Le dîner sera prêt dans dix minutes, annonça Zensi. Je vais voir à la cuisine.

William examina les nouveaux venus. Le jeune, assis aux pieds de la Señora, ne bougea pas. L'autre approcha :

— Wilcken.

William hocha la tête, puis regarda l'autre sans mot dire.

— Debout, jeune idéologue! Je suis impatiente de juger de vos capacités, dit Joana.

— Moi, aussi, répondit plaisamment Knuddel en se levant d'un bond.

Il se tourna vers William et esquissa une fort gracieuse révérence.

— Bettersberg, pour servir. Êtes-vous le fiancé? Et madame l'heureuse élue? Je vous félicite, elle est ravissante.

Par chance, William se sentait enclin à l'indulgence. Il ne laisserait personne lui gâcher sa soirée.

— Vous faites erreur, répondit-il d'un ton mesuré. Bienvenue, messieurs. Rien de spécial pour ce soir, contentez-vous de vous installer. Zensi vous montrera où vous pouvez dîner. Soyez dans le hall demain matin à sept heures et demie, je vous donnerai les instructions nécessaires.

— Dites-moi, William, j'espère que vous n'avez pas amené notre petite Irmgard pour la faire travailler? demanda Joana.

Elle se laissa glisser au plus profond du fauteuil et sourit à la jeune fille.

— Vous êtes charmante, plus adorable que jamais. Auriez-vous l'intention de me voler William?

— Il faut encore revoir certains points de détail, expli-

82

qua William avec une certaine raideur. C'est pourquoi j'ai pensé que Mlle Irmgard pourrait dîner en ma compagnie.

— Excellente idée. Mais au fait, pourquoi ne...

Joana ne termina pas sa phrase. Pourquoi ne pas dîner ensemble? allait-elle proposer. Car elle était lasse de prendre ses repas en solitaire. D'excellents repas, soit, mais combien monotones! Cependant elle avait compris que William avait envie de rester en tête à tête avec sa blonde et charmante secrétaire.

La soirée eût sans doute été plus divertissante si elle avait pu inviter les deux étudiants à sa table. Mais William n'apprécierait guère ce genre d'initiative. Il était ici dans son domaine et entendait y faire respecter les hiérarchies. Il admettrait mal de la voir enfreindre cette loi tacite et bouleverser son univers.

Soudain Zensi fit irruption dans la pièce en poussant des cris de détresse.

— Que se passe-t-il? demanda William.

— Moni, c'est Moni!

— Monika? Que lui arrive-t-il?

— Elle est tombée et elle ne bouge plus. Elle est comme morte.

Tout le monde se leva avec un bel ensemble et se précipita dans la cuisine. On trouva Moni non pas couchée, mais assise par terre, la main sur le front, et légèrement haletante.

Elle ne savait pas ce qui s'était passé. Tout d'un coup elle avait été prise de vertiges, avait juste eu le temps de s'écarter des fourneaux, et puis plus rien.

— J'ai toujours pensé que dans cette cuisine l'aération laissait à désirer, commenta William. Il faudrait ouvrir une fenêtre.

Ce qui fut fait.

— Cela va mieux? s'inquiéta Joana.

— Oui, merci, madame. Beaucoup mieux. Je ne sais pas ce qui m'a pris. C'est trop bête. Je vous demande pardon.

— Vous devriez aller vous coucher.

— Pourquoi donc? Je me sens vraiment très bien.

Monika jeta un coup d'œil anxieux à ses casseroles.

— Nous pouvons très bien nous servir nous-mêmes, insista Joana. Tout est prêt.

Moni se redressa de toute sa taille.

— Il n'en est pas question! affirma-t-elle avec énergie. Je ne laisserai personne me remplacer. D'autant que je me sens tout à fait bien.

Blême il y a quelques minutes, elle commençait à reprendre des couleurs.

— Je crois qu'elle a de la fièvre, dit Joana en quittant la cuisine. Imaginez, William, qu'elle ait par exemple la rougeole et qu'elle contamine tous les invités.

— Mais comment Madame peut-elle supposer une chose pareille? s'écria William épouvanté.

— Oh! juste une idée comme ça.

— Peut-être qu'elle a la peste, renchérit Knuddel toujours plein de tact. Ou le choléra. Enfin une maladie très grave.

Il inspecta le hall d'un œil satisfait.

— Pas mal ici pour une quarantaine. Je crois que je ne m'y déplairais pas.

— On ne plaisante pas avec ces choses-là, dit William.

— Mais je ne plaisante pas! Je suis parfaitement sérieux au contraire. De toute façon, nous sommes tous des condamnés en puissance. Nous y passerons tous, alors un peu plus tôt, un peu plus tard. Autant commencer maintenant. Au lieu d'un mariage, ce sera un enterrement, voilà tout. La veillée funèbre remplacera le bal. Assez sublime, non?

— Tu ne pourrais pas la boucler de temps en temps, dit Wilcken, et c'étaient les premiers mots qu'il prononçait de la soirée. Allez, viens.

D'un mouvement de tête il indiqua la sortie et, se tournant vers William, ajouta :

— Je suppose que nous pouvons nous retirer.

— Certainement. Je vous verrai demain matin.

— J'espère qu'on va nous donner quelque chose à manger, gémit Knuddel. Je sens mon estomac qui commence à faire des nœuds.

— Suivez-moi, je vous prie. Je vais vous montrer où vous allez dîner.

— C'est fait, répondit Wilcken. Mlle Zensi nous a mis au courant.

Mais William tenait à s'assurer que tout allait bien dans la cuisine.

— Un tout petit instant, Irmgard. Je reviens tout de suite. S'il vous plaît, messieurs...

Aussitôt Joana prit la situation en main.

— Approchez, Irmgard, venez vous asseoir près de moi. Vous allez boire un Martini en ma compagnie. John, voulez-vous nous préparer un verre? Prenez votre temps, William. Je me charge de distraire Irmgard. Nous pourrions parler de l'amour, c'est toujours un excellent sujet de conversation.

— Dans ce cas je reste là, ça m'intéresse, dit Knuddel en faisant mine de reprendre sa place aux pieds de Joana.

Mais Wilcken le saisit par l'épaule et le poussa vers la sortie.

— Tu m'as l'air plutôt autoritaire, toi. Il faudra que nous ayons un entretien sérieux tous les deux. On verra ça demain matin... enfin, si nous sommes encore en vie... sinon, eh bien, nous...

La porte se referma sur eux.

Irmgard s'assit timidement sur le bord du fauteuil en face de Joana. John leur servit des Martini. Maria, toujours allongée devant la cheminée, se mit à fredonner.

— Cette maison n'est-elle pas merveilleuse? commença Joana. N'était ce mariage ridicule, tout serait parfait. Personnellement je resterais bien pendant des semaines. Êtes-vous amoureuse de William? Grands dieux, pourquoi cet air choqué? Rien de plus naturel ni de plus merveilleux. Savez-vous combien de fois j'ai été amoureuse? Non, à vrai dire, on ne peut pas compter, mais...

— Tout va bien? demanda William en entrant dans la cuisine.

— Bien sûr, répondit Monika. Je me sens en pleine forme.

Mais le ton semblait un peu forcé. Des gouttes de sueur perlaient sur son front.

— Encore un peu de patience, dit William, s'adressant à Knuddel et Wilcken qui attendaient debout dans une petite salle à manger attenante à la cuisine. Zensi va vous servir votre repas. Ah! voici M. Grainzinger. Bonsoir, M. Grainzinger. Permettez-moi de vous présenter à ces messieurs.

— Je les connais déjà... Vous avez vu ce temps? Et la lune est belle, hein, qu'est-ce que vous en dites?

— Je m'en réjouis au plus haut point. Bon signe, tous les espoirs nous sont permis.

Mais William était beaucoup moins confiant qu'il ne l'affirmait. Quelque obscur pressentiment l'inquiétait.

XI

LA VISITE DU MÉDECIN

On put au moins dîner en paix. De sa place Joana admira tout à loisir le spectacle des montagnes.

— Vous voyez, dit-elle, quand, après les hors-d'œuvre, William vint s'assurer que tout allait bien, cela a tout de même servi à quelque chose.

— A quoi Madame fait-elle allusion?

— J'ai prié pour le retour du beau temps. Je vous avais suggéré de faire dire une messe, vous vous en souvenez? Car, voyez-vous, William, je suis très croyante. Aujourd'hui les gens ne savent plus prier, ils s'imaginent que c'est inutile. Moi je suis convaincue du contraire.

William lui jeta un regard dubitatif, mais elle était d'un sérieux imperturbable.

— Dans ma vie, chaque fois que j'ai eu des ennuis, je me suis tournée vers Dieu et j'ai fait appel à Sa grâce. Il m'a toujours secourue. C'est vrai, William, mais allez plutôt rejoindre Irmgard, ne la laissez pas mourir de faim.

A l'étage supérieur, dans le fumoir, tout se déroulait à merveille. Au velouté de tomates succédèrent des asperges, puis du rôti de veau, et comme dessert un moka aux noix.

Irmgard poussa un profond soupir.

— Un vrai délice, mais je n'en peux plus. Est-ce Moni qui a tout préparé?

— Oui. C'est une excellente cuisinière. On voit qu'elle a

fait ses classes et qu'elle a été formée par de très grands chefs. Mais vous le savez aussi bien que moi.

— Oui, je la connais depuis longtemps. Elle a eu mon père comme instituteur.

William remplit à nouveau les verres.

— Attendons un peu avant de goûter le moka. Cigarette?

Il s'approcha un peu de sa compagne et lui sourit.

— Parlez-moi un peu de vous, Irmgard. Racontez-moi votre enfance...

— Mon enfance?

— Oui. Vous évoquiez l'école il y a un instant. Êtes-vous fille unique? Je suppose qu'être la fille de l'instituteur dans un endroit comme Endershausen est une situation tout à fait enviable?

Irmgard s'esclaffa.

— Je vous laisse la responsabilité de cette affirmation. Non, en réalité, il y a des avantages et des inconvénients. On fait parfois des expériences amusantes...

En apportant le dessert à la Señora, Zensi annonça :

— Moni est encore tombée.

— Un nouvel évanouissement? A-t-elle perdu connaissance?

— Je ne sais pas, mais en tout cas elle est tombée. Je l'ai transportée dans ma chambre pour qu'elle se repose. Elle voulait partir à vélo, alors je l'en ai empêchée.

— Tu as eu raison. Sais-tu ce que nous allons faire, Zensi? Nous allons appeler le docteur.

— Elle ne veut pas en entendre parler. Elle dit qu'elle n'est pas malade et qu'elle se sent très bien. Qu'elle est seulement un peu fatiguée.

— Elle a du travail, soit, mais elle n'est tout de même pas surchargée. Non, il faut absolument faire venir un médecin.

— Tout de suite?

— Pourquoi pas? Oui, évidemment, nous sommes samedi soir... Crois-tu qu'il acceptera?

— Notre docteur? Oh oui, sûrement. On peut le déranger tous les jours et à n'importe quelle heure. Il est très gentil avec les malades.

— Et à part cela, comment est-il?

— Moi, je l'aime bien, c'est tout ce que je peux vous dire. Seulement bien sûr il est déjà vieux.

Dans la bouche de Zensi, cette dernière remarque résonnait comme un avertissement. Car elle avait deviné que si la Señora insistait pour faire venir le médecin, c'était autant pour Moni que pour s'offrir quelque distraction.

— Ah bon. Aucune importance, d'ailleurs. Appelons-le, on ne sait jamais. Quand tous les invités seront là, je serais bien surprise que l'on n'ait pas besoin d'un médecin. Alors autant faire sa connaissance dès maintenant. Et écoute-moi bien, Zensi, nous allons garder ça pour nous. D'accord? Inutile de déranger William, il serait trop cruel de lui gâcher sa soirée. Laissons-le roucouler. Ne préviens pas non plus Moni. Il sera toujours temps de le lui annoncer quand le docteur sera là.

Sur ces mots, la Señora décrocha le téléphone.

Un quart d'heure plus tard, le docteur Rupert arrivait. Le piloter dans la maison sans éveiller l'attention de William tenait de l'exploit, mais on réussit ce tour de force. Le médecin écouta attentivement les explications de Joana, tout en la dévisageant avec intérêt, car, comme tout le monde à Endershausen, il avait déjà entendu les commentaires les plus variés à son sujet.

— Allons voir cette chère Moni, dit-il.

— Vous la connaissez?

— Si je la connais! Depuis combien de temps croyez-vous que j'exerce à Endershausen, chère madame?

— Laissez-moi deviner... Dix ans?

— Trente-huit ans. Oui, trente-huit. Alors vous pensez si je connais Moni. C'est moi qui l'ai mise au monde. C'était le premier accouchement que j'ai fait en rentrant de la guerre. Le genre de choses qu'on n'oublie pas. J'étais prisonnier et je venais d'être libéré. Quel bonheur de mettre un enfant au monde! Une des plus grandes joies de ma vie...

— Oui, je comprends... Mais allons voir Moni.

Ouvrons une parenthèse et donnons quelques précisions :

Le docteur Rupert était arrivé à Endershausen, frais émoulu de la Faculté, vers le milieu des années trente. Il était tout feu tout flamme mais, étant donné son jeune âge, il manquait d'expérience et ne fut pas accueilli à bras ouverts. Quand la guerre fut déclarée, il n'avait pas encore réussi à se faire accepter.

En réalité ses patients l'aimaient bien, mais ils ne s'en aperçurent qu'après son départ, quand il fut remplacé par une vieille doctoresse maussade plus souvent malade que ses malades.

Le docteur Rupert partit donc pour la guerre. Période atroce, infiniment douloureuse, mais aussi expérience très instructive pour un jeune médecin.

Il se maria et envoya sa femme vivre à Endershausen. Où aurait-elle pu se réfugier sinon? Comme son mari, elle eut quelque peine à se faire adopter. Pour la vieille doctoresse, en revanche, son arrivée était providentielle. Enfin quelqu'un pour l'aider. La jeune femme apprit donc tout ce que doit savoir l'épouse d'un médecin de campagne, et quand son mari rentra, il trouva en elle une auxiliaire très précieuse. D'autant qu'elle réussit à se faire aimer par les habitants du village, car elle était chaleureuse, enjouée, et le cas échéant très énergique.

Le docteur Rupert travailla à corps perdu. N'avait-il pas tout pour être heureux? Son cabinet était bien installé, il habitait une jolie maison, et ses patients devenus confiants lui apportaient souvent des vivres en témoignage d'attachement et de reconnaissance.

Plus tard, au début des années cinquante, ils parlèrent de quitter Endershausen et d'ouvrir un cabinet à Munich. Ils n'y faisaient cependant que de vagues allusions, par jeu en quelque sorte, sans vraiment y croire. En réalité tout les retenait à Endershausen. Ils avaient maintenant deux enfants, s'étaient attachés à leur maison, aimaient ce village, son lac et ses montagnes, et entretenaient de bons rapports avec la clientèle, au demeurant de plus en plus nombreuse... Comment savoir ce qui les attendait à Munich?

— Je croyais que tu avais envie de t'installer en ville, disait-elle.

— Je ne sais pas. Je crois que je n'y tiens plus tellement. Mais toi, tu préférerais sûrement vivre ailleurs?

— Oh, je ne suis pas très fixée. Je me plais ici.

De temps en temps, ils faisaient de petites escapades à Munich, allaient au théâtre ou assistaient à un concert. Mais chaque fois c'était toute une affaire, et le docteur Rupert pouvait être sûr qu'en son absence il y aurait une urgence.

Trouver un remplaçant était un problème et ils finirent par renoncer à leurs vacances. D'autant que la région était assez belle pour qu'ils n'aient pas envie de voyager, et que le nombre des patients augmentait sans cesse. Dans les villages alentour les médecins semblaient se volatiliser. Les plus âgés mouraient ou prenaient leur retraite, les jeunes boudaient la campagne et préféraient s'installer en ville où la vie était moins dure. Le docteur Rupert était donc débordé. Sa femme avait beau l'inciter à prendre du repos en lui rappelant qu'il aurait bientôt soixante-dix ans, il faisait la sourde oreille. Il continuerait à travailler tant qu'il n'aurait pas de remplaçant. Que deviendrait-on sans lui?

— Qu'est-ce que cela signifie? s'écria Moni les yeux étincelants de fureur en le voyant entrer. Je ne suis pas malade et je n'ai besoin de rien.

— Voyons, Monika, soyez raisonnable, dit Joana.

Et Zensi de renchérir :

— Tu t'es évanouie, oui ou non? Deux fois de suite, même!

— Du calme, du calme! demanda le médecin. Laissez-moi seul avec Moni, voulez-vous?

Quand elle fut seule avec le médecin, Moni, qui jusque-là était restée assise sur le lit de Zensi, s'allongea et soupira :

— Je suis désolée que vous vous soyez dérangé un samedi soir. Votre femme ne va pas être contente.

— Elle est habituée. Et si vraiment tu n'es pas malade, je n'en ai pas pour longtemps.

— J'espère qu'il n'y avait rien de bon à la télévision?

— Pas grand-chose. Alors… que se passe-t-il? Tu t'es évanouie?

Tout en lui prenant le pouls, il la scruta d'un œil professionnel. Monika garda les yeux fixés sur la couverture.

— Je sais ce que j'ai. Je peux vous le dire. J'attends un enfant. Certaines femmes ont des malaises le matin en se levant, moi c'est le soir dans la cuisine. Voilà plusieurs jours que je me sentais mal… et puis ce soir il a fallu que je m'évanouisse. Je n'avais pas besoin de voir un docteur pour comprendre. Je suis enceinte, je le savais depuis longtemps.

— Tu en es sûre?

— Tout à fait sûre, oui. Il y a des signes qui ne trompent pas.

— Depuis combien de temps le sais-tu?

— Je ne le sais pas, je le suppose, c'est tout. Il y a environ un mois que l'idée m'en est venue. Je n'ai jamais eu d'enfant, mais cela doit se passer comme ça quand on est enceinte.

— Alors pourquoi n'es-tu pas venue me voir?

— Je serais venue. Mais après le mariage. D'ici là j'ai trop de travail.

— Oui…

Silence. Moni gardait obstinément les yeux baissés. Effectivement elle ne paraissait pas malade.

— Et le père?

— Envolé, disparu.

— Oui…

Nouveau silence.

— Je l'ai rencontré à la montagne. Il est de Munich. Il ne m'a pas donné de nouvelles depuis maintenant six semaines.

— As-tu son adresse?

— Non, juste un numéro de téléphone. La dernière fois que je l'ai vu, il m'a dit qu'il allait en Amérique.

Pour affaires. Il devait venir me voir à son retour.

— Donc tu l'attends?

Moni haussa les épaules.

— M'étonnerait qu'il vienne. Je n'ai jamais eu beaucoup de chance en amour. Ce n'est tout de même pas moi qui vais aller le chercher, hein?

— Pourquoi n'as-tu pas pris la pilule?

— Je n'en avais plus...

Moni poussa un soupir à fendre le cœur.

— Aucun homme ne m'avait touchée depuis la mort de Toni... il y a plus de deux ans. On ne peut pas m'accuser d'être une fille facile. Non?

— Non, Moni, sûrement pas.

— Eh oui... Seulement voilà, l'accident...

— Et maintenant?

— A vrai dire, je...

— Je t'écoute.

— J'ai beaucoup réfléchi. J'y pense tous les jours. Et je crois que... eh bien, que je serais contente.

— Tu serais contente d'avoir un enfant?

Elle acquiesça d'un signe de tête.

— Ma foi, pourquoi pas?

— Qu'y a-t-il de mal à ça? Je n'ai pas pu avoir d'enfant avec Toni. Il me disait toujours d'attendre trois ou quatre ans, le temps de mettre un peu d'argent de côté... Et puis il est mort. Quant à l'autre... Je sais, je n'ai pas de chance avec les hommes... Mais qu'est-ce qui m'empêche d'avoir un enfant?

— De nos jours, ce n'est plus honteux. Même si l'enfant n'a pas de père. Tu le sais aussi bien que moi. D'ailleurs dans cette région cela n'a jamais été considéré comme une tragédie, les gens ont toujours été plus tolérants qu'ailleurs.

— Mais ma mère?

— Elle commencera par se fâcher, mais elle se calmera vite. C'est une femme intelligente. Quant à ton père, ne t'inquiète pas pour lui. Je lui parlerai.

— Et mes sœurs?

— Tais-toi donc. Eva est fiancée et se mariera l'année prochaine. La plus jeune est déjà en âge de comprendre. Elle va sur ses dix-sept ans, si je ne m'abuse?

— Dix-huit.

— Alors, pas de problème. Je suppose qu'elle sait à quoi s'en tenir.

— Mieux que moi, même.

— Tu vois! De plus tu as l'air d'oublier que tu as été mariée, que tu as un métier, et que tu n'es plus une gamine.

— Justement. Je me demande si à mon âge je ne ferais pas mieux de me faire avorter.

— Je ne vois pas pourquoi. D'autant qu'au fond tu n'en as pas la moindre envie.

— S'il ne tenait qu'à moi. Non, c'est plutôt pour les gens.

— Les gens! Laisse-les donc cancaner. Ils vont sûrement en faire des gorges chaudes, mais ils finiront bien par s'y habituer. Viens à mon cabinet dès que tu auras un moment, il faut que je t'examine. Et puis je voudrais avoir de plus amples renseignements sur ce monsieur de Munich... Je suppose que tu en sais tout de même un peu plus long sur son compte.

— Oui... Il s'appelle Rudi. Rudolf plus exactement, Rudolf Sedlmayer. Il est commerçant à ce qu'il m'a dit.

— Tu vois, c'est déjà ça. Si ça se trouve il est vraiment en Amérique et tu vas le voir débarquer un beau jour... Tu viens me voir après le mariage, promis?

Moni acquiesça d'un signe de tête.

— Et les autres? Qu'allez-vous leur dire?

— Que tu as de légers troubles circulatoires. De nos jours, le cas n'est pas rare chez les jeunes. J'ajouterai que tu ne viendras pas demain et qu'ils ne doivent donc pas compter sur toi pour préparer les repas. Veux-tu que je te ramène en voiture?

— Je veux bien, merci.

Elle se leva d'un bond et regarda le vieux docteur en souriant.

— La vie est drôle, vous ne trouvez pas? Enfin, je suis

contente que vous le sachiez. Et que vous le croyiez ou non...

— Que je le croie ou non, tu es heureuse d'avoir un enfant. Eh bien, je le crois. Monika. C'est bien naturel. Est-il beau au moins ce monsieur de Munich?

— Oui, très beau. Grand et blond. De grands yeux marron. Et toujours gai. Excellent skieur aussi.

— Un père beau garçon, une maman très jolie, ce sera un enfant magnifique. Que veux-tu de mieux? Tu verras, ta mère en sera folle, je la connais. Nous partons?

Pour mieux donner le change, Moni s'appuya sur le bras du médecin et se composa un visage douloureux. Zensi et les deux étudiants l'attendaient.

— Alors, docteur, est-ce la peste? s'enquit Knuddel plein d'espoir.

— Est-ce grave? renchérit Joana en se joignant au groupe.

Le médecin y alla de son petit couplet tandis que Moni affichait un pauvre sourire. Joana exposa tout ce qu'elle savait sur les troubles circulatoires, et chacun fit chorus : Zensi avait rencontré un cas semblable; Josef, lui, en connaissait une bonne douzaine. L'ambiance s'échauffait et le ton montait, quand s'éleva soudain une voix de baryton :

— Mon métabolisme basal commence lui aussi à donner des signes alarmants. Et je me demande si je trouverai quelque chose à boire dans cette maison.

XII

UNE SOIRÉE PAISIBLE
DEUXIÈME PARTIE

STUPEUR. Tous les regards convergèrent sur la porte. Sur le seuil se tenait un homme d'une stature impressionnante; cheveux poivre et sel, visage harmonieux et bronzé; jeans et veste de cuir.

Joana elle-même en eut un instant le souffle coupé.

— J'ajoute que nous n'avons pas encore dîné, annonça le colosse. Mes amis voulaient s'arrêter en route, mais il m'a semblé préférable de ne pas arriver trop tard. Je suis sûr que nous trouverons ici de quoi nous restaurer. Quitte à sacrifier un mouton...

Retrouvant enfin ses esprits, Joana s'approcha de cet hôte inattendu.

— Qui diable êtes-vous donc?

— Permettez-moi de vous saluer, Lady. Je suis une sorte de vagabond, depuis peu membre de cette honorable famille. Solm.

Joana renversa la tête pour mieux examiner le colosse.

— Solm? Êtes-vous un parent du fiancé?

— Son oncle. Je suis le frère d'Alexander-Friedrich... Gustav-Hendrik Solm-Weltingen, pour vous servir.

— Le comte Gussi! récapitula Joana. Soyez le bienvenu!

Le comte s'inclina.

— Quel réconfort pour le pauvre voyageur de trouver un accueil si chaleureux! Une femme aussi jeune et jolie que vous ne saurait être la mère de la fiancée?

— Une chance qu'Helen ne vous entende pas, répondit Joana en riant de bon cœur. Pour être la mère de la fiancée, elle n'en est pas moins jeune et jolie. Vous vous faites une bien curieuse idée des futures belles-mamans, il me semble?

— C'est vrai. La dernière fois que j'ai assisté à un mariage, c'était à Paris, la fiancée avait dix-neuf ans et sa mère vingt-cinq. Je dois dire que la maman, ou plutôt la belle-maman, éclipsait sa fille.

— Ah! oui. La fille de Charroux, l'industriel. Son père s'est déjà marié trois fois. Je suis de votre avis, Geneviève a beaucoup de classe. Alors que la petite est un peu fade, elle manque de maturité.

— Qu'il est bon de se sentir compris! Êtes-vous également une parente de la maison, Lady?

— La fiancée est ma nièce.

— Non! s'écria le colosse, et il éclata d'un rire tonitruant qui fit trembler les murs. *How wonderful!* Je suis heureux d'entrer dans une famille aussi délicieuse. Permets-moi de t'embrasser, *Sweetie!*

Et deux bras puissants se refermèrent autour de la frêle Joana, laquelle s'abandonna sans déplaisir à cette étreinte tumultueuse.

Dans l'assistance nul ne dit mot, à l'exception bien sûr de Knuddel qui, poussant du coude Wilcken, chuchota :

— Quelle famille! S'embête pas le mec!

Les acolytes de Gussi firent alors leur entrée. Ils étaient six : deux hommes, sensiblement du même âge que Gussi mais d'une stature un peu plus humaine, et quatre filles, toutes jeunes, jolies et du même calibre : longs cheveux, longues jambes, jeans, et absence totale de complexes.

— Des amis, expliqua laconiquement Gussi, je les ai invités au mariage. J'espère que tu n'y es pas opposée, adorable Lady?

— Certes non. De toute façon je ne suis pas concernée.

Ils étaient venus dans deux voitures qu'il fallut décharger : les étudiants entrèrent donc en action. Et comme tout cela ne se passa pas sans un beau vacarme, le malheureux William vit son idylle compromise. Il était justement en train de... non, ne soyons pas indiscret, peu importe où en étaient ses relations avec Irmgard... Bref, il leva la tête, prêta l'oreille, repoussa sa chaise, tendit à nouveau l'oreille et demanda d'un ton pour le moins acerbe :

— Mais que se passe-t-il en bas?

A peine avait-il descendu les premières marches qu'il prit conscience de la situation. Il s'arrêta au milieu de l'escalier. Une véritable invasion. Des gens, encore des gens, et tous plus bruyants les uns que les autres. Un incroyable remue-ménage, des bagages, des rires, des interpellations. Et tout cela à son insu. Irmgard qui l'avait suivi poussa un soupir de désespoir. Ils étaient si bien! Et voilà que ces monstres allaient tout gâcher. A se demander d'où ils sortaient.

Joana, qui s'attendait à voir apparaître William d'un moment à l'autre, vint au pied de l'escalier et résuma la situation :

— Le comte Solm, un oncle du fiancé. Il vient d'arriver avec six personnes. Il faut leur servir à dîner et leur préparer des chambres. Seulement, Moni doit rentrer chez elle, elle a des troubles circulatoires. Nous avons appelé le docteur... comme vous pouvez d'ailleurs le constater.

C'en était trop. William se sentit gravement mortifié. Que l'on agisse à son insu était impardonnable. Voilà comment ses mérites étaient récompensés. Ah! l'ingratitude humaine... Irmgard? Non, plus tard. D'abord mettre un peu d'ordre dans cette pagaille.

Tel un chef d'orchestre, il leva les bras. Silence. Tous les regards se braquèrent sur lui. Subjugués par tant d'autorité, les nouveaux venus le regardaient, médusés. Seules Joana et Miss Chocolat-au-lait échangèrent un coup d'œil complice en constatant un désordre quasi imperceptible dans la coiffure de William. Mais ce n'était naturellement qu'une impression.

William salua le comte avec tout le respect dû à son rang, mais manifesta plus de réserve envers ses amis. Puis, le docteur et Moni s'étant retirés, il répartit les tâches entre Zensi, Roserl et les étudiants.

Un quart d'heure plus tard, les nouveaux invités s'installaient dans la grande salle à manger où on leur servit un repas froid, du vin, de la bière, du whisky et divers alcools. De plus, on leur avait déjà attribué une chambre.

— Pour cette nuit, avait précisé William. Demain nous prendrons d'autres dispositions. Il va de soi, Monsieur le comte, qu'une chambre vous était réservée.

Joana eut tout juste le temps de soustraire Miss Chocolat-au-lait aux privautés d'un des robustes quinquagénaires d'humeur câline et lui chuchota à l'oreille de bien se tenir. Elle avait déjà catalogué les quatre minettes, vulgaires bibelots à reléguer dans des rôles de figuration, et considérait l'arrivée fortuite de ce superbe mâle comme un véritable don du Ciel.

Naturellement Gussi ne lui était pas inconnu. Comme elle, il appartenait à la Jet-Society. Son nom apparaissait fréquemment dans les chroniques mondaines, et était souvent mentionné dans les salons. Car il était toujours présent où et quand il le fallait. Il n'avait jamais rien fait d'utile et, il va sans dire, jamais travaillé de sa vie. Il ne disposait pourtant pas de ressources illimitées, car les quelques royalties, provenant des maigres revenus de l'exploitation agricole du Wurtemberg que consentait à lui verser son frère Alexander-Friedrich, couvraient à peine ses besoins d'argent de poche. Ce qui ne l'empêchait nullement de descendre au « Palace » à Saint-Moritz, et au « Majestic » à Cannes. De même on le rencontrait sur tous les yachts de milliardaires, dans les plus brillantes soirées hollywoodiennes ou dans un safari au Kenya. Car il était invité. Perpétuellement invité. Devant lui toutes les femmes fondaient. Il était, disait-on, un merveilleux amant et, résultat sans doute d'un entraînement intensif, cette réputation ne s'était jamais démentie. En outre, il était comte. Il connaissait toutes les langues dont la pratique est nécessaire dans ce genre de vie; il les parlait même couramment et au besoin simultanément. Si les femmes l'adoraient, les hommes eux aussi appréciaient sa compagnie. Il avait beaucoup d'amis dévoués qu'il pouvait exploiter sans vergogne, des gens qui lui répondaient : « Mais naturellement, Gussi, tu sais bien que je n'ai rien à te refuser », sans qu'il eût à craindre leurs menaces.

Enfin et surtout, il était l'idole des maîtres d'hôtel et des portiers. Gussi, il faut le dire, possédait une sorte de génie.

Deux fois dans sa vie il se trouva dans l'embarras, deux fois il réussit en se mariant à redorer son blason. Deux fois naturellement il divorça, mais en gardant avec ses anciennes femmes des relations assez cordiales pour qu'elles ne refusent jamais de le dépanner.

Ce soir-là, Gussi arrivait directement de Lugano. Les deux hommes qui l'accompagnaient étaient de vieux amis, l'un compositeur de chansons à succès, l'autre directeur d'une banque suisse.

Quant aux quatre filles, elles n'étaient manifestement que des minettes, que les trois hommes avaient dû ramasser au hasard de leurs pérégrinations.

— J'ai pensé que nous pouvions les amener, expliqua Gussi. Elles sauront se rendre utiles. Elles peuvent faire des bouquets, porter la traîne de la mariée, ou encore prêter un bras secourable aux vieux messieurs qui se trouveraient mal à l'église. Ce sont de braves petites.

Et il se mit en devoir de les présenter en les désignant tour à tour :

— Jennifer vient du Connecticut, Cécile... de Paris, Margret... de Lugano, et Gisela de Hambourg.

— C'est moi Gisela, rectifia la grande blonde présentée comme Margret.

— Exact, excuse-moi, baby. On ne peut pourtant pas vous confondre.

Gisela était la plus jolie de toutes, la plus calme aussi. Elle ne mangea pas, elle dévora. Le repas terminé, elle s'assit par terre dans un coin, et commença à boire de la bière, au goulot, bien entendu.

Knuddel, qui s'était assis près d'elle et avait essayé d'engager la conversation, n'eut aucun succès.

— Ce que tu pues, dit-elle, et ce furent pratiquement les seuls mots qu'il parvint à lui arracher.

— Si on ne peut même plus parler gentiment. Alors que tu viens de Hambourg et que j'ai toujours rêvé d'être marin.

— Je n'ai pas envie de parler. Fiche-moi le camp!

— T'as des problèmes, ou quoi?

— Ça te regarde?

Knuddel décida alors de tenter sa chance avec la Parisienne. Ses efforts furent plus fructueux.

On le voit, l'ambiance était plutôt décontractée, et certes beaucoup plus démocratique que William ne l'eût souhaité. Le repas dura des heures, on vida force bouteilles, et les festivités se poursuivirent tard dans la nuit. Une véritable invasion. Au grand effroi de Zensi, tous les placards furent mis à sac, et il ne resta plus la moindre provision dans toute la maison.

Les « anciens » de la ferme prêtèrent d'ailleurs mainforte aux nouveaux arrivants : alors qu'ils avaient déjà copieusement dîné, tous, au milieu de la nuit, se sentirent un petit creux.

Les étudiants se montrèrent très efficaces. Ils apportaient les plats, servaient à boire, et ne cessèrent de faire la navette entre la cuisine et la salle à manger. L'un avec le plus grand calme et le plus profond sérieux, l'autre en sifflotant et jacassant. Ce que Knuddel aimait surtout, c'était s'incliner devant le comte Gussi et lui parler à la troisième personne.

Exemple :

— Puis-je resservir Monsieur le comte? Monsieur le comte aurait-il la bonté d'approcher son verre? Monsieur le comte a-t-il goûté ce fromage? Je me permets de le lui conseiller, il est excellent.

Le comte jugea d'abord cette déférence un peu suspecte. Se moquait-on de lui? Mais ce garçon paraissait tellement sincère, si respectueux, si empressé!

— Comment t'appelles-tu? demanda-t-il.

— Kn... Kn... Knuddel, pour vous servir, Monsieur le comte.

— Knuddel, aha. Merci. Tu es un gentil garçon.

Knuddel esquissa un sourire bouffon.

— Je trouve aussi. Heureux de rencontrer quelqu'un d'aussi observateur. On voit que Monsieur le comte est psychologue.

Joana expliqua alors au comte qui étaient ces deux jeunes gens.

— Des étudiants! Qui l'eût cru! On prétend toujours qu'ils sont insolents et forte tête

— Celui-là est sociologue. Je crois qu'il nous considère comme d'excellents objets d'étude.

— Ah, je comprends. Aucune importance d'ailleurs. Cela ne l'empêche pas d'être un très joli garçon. De bonne famille, apparemment.

(Psychologue, n'est-ce pas?)

Joana et le comte abordèrent alors un sujet de conversation combien passionnant : ils étaient stupéfaits de ne s'être jamais rencontrés. Incroyable! Car il s'avéra qu'ils fréquentaient les mêmes endroits, les mêmes hôtels, les mêmes restaurants. De plus le comte avait déjà séjourné plusieurs fois à Acapulco où ils avaient d'ailleurs des relations communes. De même à Paris et à Londres. Plus encore : une des meilleures amies de Joana, qui habitait à San Francisco, avait été pendant longtemps très intime avec Gussi. Joana connaissait même l'une de ses anciennes épouses.

— Non, c'est trop drôle! s'exclama Joana. Et il faut que nous nous rencontrions ici, au fin fond de la Haute-Bavière.

— J'y verrais volontiers un signe du destin, répliqua le comte dardant sur Joana un regard pénétrant. Je sentais depuis longtemps que le destin me réservait une heureuse surprise. D'ailleurs mon astrologue me l'avait prédit : je devais à la mi-mai faire une rencontre passionnante. Oh! me suis-je dit, le mariage... Qu'ai-je à attendre du mariage de mon neveu? Aujourd'hui je comprends que j'ai eu tort de douter. Les étoiles ne mentent jamais.

— Je suis très curieuse de rencontrer Arndt. Martina ne m'en a parlé qu'en termes évasifs.

— Il est un peu... un peu sec. Un physique agréable. Consciencieux. Le sens de l'effort. C'est un garçon qui arrivera. Le même caractère que mon frère. Tu vois, je suis la brebis galeuse de la famille. Et je peux te dire qu'ils ne seront sûrement pas enchantés de me voir.

— Je n'en crois rien. Rien de plus agréable au monde que la compagnie des gens spirituels. Tu es l'honneur de la famille, au contraire.

— Je te laisse la responsabilité de cette affirmation. Mais attends un peu, et tu verras. Enfin, aucune importance. J'y suis habitué. Et, quoi qu'il en soit, j'ai beaucoup d'affection pour mon frère. Et cette chère Cornelia, donc. Un ange. La bonté et la générosité faites femme.

Cornelia était la mère du fiancé. Elle serait là après-demain, ou plutôt non, dès demain puisqu'il était plus de minuit.

— Espérons que ce sera un mariage heureux, dit Joana. Martina est une fille ravissante... Il est tard, peut-être devrions-nous aller dormir?

— Tu ne parles pas sérieusement, j'espère. Je suis trop heureux de bavarder avec toi. Buvons encore un verre, jolie cousine. Ils ont une cave admirable dans cette maison, un bon point pour eux. Vois-tu, entre nous soit dit, j'approuve pleinement ce mariage. Nous avions besoin de redorer notre blason. Mon frère a beau s'escrimer, il a beaucoup de mal à joindre les deux bouts. Arndt a d'ailleurs eu du mérite, car il n'a pas fait ses études dans des conditions idéales. S'il veut embrasser la carrière diplomatique, il faut pourtant qu'il sorte et qu'il se montre, n'est-ce pas? On ne pouvait rien lui souhaiter de mieux que de trouver une femme riche. D'autant qu'il n'est pas fils unique! Trois sœurs, rends-toi compte! L'une est mariée, Dieu merci, mais je crois qu'elle est plus ou moins sur le point de divorcer. Alors si tu me dis qu'en plus Martina est jolie, Arndt à mon avis est un bien heureux homme.

— Ravie de constater que tu as le sens de la famille, commenta Joana. *Prosit,* Gussi !

— A tes amours, ravissante cousine !

Assise à l'écart sur les dernières marches de l'escalier, Irmgard était un peu triste. Mais cependant pas mécontente. Elle avait passé une soirée passionnante à observer un milieu surprenant dont elle n'avait aucune idée jusqu'à présent.

Dehors, le cercle blanc de la lune au-dessus des montagnes. Et le ciel constellé.

XIII

RENCONTRE DANS LA NUIT

LA lune ne perdra jamais rien de son pouvoir. C'est elle qui maintient les hommes en éveil, les rend inquiets, nerveux, irascibles, parfois aussi romantiques. C'est elle qui fait divaguer les chats, hurler les chiens et chanter les oiseaux. La lune est dangereuse.

Mais quand le föhn s'en mêle, on peut redouter le pire. Alors la Terre tourne plus vite, le diable rôde, les montagnes se mettent à danser et la Bavière est prise de vertige. Ces nuits-là on peut se quereller et se réconcilier, s'aimer et se haïr.

Oui, c'est ainsi. Ainsi à Munich par exemple.

Ainsi de Martina. Toute la journée elle avait été d'une humeur massacrante. Hystérique, selon le mot de sa mère.

Moins hystérique en tout cas que le comportement d'Helen, jugeait Martina. Elles avaient passé la journée à se chamailler.

En un mot, il régnait dans la maison une ambiance quelque peu tendue. Le carnet de rendez-vous d'Helen était plein, et, de son côté, Martina avait encore beaucoup à faire. Or voilà que le matin, pendant le petit déjeuner, elle avait annoncé son intention d'aller à la ferme.

— Mais tu perds la tête! avait riposté Helen.

— J'ai envie de monter à cheval. Stormy me manque.

— Stormy te manque! Tu n'as donc rien d'autre en tête que cette maudite jument? Je croyais que Jo la montait?

— Par ce temps?

(Rappelons-nous, il pleuvait encore ce matin-là.)

— Et alors? La pluie s'arrêtera-t-elle si c'est toi qui montes ce cheval?

— Non, mais moi ça m'est égal.

— Ah! j'ai compris, tu veux prendre froid. Il ne manquait plus que cela. Je te vois devant l'autel en train d'éternuer.

Et Martina d'un ton cinglant :

— Comme ça au moins on annulerait tout, la corvée serait remise à plus tard.

Odieux de parler sur ce ton. Et à sa mère, qui se donnait tant de mal pour réussir le mariage du siècle.

Devant tant d'ingratitude, Helen préféra se taire. Elle posa sa tasse d'un coup sec et quitta la table.

— Vraiment, Martina, je ne te comprends pas, dit la baronne Sophie. Comment peut-on être aussi ingrat?

— Allons, allons, murmura M. Bergmüller s'efforçant de calmer les esprits, nous sommes tous un peu nerveux. C'est bien naturel.

Et tout en piochant dans la corbeille à pain, il loucha vers la gelée de groseille. A moins qu'il ne reprît une petite tranche de pâté de foie? Excellent ce pâté. Il tendit sa tasse à son épouse.

— Voudrais-tu me verser encore un peu de café, Sophie?

Sophie versa. Martina se leva.

— Excusez-moi.

Elle n'alla évidemment pas à Endershausen, elle avait beaucoup trop à faire. Le téléphone sonna toute la journée, une montagne de courrier arriva, des cadeaux aussi, et des visiteurs.

M. et Mme Bergmüller étaient là depuis trois jours. La baronne Sophie avait déclaré qu'elle voulait absolument passer quelques jours à Munich pour y faire quelques achats indispensables. Elle n'avait pas encore trouvé les chaussures qui iraient avec la robe qu'elle porterait pour la cérémonie, et elle était très mécontente de sa robe du soir.

Vraiment très mécontente. Au point qu'elle avait décidé d'en acheter une autre à Munich.

— Alors que tu t'es fait faire celle-là spécialement? avait demandé Helen.

(Cet échange de propos eut lieu lors d'une conversation téléphonique le lundi précédent.)

— Puisque je te dis qu'elle ne me plaît pas. Cette robe me vieillit. Il se peut que je sois bientôt arrière-grand-mère, mais ce n'est pas une raison. Il y a de si jolies boutiques à Munich, je finirai bien par trouver. Une chance que je puisse encore m'habiller en prêt-à-porter.

— Très bien, Maman, comme tu veux. Mais ne compte pas sur moi pour t'accompagner, je te préviens.

On l'a compris, M. et Mme Bergmüller n'étaient autres que la mère d'Helen et son beau-père, c'est-à-dire l'homme qu'elle avait fait épouser à sa mère douze ans plus tôt.

Helen étant devenue Mme Kannegiesser, ayant mis deux enfants au monde, et jouant un rôle de plus en plus important dans la société munichoise, elle s'était mise en quête d'un mari pour sa mère. Car la chère maman devenait parfois un peu encombrante. Elle avait tendance à s'incruster et ne supportait pas qu'on la laisse seule. Il fallait donc lui trouver une compagnie, mieux encore un mari. Ce ne fut d'ailleurs pas une tâche très ardue. La baronne Sophie, qui venait d'avoir cinquante-cinq ans, était encore mince et avait gardé un physique tout à fait convenable. Les nombreuses relations d'Helen firent le reste.

Anton Bergmüller, bonne famille de vieille souche bavaroise, veuf, chef de cabinet d'un ministre, à quelques années de la retraite, était un amour d'homme, bon, généreux, et grand ami des beaux-arts. Il habitait une jolie maison, possédait quelques tableaux de valeur, et appartenait au gratin de Regensburg. Bref, ce fut un mariage relativement heureux dont Helen n'eut qu'à se louer.

Elle allait régulièrement voir sa mère, qui naturellement lui rendait la pareille. Mais que juste avant le mariage, elle eût besoin de passer plusieurs jours à Munich pour faire des achats, non vraiment c'était insensé. Helen en était abasourdie. Comme si elle n'avait pas eu le temps de prévoir ce qu'elle mettrait.

La présence de M. Bergmüller et sa femme n'était pourtant pas gênante. Lui passait ses journées dehors. Le temps n'incitait guère à la flânerie, il se partageait entre la Pinacothèque et les salles de spectacle. Le soir il allait au concert. En un mot, il était d'une discrétion parfaite.

Quant à la baronne Sophie elle faisait tout pour rendre service à sa fille, même si elle ne pouvait guère lui être utile. En tout cas la question de la robe et des chaussures fut résolue.

Le dimanche, Otto devait rentrer de son voyage à New York, et après un week-end de repos, on pourrait mettre le cap sur Endershausen.

Si les Bergmüller n'étaient pas des hôtes très encombrants, il en allait tout autrement de l'invité attendu ce jour-là. Un membre de la famille d'Otto. Les parents d'Otto, rappelons-le, avaient eu cinq enfants, deux fils et trois filles. Tous s'étaient élevés socialement, même si aucun n'avait atteint le même rang qu'Otto. La plus grande partie de la famille était restée à Munich ou dans ses environs. Pour ceux-là pas de problèmes. C'était le cas par exemple de l'un des frères d'Otto, son préféré. Après la guerre, celui-ci était allé s'installer à Straubing où il avait fondé un commerce assez prospère. Il avait huit enfants, dont certains étaient déjà mariés, tous étaient invités et tous devaient venir. Mais avec eux, pas de difficultés. Ils se rendraient directement à Endershausen.

D'autres devaient arriver par avion. Il appartenait à Martina d'aller les chercher à l'aéroport et de les conduire à la ferme où une chambre leur était réservée.

Mais revenons à l'invité du jour qui, celui-là, arrivait de Rome. Plus exactement il s'agissait d'une invitée : la plus jeune sœur d'Otto. Un cas! elle était l'épouse d'un poète. Cela dans le plein sens du terme.

Theres Kannegiesser était une femme d'apparence chétive, qui, avec son nez pointu et ses yeux globuleux, n'avait vraiment rien d'une beauté. Tous s'estimèrent donc très heureux quand, pendant la guerre, elle réussit à mettre la main sur un mari, un marchand de charbon replet, hélas nazi. Après la guerre il dut rendre des comptes et passa quelque temps en prison. Expérience d'ailleurs très bénéfique. Sous les verrous il se fit quelques relations utiles et, sitôt libéré, se lança dans le marché noir. Aussi, quand vers le milieu des années cinquante, ce respectable individu rendit l'âme, Theres devint-elle une veuve opulente.

Et maintenant venons-en au fait!

Theres, qui n'avait pas embelli mais s'était considérablement enrichie, se remaria. Avec LE poète. Il avait quelques années de moins qu'elle, était blême, décharné, famélique, et d'une sensibilité exacerbée. Il évoluait toujours à mille lieues du quotidien vulgaire, planait dans une sorte de nirvana et composait des poèmes ésotériques, très profonds, transcendants — en un mot : invendables. Mais qu'importait? Theres était là.

Le poète réussit à faire paraître un petit recueil de poésie, quelques essais, un roman — pas très épais, mais imprimé en gros caractères — et ce dans une importante maison d'édition. La critique lui fut favorable et il obtint un assez gros succès de presse. Bientôt on lui décerna un prix, puis un deuxième, puis encore un troisième. En un mot : il devint un homme en vue. Sensible à tant d'honneur, Theres se consacra tout entière à son poète qu'elle protégeait et soignait comme un petit oiseau malade.

Ils vivaient en Toscane, seul endroit au monde où il pouvait travailler.

On l'a compris, la perspective de leur arrivée ne provoquait pas des clameurs d'enthousiasme. Le poète, c'était bien connu, ne supportait pas les hôtels. Il avait absolument besoin de calme, d'un cadre familier, et surtout, surtout d'un arbre devant sa fenêtre. Pour l'arbre, pas de problème, il y en avait un dans le jardin des Kannegiesser; pour le calme, on ferait ce qu'on pourrait; pour le cadre familier, Theres se débrouillerait. On avait déménagé presque tous les meubles des deux chambres du premier étage, en n'y laissant que l'essentiel afin que Theres pût les installer à sa guise.

On avait l'habitude car ils venaient une fois par an. Helen les supportait avec un assez louable sang-froid. Un poète renommé dans la famille, après tout ce n'était pas à négliger. D'autant que lui n'était pas encombrant. C'était Theres qui avait le don d'horripiler tout le monde avec ses perpétuels : « S'il vous plaît! Tout ce tapage est-il indispensable? Vous savez pourtant qu'il ne supporte pas le bruit. » Et ce à tout propos. Il suffisait que le chien aboie, qu'une porte claque, que le téléphone sonne, ou que la cuisinière appelle la femme de chambre...

Ils devaient arriver le samedi dans le courant de la journée, on ne savait pas encore à quelle heure. Ils voyageaient dans un énorme station-car américain que leur prêtait un jeune disciple du poète. Issu d'une famille zurichoise très fortunée, ce rimailleur en herbe vivait depuis des années dans l'ombre de son maître.

De l'avis d'Helen, ils auraient très bien pu se rendre directement à Endershausen. Mais le poète devait absolument passer par Munich car il avait rendez-vous lundi matin avec son éditeur.

Martina, qui savait tout cela, ne pouvait-elle aider sa mère et se montrer un peu plus compréhensive?

Mais passons. Au demeurant tout alla à peu près bien. Martina vint chercher les « Américains » à l'aéroport. Ils étaient d'excellente humeur et embrassèrent chaleureusement Martina. Elle les conduisit à la ferme, prit un verre en leur compagnie et avant de se séparer les invita à dîner.

Quant aux « Italiens », ils arrivèrent dans l'après-midi. Leur installation ne fut pas une mince affaire, et il y eut quelques grincements de dents car on avait réservé une chambre au jeune disciple dans un hôtel voisin. Impossible en effet de l'héberger, toutes les chambres d'amis étant déjà occupées.

Le poète accorda cependant une courte audience à Martina. Posant sur son front une main délicate, il soupira :

— Eh oui, eh oui. Ainsi tu te maries ! Sont-ce les ailes de l'amour qui au loin t'emportent ?

— Quelque chose comme ça, répondit Martina.

Tante Theres toisa sa nièce et l'interrogea sur ses dernières lectures.

— Je lis très peu, dit Martina, et quand cela m'arrive, je choisis de préférence des romans policiers.

C'était absolument faux. Elle lisait beaucoup et rarement des romans policiers, mais la question était trop rituelle pour qu'elle n'y répondît pas sur ce ton. « Mon auteur préféré ? avait-elle déclaré la dernière fois, Karl Marx. » Et l'année précédente : « Ce que j'aime surtout, ce sont les romans pornos. » Chaque fois sa tante, hochant la tête avec un souverain mépris, faisait : « Ts, ts, ts ! », levait les yeux au ciel et concluait par ces mots : « Et on s'étonne ! »

Comprenait qui pouvait. Ou qui voulait.

Le scénario était toujours à peu près semblable. En général Martina s'en amusait. Mais comme ce jour-là elle était d'humeur maussade, elle les trouva tout à fait débiles et les abandonna à leur niaiserie.

Vint le dîner. Interminable. Certes la cuisinière avait fait des prodiges, mais recevoir des invités à quelques jours du grand événement était vraiment une tâche harassante. D'autant qu'avec les Bergmüller, les « Américains », le poète, son épouse et son disciple, ils commençaient à devenir très nombreux.

Helen, qui était pourtant une maîtresse de maison accomplie, affichait sa nervosité. Elle était d'ailleurs contrariée qu'Otto ne soit pas encore là. Pourquoi fallait-il qu'il rentre au dernier moment ? L'expérience avait pourtant maintes fois prouvé qu'il supportait mal le décalage horaire et qu'il lui fallait une journée pour s'en remettre.

Une fois de plus Martina en vint à se chamailler avec sa mère. A propos du visagiste.

Helen avait annoncé aux dames qu'un salon de coiffure serait à leur disposition à la ferme.

— Et je ne vous ai pas encore dit le plus beau... René sera là.

En dehors de Martina, personne ne savait qui était René.

— Je n'osais l'espérer, poursuivit Helen. C'est trop beau pour être vrai. René est un vrai génie. Absolument divin! J'étais au supplice. Il n'est pas homme à se laisser acheter. Mais à midi il m'a téléphoné pour me donner son accord. Tu étais partie, Martina, je n'ai pas pu t'annoncer la bonne nouvelle.

— Il n'est pas homme à se laisser acheter? répéta Martina. Laisse-moi rire! Je serais curieuse de savoir combien il demande pour peinturlurer un visage.

— Cette réflexion me semble tout à fait déplacée, riposta Helen. Peinturlurer! Il est le plus grand, le maître incontesté.

Il était environ onze heures. On était passé au salon pour prendre le café, et on en était au whisky et au cognac. Seul le poète qui, bizarrement, ne s'était pas encore retiré, buvait une tisane.

(A la ferme la soirée battait son plein et, si l'on s'en souvient, l'ambiance n'était pas guindée.)

Helen expliqua à ses invités qui était ce prestigieux René.

— C'est un visagiste. Célèbre dans le monde entier. Pas un bal à Monaco, pas un mariage à Londres, pas une soirée à Rome, pas une réception à Paris, sans René. Il paraît que certaines femmes n'oseraient jamais se montrer sans être passées par ses mains.

— Et blablabla, et blablabla, fit Martina.

Tous les regards convergèrent sur elle. Une rougeur de colère monta aux joues d'Helen, la baronne lança un « Voyons, mon petit... » lourd de reproches, tandis que l'épouse du poète levait les yeux au ciel. Sous-entendu : « Et on s'étonne! » Quant à la cousine de Milwaukee, elle se contenta d'arborer un sourire niais.

— Enfin quoi, c'est vrai, renchérit Martina. Réfléchis, Helen. Imagine une réception. Ta petite merveille ne peut pas barbouiller plus de dix femmes à l'heure.

C'est le maximum. Conclusion : il ne peut pas fournir.

— Dix à l'heure! Il lui faut plus d'une heure pour un seul visage!

— Raison de plus. Dans ce cas explique-moi comment il s'y prend. Il faut qu'il s'y mette une semaine à l'avance.

Devant tant de logique, on ne pouvait que se rendre à l'évidence. Mais voilà qu'Helen fit une louable tentative de conciliation.

— Naturellement tu auras la priorité, expliqua-t-elle, croyant ramener sa fille à de meilleurs sentiments. René commencera par toi. Pour le reste, on verra.

— Moi? s'écria Martina d'un ton arrogant. Car tu t'imagines que je laisserais ce type me grimer comme une cover-girl? Pour que mon chien ne me reconnaisse plus?

— Martina! Assez de sottises, veux-tu! Tu as déjà vu René travailler. Ce qu'il fait est fantastique. Et tout à fait décent, tu le sais très bien. Il sait mieux que quiconque mettre la beauté en valeur et dissimuler les défauts, il...

Suivit un long panégyrique jusqu'à ce que, finalement, plus personne ne s'intéressât à l'artiste.

Quand chacun se fut retiré, Helen entra dans la chambre de sa fille et l'accabla de reproches. De nouveau le ton monta et, alors que la discussion était partie d'une querelle anodine, elles en vinrent à échanger des propos acerbes et entreprirent de dresser un bilan de leurs griefs. Helen quitta la chambre de sa fille en pleurant, et Martina, qui s'en voulait de s'être laissée aller à une animosité aussi injustifiée, jeta un imperméable sur ses épaules et mit son chien en laisse.

— Viens, Boy, dit-elle au dalmatien, nous allons faire une petite promenade. Un peu d'air frais ne nous fera pas de mal.

Elle était déjà au rez-de-chaussée et s'apprêtait à sortir, quand le téléphone sonna. A cette heure? Elle décrocha.

— Oui? fit-elle d'un ton peu engageant.

C'était Arndt qui appelait de Bonn.

— Pardonne-moi, très chère, je sais qu'il est très incorrect de téléphoner à une heure aussi tardive. Mais comme vous avez des invités, j'ai pensé que tu ne serais peut-être pas encore couchée. J'avais l'intention d'attendre trois sonneries et de raccrocher.

— Aucune importance. J'allais sortir avec Boy. Que se passe-t-il?

— J'ai une grande nouvelle à t'annoncer. Je ne pouvais pas attendre. Je viens juste de rentrer d'une réception. Ma chérie, c'est merveilleux...

— Mais de quoi parles-tu?

— Tu vas être surprise.

— Je t'écoute.

En un mot comme en deux, Arndt Solm-Weltingen venait de recevoir sa première nomination à l'étranger, en tant qu'attaché de l'ambassade d'Allemagne en Corée du Sud.

— Je suppose que cette nomination n'est pas sans rapport avec mon mariage. Car, très franchement, je n'en attendais pas tant.

— La Corée? répéta Martina.

— Oui. Qu'en dis-tu? Tu es heureuse? Un des postes les plus importants, au centre de l'actualité. Quel tremplin!

— Oui... bien sûr...

— Et l'Asie! J'ai toujours rêvé d'aller en Asie. Ce pays si étrange, si mystérieux. Je crains que nous ne devions abréger notre voyage de noces. J'aimerais avoir le temps de rassembler une plus ample documentation.

— Quand dois-tu partir?

— Dans six à huit semaines, je suppose. Carnuth, mon prédécesseur, est nommé à Washington. Es-tu heureuse? L'es-tu autant que moi?

— Mm... oui... je ne me rends pas très bien compte, je suis trop surprise... Et puis cela me paraît si loin.

— Mais c'est vraiment un pays admirable. L'Asie, l'Extrême-Orient, si mystérieux, si fascinant! Vois-tu, je crois que...

Arndt parla de l'Asie. Martina l'écoutait à peine et n'exprima son intérêt que par de vagues monosyllabes. Quelques « ha » ou « hm » de-ci de-là furent ses seuls commentaires. L'idée d'émigrer à Bonn lui était déjà pénible, mais qu'était-ce en comparaison de la Corée du Sud.

— Mais est-ce qu'il n'y a pas la guerre? demanda-t-elle.

— Ma chérie!

Elle eut droit à un long exposé sur la guerre et la situation politique. Arndt s'était déjà documenté, semblait-il.

Puis de nouveau l'éternel refrain :

— Pour moi, c'est un tremplin inespéré. Ma chérie, je te promets qu'un jour je serai ambassadeur en... Enfin je ne sais pas, où aimerais-tu aller?

— Je n'en ai aucune idée. Je n'y ai pas encore réfléchi.

En réalité, si elle avait voulu être sincère, elle aurait répondu : je préférerais rester à Munich.

— Voyons... A Mexico, peut-être? Ou à Lima? Et pourquoi pas à Paris? Mais plus tard, naturellement. Beaucoup plus tard.

Elle s'imagina soudain dans trente ou quarante ans : une dame digne et respectable, les cheveux teints, les rides soigneusement camouflées par un quelconque René, vêtue d'une robe somptueuse, parée de diamants, franchissant un portail au bras de son époux en habit, montant quelques marches et pénétrant dans un salon...

— Son Excellence le comte Solm-Weltingen, ambassadeur de la République fédérale d'Allemagne...

Et je serai son épouse, songea Martina avec un soudain effroi. Un an ici, un an là, toute une vie partagée entre l'Afrique, l'Asie, l'Amérique...

— Chérie, tu ne dis rien?

Martina eut un petit rire forcé.

— Je me demandais où j'aimerais aller. Difficile à dire.

— Commençons toujours par la Corée. Une fois mariés, nous reparlerons de tout cela à tête reposée. Je suis si heureux...

— Oui...

— Et maintenant va dormir, chérie. Il est déjà tard.

— Pourrai-je emmener Stormy?

— Qui?

— Stormy... mon cheval?

— En Corée? Ma chérie, je ne te le conseille pas. Il y a sûrement des chevaux là-bas.

— Et Boy?

En entendant son nom, le chien se leva et dressa les oreilles.

— Boy? Oui, nous pourrons l'emmener. Certainement. Dès demain, je me renseignerai sur les formalités d'usage. Nous-mêmes devons accomplir un certain nombre de démarches, je suppose.

— Alors tu crois vraiment que je ne pourrai pas emmener Stormy?

— Quelle enfant tu fais! Qui sait si Stormy n'aurait pas de mal à s'adapter? Mais nous verrons sur place. Maintenant va dormir. Bonne nuit, chérie. A très bientôt.

— Bonne nuit, murmura Martina, et elle raccrocha.

Elle avait oublié toute son animosité. Elle était songeuse, déconcertée, triste soudain.

Se marier? Oui, pourquoi pas? Elle aimait Arndt, Arndt l'aimait, tout était pour le mieux.

Mais les adieux seraient cruels.

Adieu à Munich, adieu à l'Allemagne. Adieu à son père. A la ferme. A Stormy aussi. La Corée? La Corée du Sud, soit. Elle se moquait de la Corée et n'éprouvait aucune fascination pour l'Asie. Elle n'avait pas la moindre envie de découvrir l'Orient. Y faire un voyage en touriste, oui, pourquoi pas? Mais aller y vivre?

Peut-être serait-ce une expérience intéressante. Peut-être y serait-elle très heureuse. Plus heureuse qu'ici. Qu'est-ce qui les empêcherait d'avoir des chevaux? Là-bas au moins il ne devait pas pleuvoir sans arrêt.

En réalité il ne tombait plus une goutte d'eau, les jardins embaumaient le lilas, et la lune, ronde et blanche, était d'une pureté immaculée. Était-ce donc la pleine lune? Avaient-ils aussi une lune en Corée? Sûrement, car pourquoi n'en auraient-ils pas? Et elle, que deviendrait-elle sans sa fidèle amie? Et sans Stormy? Tous ces derniers jours elle avait été très malheureuse de ne pas le voir. Peut-être pourrait-elle le monter le jour du mariage, si elle se levait assez tôt. Mais non, impossible avec le bal de la veille. Ensuite, pensa-t-elle, je serai en Sicile, encore séparée de lui. Elle avait prévu de l'emmener à Bonn dès son retour et avait déjà visité l'écurie. Stormy n'y serait peut-être pas malheureux, mais que deviendrait le vieux Wallach s'il restait seul? A la ferme, les deux chevaux avaient au moins des boxes spacieux, des champs pour s'ébattre à leur guise...

— A bas le mariage!

Elle, Mlle Martina Kannegiesser, dans quelques jours comtesse Solm-Weltingen, était plantée au milieu de la rue, criant à la cantonade :

— A bas le mariage!

Heureusement elle n'avait pour tout témoin que Boy et la lune.

Avait-elle jamais réfléchi à ce qui l'attendait? Elle se querellait avec Helen pour des futilités, quand il aurait fallu discuter de problèmes tellement plus importants. De toute façon elle n'aurait pas pu en parler avec sa mère. Avec son père peut-être. Sûrement même. Mais avait-elle jamais essayé d'aller au fond des choses? Elle s'était fiancée comme elle aurait fait n'importe quoi d'autre, à moitié par jeu, avec une certaine indifférence, une certaine indolence, sans y attacher beaucoup d'importance. Elle avait toujours eu tout ce qu'elle voulait, tout ce dont elle avait besoin, et même plus que le nécessaire. Elle n'avait jamais eu la moindre difficulté, jamais fait aucun effort ni le plus petit sacrifice. Et voilà que, sans qu'elle l'eût cherché, un homme l'avait demandée en mariage.

Elle se souvint d'une conversation avec son père. Cela se passait un an plus tôt. La discussion portait encore sur une question qui le tourmentait : allait-elle se décider à apprendre un métier? A cette époque Otto Kannegiesser avait expliqué avec le plus grand sérieux :

— Tu me désoles, Martina. Dieu sait que tu es loin d'être sotte. Mais tu n'as aucune énergie, aucune volonté. Je ne sais pas à quoi cela tient. Peut-être t'ai-je trop gâtée? Sans doute, as-tu la vie trop facile pour avoir le goût du combat? Tu n'es d'ailleurs pas la seule. De nos jours les jeunes ont tous la même indolence, la même tendance au laisser-aller. Ils ont perdu le goût de l'action, n'ont plus aucun but. Ils vivent dans un état de malaise perpétuel. Tout est trop facile. Pourquoi feraient-ils un effort? On leur met tout à portée de la main. De sorte que tout leur paraît insipide.

Martina l'avait interrompu :

— Et maintenant tu vas me raconter que c'était autre chose de ton temps, qu'il fallait lutter, s'échiner. Toi, tu en as vu de dures, tu t'es donné du mal pour réussir. Sans compter que tu as connu la guerre. A cette époque vous avez vécu un enfer, mais vous vous en êtes sortis. Et vous étiez heureux. C'est bien cela?

— Puisque tu le sais... Je te signale simplement que tous ne s'en sont pas sortis. Beaucoup sont morts, d'autres sont revenus infirmes. Mais pour la plupart ce que tu dis est vrai. Seulement, bien sûr, on ne peut pas détruire le monde uniquement pour que les jeunes reprennent goût à la vie. Je ne comprends pas pourquoi un jeune ne trouve pas en lui la force et la volonté de réussir sa vie.

— Qu'est-ce que la réussite?

— Pour chacun le mot revêt un sens différent. Pour beaucoup, réussir, c'est progresser sur le plan professionnel et bien gagner sa vie.

— Est-ce tellement important? Qu'est-ce que cela signifie?

— Pour toi... rien, mon enfant. Hélas!

Ainsi s'était déroulée cette conversation avec son père. Mais à quoi bon y songer? Elle ne s'était jamais trouvée dans la nécessité d'apprendre un métier et n'avait jamais eu besoin d'argent. Elle avait ses animaux, pouvait pratiquer à loisir ses sports préférés et, pour elle, réussir, c'était épouser un homme en vue et faire un mariage heureux. Or elle était pour ainsi dire mariée. Tout juste si elle n'était pas déjà en Corée. Au diable ce mariage!

Soudain elle fit demi-tour et revint sur ses pas. Puis brusquement elle s'immobilisa. Au fait pourquoi pas?

Sa voiture de sport était garée dans la rue. Elle explora les poches de son imperméable, en vain : les clés de contact étaient restées dans sa chambre. Mais, elle le savait, son père conservait un double de toutes les clés de voiture dans un des tiroirs de son bureau.

Elle ouvrit doucement la porte d'entrée, fit attendre Boy dans le couloir et se glissa dans le bureau de son père. Elle ne s'était pas trompée, les clés étaient bien là.

Se changer? Impossible. Si elle montait, Helen l'entendrait.

— Viens, Boy, chuchota-t-elle.

Le chien s'étonna, mais obéit d'autant plus volontiers que la promenade lui avait paru courte.

Non, on n'allait pas se promener? On allait rouler en voiture? Après tout, pourquoi pas? Fort bien. Il sauta à sa place et s'installa, tous les sens aux aguets.

La nuit était claire. Il faisait si chaud soudain. Le föhn soufflait, paisible, presque imperceptible. Martina baissa sa vitre. Elle se sentait déjà de meilleure humeur. Une fois là-bas elle dormirait quelques heures, puis ferait une longue promenade à cheval. Le ciel promettait une journée superbe. Quand elle reviendrait à Munich pour déjeuner, elle aurait oublié toute son animosité et pourrait se montrer sous son meilleur jour. Elle ne voulait pas chagriner Helen. Sa grand-mère non plus, pour qui elle avait beaucoup d'affection. Et les Américains étaient très gentils. Et elle ne serait pas si malheureuse en Corée. Elle pourrait bien y passer un an ou deux. Elle se mit à siffloter, bien décidée à tirer le meilleur parti de la vie.

Peu de trafic sur l'autoroute. Tout juste quelques rares camions qui roulaient vers le sud. Elle conduisit très vite. Hofoldinger Forst. La sortie vers Tegernsee. Rosenheim. A la ferme elle trouverait enfin le calme et la paix. Jo devait dormir depuis longtemps. Peut-être, après sa promenade à cheval, pourraient-ils prendre leur petit déjeuner ensemble.

Quelle heure était-il au juste? Grands dieux, bientôt deux heures et demie. Toutes les portes seraient fermées, mais pas de problème. Josef couchait au rez-de-chaussée, elle pourrait frapper à la fenêtre de sa chambre. Lui n'entendrait peut-être pas, mais son chien sûrement.

Mais rien ne se passa comme prévu. La ferme n'était nullement plongée dans l'obscurité. Quand elle eut dépassé la forêt qui séparait Endershausen de la ferme, elle aperçut de la lumière au rez-de-chaussée et au premier étage. Elle plongea sur le frein. Que signifiait? A une heure aussi tardive, en pleine nuit?

Une seule explication possible : plusieurs invités étaient arrivés. Mais qui? Pas ses beaux-parents, elle l'aurait su. On ne les attendait que mardi. Alors? Il lui vint une idée si réjouissante qu'elle ne put s'empêcher d'en rire. William passait ses troupes en revue ou leur faisait faire des exercices de nuit. Tout à fait lui. Le feu à bord... Tout le monde sur le pont... ou quelque chose de ce genre.

Elle laissa sa voiture dans un chemin, un peu à l'écart de la ferme. Prudence. Elle n'avait aucune envie de se trouver nez à nez avec des inconnus.

— On continue à pied, expliqua-t-elle à Boy, et elle se dirigea lentement vers la ferme.

Elle fut terrifiée en apercevant toutes les voitures étrangères garées devant la maison. Elle ne s'était donc pas trompée : plusieurs invités étaient arrivés. Deux lumières s'éteignirent au premier étage, puis encore une troisième.

Soudain elle s'arrêta. La colère l'envahit. Il y avait encore de la lumière dans l'écurie. Un comble! On ne pouvait pas laisser les chevaux dormir en paix? Qui pouvait bien les déranger à une heure pareille? A moins qu'on n'ait oublié d'éteindre?

Elle prit Boy par son collier et l'entraîna vers l'écurie. La porte était entrouverte. Debout entre les deux boxes, un homme caressait les chevaux; d'une main Stormy et de l'autre Wallach. Qui était-ce donc? Il n'était pas très grand, mais trapu, et semblait robuste, pour autant qu'elle pût s'en rendre compte dans la pénombre.

Elle poussa la porte d'une secousse et entra.

Erich Wilcken fit volte-face. Gêné lui aussi par la demi-obscurité il ne distingua qu'une silhouette élancée et de longs cheveux blonds. Sans doute une des filles arrivées dans la soirée.

— Que venez-vous faire ici? demanda-t-il d'un ton bourru.

— J'allais vous poser la même question.

Tous deux s'observèrent avec méfiance.

— D'où venez-vous à cette heure? Avez-vous l'intention de passer la nuit ici?

— Charmant. Non seulement vous dérangez mes chevaux, mais vous posez des questions stupides. Puis-je savoir qui vous êtes?

Ainsi, c'était la fiancée! Wilcken en tombait des nues. A peine croyable...

— Êtes-vous... Mademoiselle Kannegiesser? demanda-t-il encore incertain.

— Ce n'est pas évident? Et vous?

— Mon nom est Wilcken. Je fais partie des extra. Je voulais simplement fermer l'écurie, car j'ai pensé qu'ils auraient oublié de le faire. Ils étaient tous un peu éméchés.

— Que se passe-t-il au juste? A qui appartiennent toutes ces voitures?

— Des invités sont arrivés à l'improviste. Ils ont passé une soirée plutôt agitée. Il y a seulement une demi-heure qu'ils sont allés se coucher. Votre oncle a insisté pour voir les chevaux, et la dame mexicaine les lui a montrés. C'est-à-dire qu'ils sont tous venus dans l'écurie. Enfin presque tous. Naturellement ils ont oublié d'éteindre la lumière et de fermer.

— Merci d'y avoir pensé. Mais Josef? Il n'est pas là?

— M. Grainzinger s'est endormi. Knuddel et moi l'avons couché.

— Ah...

Martina observa son interlocuteur. Il était large d'épaules et avait une stature très virile. Il paraissait intelligent, sérieux et réservé. Un extra? Bizarre.

Elle s'approcha de Stormy et le caressa. Puis elle fouilla ses poches. En vain.

— J'ai ce qu'il faut, dit l'étranger en lui tendant deux pommes. Je leur en ai déjà donné.

Martina en prit une pour Stormy, tandis que l'étranger donnait l'autre à Wallach.

— Vous aimez les chevaux? demanda-t-elle.

— Naturellement.

Leurs regards se croisèrent. Un regard direct et pénétrant. Et arriva ce qui arrive depuis que le monde est monde : un courant magnétique passa. Comme un aimant irrésistible...

Cet événement se produit de temps en temps. Il peut avoir des suites ou rester sans conséquence. On peut continuer son chemin sans se retourner. On y repense parfois, on s'en souvient, même beaucoup plus tard. Le souvenir s'estompe mais ne s'efface jamais... Un jour j'ai rencontré un homme, un jour j'ai rencontré une femme, et j'aurais dû m'arrêter...

Martina fut la première à rompre le silence :

— Vous dites que vous faites partie des extra? Vous n'êtes pourtant pas d'ici, si j'en juge par votre accent.

— Non. Nous venons de Munich. Nous sommes deux. Envoyés par le bureau d'emploi des étudiants.

— Ce n'est pas vrai! Il n'y a que William pour avoir des idées pareilles. Vous êtes étudiant? Vous n'en avez pas l'air.

Il sourit et soudain son visage s'éclaira.

— Je ne sais pas quel est à vos yeux le portrait type de l'étudiant. Personnellement j'en connais de toutes sortes. Si vous voulez dire que je suis un peu vieux pour un étudiant, vous avez raison. J'ai commencé tard. Et j'ai dû... m'interrompre à plusieurs reprises...

— Oh, ce n'était pas une critique.

— Mon camarade devrait mieux correspondre à vos critères, il a vingt-deux ans.

— Et vous?

A peine eut-elle posé cette question qu'elle eut honte de son indiscrétion et corrigea :

— Excusez-moi, cela ne me regarde pas.

De nouveau il sourit.

— J'ai trente et un ans, mais si tout va bien j'aurai terminé l'année prochaine.

Soudain tous deux se sentirent gênés. Ils venaient tout juste de se rencontrer, la nuit, dans une écurie, et ils se parlaient comme s'ils éprouvaient le besoin impérieux de faire connaissance.

Habituellement Martina était rien moins que curieuse et altruiste. Lui-même n'était jamais très loquace. Il ne se confiait pas aux étrangers et ne parlait pas de son travail. Et voilà qu'il se trouvait en face de cette fille arrivée là sans crier gare. Une étrangère très belle au regard sérieux et interrogateur.

Dans le courant de l'après-midi, il avait regretté d'avoir accepté ce job stupide. Mais pour quelques jours de travail, il toucherait un salaire mirobolant. De plus, il venait de terminer une série d'expériences qui avaient demandé des semaines d'effort ininterrompu. Si bref fût-il, un changement complet d'activités ne pouvait lui être que bénéfique. Sitôt arrivé, il avait changé d'avis. Il se sentait ridicule. Jusqu'au moment où il avait appris l'existence des chevaux. Et puis il y avait aussi un chien, des chats, des poules. Et alentour des champs et des prairies. Évidemment, ce n'était pas le Mecklembourg mais la Haute-Bavière. Pourtant, pourtant...

— Qu'étudiez-vous? demanda Martina.

— La biologie.

— Ah!... Savez-vous monter à cheval? Puisque vous aimez les chevaux...

— J'ai toujours vécu avec des chevaux, du moins pendant mon enfance.

— Non, vraiment? Mais où?

— Dans le Mecklembourg. Nous avions une grande ferme. Mon père a toujours eu des chevaux. Évidemment la ferme ne lui appartenait plus, et les chevaux pas davantage. Car vous savez qu'en Allemagne de l'Est la propriété privée n'existe plus, tout est nationalisé. Mais mon père s'est toujours occupé du haras. Jusqu'à sa mort.

— Le Mecklembourg. Ce doit être une belle région.

— Très belle, oui. Avec d'immenses forêts.

— Il y a longtemps que vous êtes chez nous? A l'Ouest, je veux dire.

— Trois ans.

Elle fit un calcul rapide. Oui, pas surprenant qu'il soit en retard dans ses études. Elle n'osait plus poser de questions de crainte de paraître indiscrète. D'ailleurs en quoi cela pouvait-il la concerner?

Tous deux gardèrent le silence pendant quelques instants. Simplement parce qu'ils n'éprouvaient pas le besoin de parler. Comme Martina caressait Stormy, Wallach fit comprendre à Erich que lui aussi avait droit à un peu de tendresse.

— Vous disiez tout à l'heure que mon oncle avait voulu voir les chevaux. De quel oncle parliez-vous?

— D'après ce que j'ai compris, ce serait plutôt un oncle de votre fiancé. Le comte Solm. Gussi.

— Ah, lui! Oui, j'en ai entendu parler. Un vrai dingue, j'imagine? Et à part lui? Qui encore?

Erich lui décrivit l'escorte du comte Gussi, et il sut le faire avec tant d'humour que Martina ne put qu'en rire.

— Eh bien, je constate qu'ici au moins on s'amuse. Et moi qui suis venue parce que je ne voulais voir personne. A Munich aussi la maison est pleine de monde. Suivez mon conseil, ne vous mariez jamais. Quel cirque!

— Je suppose qu'il y a d'autres façons de se marier.

— Bien sûr. S'il n'avait tenu qu'à moi. Mais ma mère adore ce genre de mise en scène. Êtes-vous marié?

A peine avait-elle posé cette question qu'elle se sentit rougir. De mieux en mieux. Que lui arrivait-il?

— Non. Jusqu'à présent je n'en ai pas eu le temps. Ni les moyens.

— Pour autant que je sache, la plupart des étudiants se marient avant d'avoir terminé leurs études.

— Peut-être, mais moi pas.

Avant qu'on le jette en prison, il y avait eu une femme dans sa vie. Le grand amour, croyait-il. Ils avaient l'intention de se marier. Mais à sa sortie de prison, il ne l'avait pas revue. Elle l'avait rayé de sa vie.

— Puis-je entrer sans que personne s'en rende compte? demanda Martina.

— Je suppose que maintenant tout le monde dort.

Martina embrassa Stormy sur les naseaux.

— A demain, Stormy. Dors. Nous ferons une grande promenade.

Ils fermèrent soigneusement l'écurie et se dirigèrent vers la maison. Seule une fenêtre était encore éclairée.

— Quelle merveille! dit Martina en s'arrêtant. Après toute cette pluie. Regardez, la nuit est si claire qu'on peut voir les montagnes. Êtes-vous déjà monté au sommet?

— Non.

— Pas le temps, je sais. Et puis vous êtes du Nord, vous n'aimez pas les montagnes, n'est-ce pas?

— Au contraire, je les aime beaucoup.

— Vous savez skier?

— Non. Désolé de vous décevoir.

— Pas de temps. Pas d'argent. Je sais. Mais vous ne pouvez tout de même pas passer votre vie à travailler.

— Il le faut. Un jour, j'apprendrai à faire du ski. Je ne sais pas quand, mais j'y suis bien décidé.

— L'hiver prochain. Je vous emmènerai, cela vous économisera les cours.

Soudain elle éclata de rire.

— Sotte que je suis! Dieu seul sait où je serai l'hiver prochain. Sous un palmier, j'imagine. Au fait, y a-t-il des palmiers en Corée?

— En Corée?

— Oui, vous ne pouvez pas comprendre. Aucune importance. Je suis un peu énervée aujourd'hui, pardonnez-moi. J'ai dû vous paraître stupide, mais n'ayez pas une trop mauvaise opinion de moi. Je sais que la vie est parfois difficile. Quand on a autant de handicaps que vous. Quand on arrive de... de l'autre côté. Vos études vous coûtent sûrement très cher.

Soudain elle eut une idée géniale : Je vais le présenter à

Papa, lui qui a un faible pour les gens combatifs. Et, pour autant que je sache, la Bayern décerne je ne sais quelle bourse à de jeunes recrues particulièrement douées. Il n'est pas chimiste évidemment, entre la chimie et la biologie il ne doit pas y avoir grande différence. Mais, attention, du tact, de la diplomatie, je crois qu'il a de la fierté.

Elle lui sourit.

— Nous en reparlerons.

— De quoi? Du ski? demanda-t-il en lui rendant son sourire.

— Entre autres, oui... Je me demande si ma chambre est libre.

Dans le hall ils rencontrèrent William. Il avait envoyé Zensi et Roserl se coucher, et, après avoir raccompagné Irmgard, avait commencé à remettre un peu d'ordre afin de parer au plus pressé. Il était pâle et un peu défait.

L'apparition de Martina lui coupa le souffle.

— Mais, Mademoiselle!

— Bonsoir, William. Je sais déjà tout. J'ai rencontré ce monsieur dans l'écurie, et il m'a mise au courant des derniers événements. Pauvre William! Qu'êtes-vous venu faire dans cette galère! Mais vous n'avez rien à m'envier. Si cela peut vous consoler, je suis dans une situation encore pire que la vôtre. D'abord je me marie, ensuite je pars en Corée.

— Pardon?

— Je vous raconterai ça demain. Pour le moment dites-moi seulement si ma chambre est libre. Il faut absolument que je dorme, car j'ai l'intention de me lever tôt et d'aller faire une grande promenade à cheval.

— Votre chambre est libre, Mademoiselle, il va sans dire. Je ne me serais pas permis d'y installer quelqu'un.

— A quelle heure voulez-vous partir en promenade? demanda Erich.

— Dès que je serai réveillée. J'espère que je ne dormirai pas trop longtemps.

— Le jour ne va pas tarder à se lever, fit observer William.

— Je bouchonnerai votre cheval, dit Erich.

— C'est... c'est très aimable à vous. D'habitude, c'est quelqu'un du village qui s'en occupe, mais il ne vient jamais le dimanche et j'ai l'habitude de le faire moi-même.

— Ce serait un plaisir pour moi.

— Vraiment?

Martina le regarda. Leurs yeux étaient de la même couleur, gris-bleu.

— Vraiment? répéta-t-elle sans dissimuler son étonnement.

Son regard était rivé au sien et, quand enfin elle détourna la tête, ce fut, sembla-t-il, au prix d'un effort.

— Bonne nuit, William.

Parvenue à la quatrième marche de l'escalier, elle se retourna encore une fois. Erich n'avait pas bougé.

— Dommage que je n'aie qu'un cheval, dit-elle. Sinon vous seriez venu avec moi. Wallach est trop vieux. Enfin... bonne nuit!

Erich inclina légèrement la tête.

— Bonne nuit.

Il la regarda monter l'escalier.

William le rappela à la réalité :

— Vous devriez aller dormir, monsieur Wilcken. Demain, la journée sera dure, je le crains. Avant toute chose il faudra réapprovisionner le garde-manger. Petit déjeuner pour... seize personnes. Et cela un dimanche matin.

— Dix-sept, corrigea Erich.

— Dix-sept? Oui, c'est exact. Voilà que je ne sais plus compter. Eh bien, bonne nuit.

— Bonne nuit, dit Erich.

Dans la chambre qu'il partageait avec Knuddel, la lampe de chevet était encore allumée. Knuddel dormait déjà, et dans le sommeil son visage semblait aussi innocent que celui d'un enfant.

Erich éteignit la lumière et s'approcha de la fenêtre. Il ne se sentait pas fatigué. Trois heures de sommeil lui suffiraient largement. A six heures il donnerait à manger aux chevaux, puis bouchonnerait Stormy.

La lune disparut derrière les montagnes et le ciel s'assombrit. Le soleil ne tarderait plus à se lever.

XIV

DIMANCHE MATIN

Si seulement le mariage avait lieu aujourd'hui! songea William en ouvrant les yeux. Car le ciel était d'une pureté exceptionnelle. Mais ce n'était qu'un dimanche de mai, un dimanche comme les autres.

Il jeta un coup d'œil à sa montre : six heures et demie. La nuit avait été courte, pourtant il fallait se lever. Il avait encore une foule de choses à faire.

Premièrement : S'occuper des provisions pour le petit déjeuner.

Deuxièmement : Loger les amis de Gussi. Pas de problèmes : toutes les chambres retenues étaient encore libres. Le comte quant à lui pouvait rester à la ferme.

Troisièmement : Trouver des distractions à toute cette joyeuse bande. Occuper tout ce petit monde d'une manière ou d'une autre. Sur ce point il pouvait compter sur l'aide efficace de la Señora.

Quatrièmement : Se rendre au QG, tout revoir, tout vérifier, régler les questions en suspens et les difficultés inattendues. Être prêt à recevoir les invités qui pourraient arriver à l'improviste.

Cinquièmement : Avoir une petite conversation avec Irmgard, en espérant qu'elle n'était pas froissée d'avoir été quelque peu délaissée.

(Si elle l'était, l'affaire serait classée, car cela prouverait qu'elle manquait de la compréhension et du minimum de souplesse nécessaires.)

Enfin sixièmement : Si possible aller à Munich, passer à la villa, vérifier que les domestiques faisaient correctement leur travail, et les mettre au pas s'ils en prenaient trop à leur aise. Éventuellement emmener Irmgard. Cela dépendrait de son attitude.

Autre chose?

Probablement. Ah oui, très important : donner des instructions aux étudiants, et en particulier leur expliquer où on avait retenu des chambres.

La veille, ils s'étaient conduits correctement. Rien à leur reprocher, sinon peut-être une décontraction excessive vis-à-vis des invités. Mais cela tenait sans doute à l'ambiance de la soirée. En tout cas cette familiarité devait cesser, et il y veillerait.

Quand William s'approcha de la fenêtre il aperçut précisément le plus âgé des deux étudiants. En sortant de l'écurie, il s'arrêta dans le petit jardin potager de Josef, et se pencha pour arracher quelques mauvaises herbes. Ce jeune était donc un lève-tôt. Et apparemment plein de bonne volonté. Tant mieux.

Après avoir dormi d'un sommeil agité, Erich Wilcken s'était réveillé à l'aube et s'était levé une heure avant William.

Il avait déjà donné à manger aux chevaux et bouchonné Stormy. Une heure merveilleuse que celle passée dans l'écurie. Il ne se souvenait pas avoir jamais été aussi heureux. Avant d'entrer dans la maison, il se retourna encore une fois. Les montagnes, le ciel, le soleil, et cet air si doux! Il eut l'impression de revivre et fut soudain en proie à une terrible nostalgie.

Il avait souvent le mal du pays. Du Mecklembourg avec ses immenses étendues de verdure et la mer toute proche. Mais il ne cédait jamais à la tristesse. Il faisait taire son cœur et se plongeait dans le travail. Le travail, encore et toujours.

La nostalgie était un luxe qu'il ne pouvait pas se permet-

130

tre. En partant, il avait rompu les ponts derrière lui, et c'était ici qu'il vivait, tout le reste appartenait au passé. Plus de maison, plus de cour, plus d'animaux, il ne possédait plus rien. Et son père, qu'il avait aimé au-delà de toute expression, était mort. Mort quand son fils était en prison. De chagrin, de désespoir... comment le savoir? C'était une des raisons qui avaient motivé son départ. Chaque fois qu'il pensait à son père, il se sentait plein de haine. Auparavant, il n'avait jamais eu de difficultés avec le régime. Au village, leur famille était bien considérée et on sollicitait souvent les conseils de son père. Surtout en ce qui concernait les chevaux et l'élevage du bétail. Chacun le savait, il avait été un farouche adversaire du nazisme.

Erich connaissait mal cette période. Il était né pendant la guerre, dans le nouveau monde, et avait reçu une éducation socialiste. Son père n'avait pas cherché à l'influencer politiquement. Mais c'était lui qui l'avait engagé à quitter le village.

Le tournant était irréversible, lui avait expliqué son père. Le passé était bien mort, et il était inutile qu'il reste au village si la ferme ne lui appartenait plus. Mieux valait apprendre, aller à l'école, acquérir des diplômes.

Erich était doué et studieux. Il s'avéra un excellent élève. Il obtint son baccalauréat sans difficulté, fit son service militaire puis commença ses études.

Il voulut d'abord devenir vétérinaire mais, après deux semestres, on le persuada de changer son fusil d'épaule. En effet on avait reconnu en lui l'esprit curieux et le sujet doué. Il avait des dispositions exceptionnelles pour la recherche scientifique.

Sa curiosité devait finalement lui être fatale. Il voulait tout savoir. Et de préférence en se renseignant à des sources diverses.

A Berlin, il avait rencontré des jeunes de l'Ouest. Il appréciait leur compagnie et aimait discuter avec eux. Ce fut par leur intermédiaire qu'il se procura des livres interdits. Uniquement des traités scientifiques, mais américains ou anglais.

Quelqu'un l'avait sans doute dénoncé. Quelqu'un dont il ne connaissait pas encore l'identité. Et on l'avait jeté en prison.

Fin.

Fin de ses études. Fin de sa carrière avant même qu'elle ait commencé. Une fois libéré il avait travaillé dans le bâtiment. Jusqu'à ce qu'il ait l'idée de fuir. Jour et nuit la même obsession : je veux partir, il faut que je parte.

Des années passèrent avant qu'il ne mette son projet à exécution. Seule sa mère était dans la confidence. Il savait qu'elle serait bouleversée s'il la quittait. Elle n'avait pas d'autre enfant. Et pourtant elle dit :

— Il faut que tu partes. Je veux que tu partes. Mais sois prudent. Je t'en supplie, sois prudent.

Tous deux savaient que s'il était repris, ce serait la fin. Il pourrait dire adieu à la liberté.

Il se sentait comme paralysé lorsqu'il pensait à sa mère. Il devenait incapable de dormir, de manger, de travailler. Il errait pendant des heures dans les rues de Munich, puis s'asseyait dans le premier bistrot et, ce qui ne lui arrivait jamais dans d'autres circonstances, il buvait.

Dans deux ans elle atteindrait la soixantaine. D'ici là il fallait qu'il ait terminé ses études. Il fallait qu'il ait un appartement et qu'il gagne de l'argent.

Alors elle viendrait. Mais il préférait ne pas y penser. Un jour qu'il s'était laissé aller au rêve il avait éclaté en sanglots. Comme un enfant.

Cinq ans d'abord, puis quatre, puis trois. Deux ans maintenant. Dans deux ans elle viendrait... si elle vivait encore. Il ne pouvait s'empêcher d'envisager le pire. Et chaque fois il se serait jeté la tête contre les murs. Il était prêt à accepter toutes les épreuves que la vie lui réservait encore. Mais pas celle-là. Il ne pourrait pas supporter que sa mère ne connaisse pas ce jour tant attendu où il pourrait enfin mettre le monde à ses pieds. Dût-elle en mourir...

Elle avait toujours été frêle. Mince et délicate. Très jolie. Rien d'une femme de paysan. Elle avait été élevée à Rostock et son père était capitaine. Frêle et délicate, mais pas maladive. Bonne cavalière. Soixante ans...

Dans chacune de ses lettres il la suppliait d'être courageuse, de prendre grand soin d'elle, de manger régulièrement, de ne pas prendre froid et de consulter un médecin au moindre malaise. Elle lui répondait en se moquant de sa sollicitude. Qu'attendait-il ? Qu'elle se mette au lit avec une bouillotte ?

Comme lui elle comptait les jours. Deux ans. Vingt-quatre mois. Cent quatre semaines. Sept cent vingt-huit jours.

Ce matin encore, en bouchonnant le cheval, en arrachant des mauvaises herbes dans le jardin de Josef, et maintenant en contemplant les montagnes, c'était à elle qu'il pensait.

Un jour, il lui ferait visiter la Bavière. D'ici là, il faudrait aussi qu'il s'achète une petite voiture, pour lui faire faire des promenades.

— Vois-tu comme le soleil est radieux ? Comme il fait chaud ? N'est-ce pas beau, la Bavière ? Est-ce qu'il ne fait pas bon y vivre ?

Il pensa à Martina. « Pas de temps, pas d'argent. Vous ne pouvez tout de même pas passer votre vie à travailler », avait-elle dit. Et : « La plupart des étudiants se marient avant d'avoir terminé leurs études. »

Mlle Kannegiesser ne pouvait se faire aucune idée de la vie qu'il menait. Elle ne pouvait pas comprendre ce que le travail représentait pour lui, ni pourquoi il travaillait comme un forcené. Sans répit. Mais un jour viendrait où il irait se promener, ferait du ski, monterait à cheval, et peut-être aussi se marierait — plus tard, quand sa mère serait là.

Josef sortit et ausculta le ciel d'un œil bienveillant.

— Qu'est-ce que vous en dites ? demanda-t-il.

Il avait posé cette question avec une intonation de fierté. Comme si l'apparition du soleil était son œuvre.

— Oui, un temps merveilleux, confirma Erich.

— Vous avez déjà nourri les chevaux ?

— Oui.

— Tant mieux. Moi j'ai dormi comme une souche. Venez, allons voir ce qu'il y a pour le petit déjeuner.

— Je croyais qu'il n'y avait plus rien à manger?

— Pour nous, on découvrira toujours quelque chose.

Dans la cuisine ils se trouvèrent nez à nez avec Zensi. Fraîche et pleine d'entrain, elle ne semblait pas affectée par le manque de sommeil.

— Il n'y a plus rien, annonça-t-elle. Du café, oui. Mais plus du tout de beurre et même pas un malheureux croûton de pain. Ça ne fait rien, je vais téléphoner à la maison.

— A cette heure-ci? demanda Erich.

— Qu'est-ce que vous croyez? Il faut bien s'occuper du bétail. Dimanche ou pas, toute la famille est debout à six heures.

Il y avait un poste téléphonique dans la cuisine, mais, avant de décrocher, Zensi traversa le couloir et fit irruption dans la chambre de Roserl.

— Debout! Il est l'heure! cria-t-elle.

Roserl gémit et se tourna de l'autre côté.

Erich à son tour alla jeter un coup d'œil dans la chambre qu'il partageait avec Knuddel. Lui aussi dormait d'un profond sommeil. Inutile de le réveiller. Pour le moment il ne serait pas utile à grand-chose.

Zensi était au téléphone quand William entra dans la cuisine.

— Bonjour, dit-il du bout des lèvres.

Puis il écouta la conversation de Zensi avec sa mère.

— Voilà, dit-elle en raccrochant. Il n'y a plus qu'à envoyer quelqu'un avec une voiture. Nous aurons des œufs, du beurre, du jambon et du pain. Ça suffira pour le petit déjeuner. Dans une heure ou deux on ira chez Moni. On trouvera tout ce qu'il faut à l'épicerie.

Martina se réveilla environ une heure après William. Aussitôt elle se souvint des événements de la nuit, sauta du lit et courut ouvrir la fenêtre. Quel temps! Idéal pour une promenade à cheval.

Boy manifestait sa joie en remuant la queue.

— Tu peux venir avec moi, lui expliqua-t-elle. Mais il ne faudra pas t'éloigner de Stormy, tu le sais. Et maintenant cours voir en bas si quelqu'un est réveillé.

William était installé dans le hall où il prenait son petit déjeuner en solitaire : thé fort, pain noir, beurre frais, œufs au plat et jambon. Plus une tranche de gâteau fort appétissante.

Il vit Boy dévaler l'escalier. Ah! oui, il l'avait oublié, la fiancée était là.

En passant devant lui le chien le salua, puis, voyant la porte ouverte, se précipita dehors.

Martina descendit quelques minutes plus tard. Elle portait une culotte de cheval beige et une chemise-polo vert tilleul.

— Bonjour, William! lança-t-elle avec un joyeux entrain. Que dites-vous de ce temps? Fabuleux, non?

— Absolument fantastique, renchérit William en se levant.

— Non, je vous en prie, restez assis et déjeunez en paix. Je vais faire ma promenade maintenant, je déjeunerai plus tard. Avez-vous téléphoné à Munich?

— A Munich? Devais-je appeler?

— Je suppose que personne n'a encore remarqué mon absence. A cette heure-ci ma mère doit dormir. Mais imaginez qu'elle s'aperçoive de ma disparition. Elle penserait tout de suite que je me suis envolée. Avant d'avoir convolé!

— Assurément, ce serait un choc.

— Oui, n'est-ce pas? Mais quel gag aussi! Un mariage sans mariée!

— Une plaisanterie assez macabre, si je puis me permettre.

— Je crois que vous auriez encore plus de mal à me le pardonner que ma mère, n'est-ce pas? Mais rassurez-vous, William, je vais seulement me promener. A plus tard. Et ayez la gentillesse de téléphoner. Dans une heure environ.

Sur ces mots, elle tourna le dos à William et se rendit dans la cuisine. Zensi, Roserl, Josef et Erich étaient attablés dans la petite salle à manger du personnel.

— Bonjour, tout le monde, dit Martina en passant la tête par l'entrebâillement de la porte. Déjà levés? Vous êtes courageux.

— Bonjour, Mademoiselle! dit Zensi. On vient de m'annoncer que vous étiez arrivée très tard dans la nuit. Je ne pensais pas que vous vous lèveriez si tôt, sinon je vous aurais apporté votre petit déjeuner.

— Merci, Zensi, mais je mangerai en revenant.

— Vous prendrez bien une tasse de café, tout de même?

— Hm, il sent bon!

Zensi apporta une tasse et Martina s'assit sur le banc à côté de Josef.

Un énorme gâteau trônait au milieu de la table.

— Voulez-vous en goûter un petit morceau? C'est ma mère qui l'a fait. A la maison, ils vont manger leur pain sec.

Martina ne put résister.

— Délicieux, dit-elle la bouche pleine. Eh bien, vous n'êtes pas à plaindre à ce que je vois. D'ailleurs, personne n'a l'air malheureux.

— Moi en tout cas je suis contente, dit Zensi. Tout s'arrange très bien. Tout à l'heure, on ira faire des provisions chez Moni, et si ces messieurs veulent bien donner un coup de main, on mettra la table dehors. Vous savez... ç'aurait été dommage de vous marier ailleurs. On est tellement bien ici.

— Ravie que cela vous fasse plaisir. A l'occasion, nous recommencerons.

Elle regarda Erich Wilcken qui était resté silencieux.

— Votre cheval est prêt, dit-il. Je lui ai donné à manger et je l'ai bouchonné.

— Je vous remercie infiniment. C'est très gentil de votre part.

— Et maintenant il faut réveiller M. Knuddel, il est l'heure! dit Zensi avec une belle énergie.

— Je suis là.

Knuddel était encore en pyjama, les yeux battus et les cheveux ébouriffés.

— Vous faites un tapage, pas moyen de dormir! Oh! regardez un peu qui nous est arrivé. Encore une jolie fille, décidément ça fourmille dans cette maison. Mais ce n'est pas une de celles qui étaient là hier. Quand est-elle arrivée? Un baiser, mignonne?

— Soyez poli, s'il vous plaît, intervint Zensi, c'est Mlle Kannegiesser.

— Pas la fiancée, tout de même?

— Qui alors?

— Très chère! Ravi de vous voir. Depuis hier, je vous cherche partout. Je voyais déjà le moment où le mariage aurait lieu sans vous. Où est-elle, où se cache-t-elle, j'en étais fébrile. Je voyais déjà ce cher vieux... enfin, je veux dire le comte, s'avancer seul vers l'autel, sans donner le bras à une enfant timide et rougissante. Ah! je me sens soulagé d'un grand poids. Que dis-je? d'un véritable fardeau!

— Qu'est-ce qu'il a? demanda Martina. Il a quelque chose qui ne tourne pas rond ou quoi?

Josef pouffa et faillit s'étrangler avec sa dernière gorgée de café.

— C'est l'autre étudiant, expliqua-t-il quand il eut repris son souffle. Il n'arrête pas de jacasser.

— Dites-lui d'aller se recoucher, ça vaudra mieux, car il doit finir par vous taper sur les nerfs.

— On n'a pas le sens de l'humour, chère comtesse? Comme c'est dommage! j'en suis navré. Un si joli visage et pas un sourire.

— La ferme! jeta Erich. Assieds-toi et mange, le travail nous attend.

— Du travail? Encore? Quelle sorte de travail d'abord? On est dimanche, non? Eh bien, on doit respecter le jour du Seigneur, c'est écrit dans la Bible. Je suis pieux et très respectueux de la parole divine. J'ai été élevé dans la religion, moi! Est-ce que le café est encore chaud? Et ça, qu'est-ce que c'est? Un gâteau?

— Vous êtes étudiant en quoi? demanda Martina.

— En sociologie, très chère comtesse. Et, autant vous

le dire tout de suite, je suis de gauche, d'extrême gauche.

— Je connais quelques sociologues. Communistes aussi. Mais la plupart ne sont que de beaux phraseurs. Phraseurs et raseurs, cela va de pair.

— Que dites-vous de mes amis? Des gens d'une telle sagesse, d'une telle dignité, d'une telle noblesse! Des gens si dévoués à la cause de l'humanité, des gens qui s'apprêtent à sauver le monde. Le sauver du capitalisme moribond, très chère comtesse. Nous sommes tous des esclaves, et vous aussi. Combien de temps encore, combien de temps? Mais quand arrivera la nuit des longs couteaux, venez à moi, je vous protégerai. Je protège toujours les jolies femmes. Elles pourront se réfugier sous mon aile même dans le bain de sang de la révolution. Oh! merci mille fois, charmante fille du peuple.

Ces derniers mots s'adressaient à Zensi qui avait versé du café au révolutionnaire et avait déposé un gros morceau de gâteau sur son assiette.

— J'ai besoin de me sustenter avant d'aller me recoucher.

Erich se leva.

— A plus tard, dit-il, et il quitta la pièce.

— Un peu nerveux, on dirait, caqueta Knuddel. Encore un qui manque totalement d'humour. Enfin, il faut de tout pour faire un monde. Un vrai besogneux, tout à fait *made in Germany*. A propos, comment va Monika?

— Je ne sais pas encore, répondit Zensi. J'irai la voir tout à l'heure en allant faire les courses.

— Au besoin je ferai la cuisine, déclara Knuddel dans un accès de générosité. Je sais faire les œufs brouillés et les omelettes. Je sais aussi ouvrir les boîtes de conserve. Et de toute façon Gussi est un très grand chef!

— Qui?

— Gussi Solm. Votre oncle vénéré, Comtesse.

— Comment savez-vous qu'il fait la cuisine? demanda Zensi.

— Je le sais. C'est dans tous les journaux. Il sait faire la cuisine, jouer au golf et séduire les femmes. Ce sont ses talents les plus remarquables. Il n'en a d'ailleurs pas beaucoup d'autres, semble-t-il. La feuille de chou locale n'aurait-elle pas de rubrique mondaine?

— Bon, il faut que je parte, dit Martina. Merci pour le gâteau, Zensi. A plus tard.

Knuddel la suivit des yeux.

— Joli petit lot. Arndt a du goût.

Erich était en train de seller Stormy. Il l'avait si bien bouchonné et brossé que sa robe brillait.

— Vous avez fait du beau travail, apprécia Martina. On voit que vous connaissez bien les chevaux.

Il tint l'étrier pour aider Martina à se mettre en selle.

— Merci, dit-elle. Dommage que vous ne puissiez m'accompagner.

Erich leva les yeux. Elle avait noué ses cheveux sur la nuque et son visage paraissait plus étroit, plus grave.

— A Munich vous pourriez monter. Le club universitaire possède un manège réservé aux étudiants. Ils ont de bons chevaux. Stormy en faisait partie avant que je le ramène ici.

Stormy piaffa d'impatience.

Erich s'écarta pour la laisser passer.

— Bonne promenade.

Il la suivit des yeux jusqu'à ce qu'elle disparaisse dans la forêt. Puis il retourna dans l'écurie et donna deux morceaux de sucre à Wallach.

— Dès que j'aurai un moment, je reviendrai m'occuper de toi, lui promit-il. Tu es une brave bête.

Martina traversa la forêt au pas et réfléchit. Trente et un ans. Étudiant en biologie. Originaire du Mecklembourg. Il s'appelait Wilcken. Et son prénom? Qu'avait-il fait avant de passer à l'Ouest? Il n'était pas marié. Mais il avait sûrement une amie. Une étudiante en biologie. « Si je n'étais pas obligée de partir, pensa-t-elle, je pourrais acheter un autre cheval. Il viendrait pendant le week-end et nous ferions de grandes promenades. Il en serait sûrement très heureux. Évidemment, son amie apprécierait moins. »

— Tu comprends, Stormy, expliqua-t-elle, il y a toujours moyen de rendre les gens heureux. Certains ont faim, tous les jours on lit ça dans les journaux. Eh bien, on peut les rendre heureux en leur donnant à manger. Lui, ce dont il a besoin, c'est d'un cheval.

Mais qu'était-elle en train de raconter comme stupidités? Son père lui reprocherait encore de ne rien comprendre à la vie. Pourtant, dans ce cas précis, elle était sûre de ne pas se tromper. Elle l'avait vu s'occuper de Stormy, le regarder, le caresser. Et elle savait maintenant ce qui pourrait le rendre heureux.

En sortant de la forêt, elle obliqua à gauche et lança Stormy au galop. Boy devait faire des bonds pour arriver à les suivre. Ce jour-là, Martina fit une longue promenade. Au retour, elle passa tout près d'Endershausen. Elle s'arrêta sur une colline et contempla le village en contre-bas. Elle entendit alors sonner la messe au clocher. Jeudi, c'était dans cette église qu'elle se marierait.

Cette idée provoqua en elle une véritable panique. Une chose bien étrange que le mariage. Auparavant elle n'y avait jamais beaucoup réfléchi. Le mariage avait ses détracteurs. Beaucoup n'y voyaient qu'une institution démodée, totalement dépassée. Ils n'avaient pas tort. On se mariait et toute la vie changeait. On renonçait à son indépendance, on s'effaçait devant l'autre. L'amour... oui, soit. Mais qu'était-ce au juste?

Elle essaya de se représenter Arndt, son visage, ses yeux, sa bouche. En vain. Son image demeurait floue. Elle ne voyait que ses mains. Très fines. Des mains d'aristocrate.

L'étudiant du Mecklembourg avait des mains très différentes. Ce matin, elle les avait bien observées pendant qu'il sellait Stormy. C'étaient des mains larges et musclées. Des mains puissantes, qui trahissaient la force et l'énergie... et puis quelque chose d'autre. Quelque chose d'authentique. Ces mains-là inspiraient confiance.

Mais pourquoi n'avait-elle que cet homme en tête? Tout cela parce qu'il aimait les chevaux? Oui, sans doute. Sinon quelle sorte de connivence pouvait les rapprocher?

Elle connaissait beaucoup de jeunes gens et ne s'était jamais intéressée à leurs mains, leur visage ou leur bouche.

Au fait, sa bouche? Mais suffit!

Obéissant à son signal, Stormy descendit vers Endershausen. Des volées de cloches résonnaient dans la vallée. Dans quelques jours elles annonceraient son mariage.

— Je suis heureuse, dit-elle à haute voix. Je suis folle de joie. Ce sera le plus beau mariage du monde. Et j'aurai une vie merveilleuse en Corée. Oui, absolument merveilleuse. J'aime Arndt, je l'aime, je l'aime, je l'aime!

XV

FIN DU DIMANCHE

COMME prévu Martina rentra à Munich pour déjeuner. Helen qui avait décidé de garder le contrôle de ses nerfs ne lui fit aucun reproche. Ici aussi le soleil était radieux et le ciel d'un bleu serein.

La promenade à cheval avait eu une très heureuse influence sur l'humeur de Martina, qui fit un louable effort d'amabilité envers les invités. En tout cas, elle avait au moins quelque chose à leur raconter. Car, en rentrant à la ferme, elle avait fait la connaissance du comte Gussi et de toute sa clique.

Elle avait trouvé tout ce gentil monde installé sur des chaises longues devant la maison.

— Ravissante! s'était exclamé Gussi.

Il lui tint la main pour l'aider à descendre de cheval et l'examina des pieds à la tête.

— Et elle épouse mon neveu?

Le comte embrassa Martina sur les deux joues.

— Es-tu sûre que tu ne préférerais pas m'épouser, moi?

— Difficile à dire. Je ne vous connais pas encore.

— Je ne demande qu'à rattraper le temps perdu. J'imagine que tu t'amuserais plus avec moi qu'avec ce cher bon neveu. Il est d'un sérieux effroyable.

Martina éclata de rire. Le soleil et le grand air lui avaient donné des couleurs.

— Pour un mari, ce n'est pas un défaut mais une qualité,

répliqua Joana. Je ne saurais trop te déconseiller d'épouser un homme tel que Gussi. C'est un voyou peu recommandable. Et il n'est pas du tout fait pour le mariage.

— Mais plutôt pour l'amour, n'est-ce pas, chère cousine?

— Tu ne vois donc pas que Martina est une fille très sérieuse elle aussi?

— Ce serait trop dommage. Avec une telle allure, une telle beauté. Quel gâchis!

— En tout cas, conclut Martina, moi j'ai faim. M'avez-vous laissé quelque chose à manger?

— Ça, je ne pourrais pas l'affirmer, répondit Joana. A croire qu'ils n'ont rien mangé depuis huit jours. Incroyable ce qu'ils arrivent à engloutir. C'est bien simple, ils n'arrêtent pas. Dis-moi ce qui te ferait plaisir?

— Des œufs au jambon, des toasts et du thé. Zensi est au courant.

— Justement la voilà.

Zensi apportait un pot de café frais. Combien en avait-elle déjà servis? Impossible de le savoir, elle avait renoncé à compter.

Elle hocha vigoureusement la tête en voyant Martina.

— Tout de suite! J'ai mis l'eau à chauffer.

— Je rentre Stormy à l'écurie, dit Martina.

Joana et le comte l'accompagnèrent. Elle approchait de l'écurie quand elle se trouva soudain nez à nez avec Erich Wilcken. Il prit les rênes de la main de Martina et les fit passer par-dessus l'encolure de Stormy.

Martina sourit.

— Il est sec. Je suis rentrée au pas.

Stormy était encore un peu humide à l'emplacement de la selle. Erich prit une poignée de paille et frotta jusqu'à ce qu'il soit sec. Puis il examina ses sabots et les nettoya consciencieusement.

— Ce monsieur est connaisseur, apprécia Gussi. C'est rare de nos jours. La plupart des gens n'entendent rien aux chevaux.

— Moins rare que vous ne le pensez, répliqua Martina.

Ici, les étudiants ont la possibilité de faire de l'équitation s'ils le désirent.

Elle se tourna vers Erich et lui sourit.

— Merci.

Il conduisit Stormy dans son box. Il y avait des pommes dans la mangeoire et Stormy s'y attaqua avec un bel appétit. Wallach ne le quittait plus des yeux et exprimait sa joie avec force hennissements.

— Et maintenant viens déjeuner, dit Joana qui, fait notable, avait observé la scène en silence. Sinon, il ne te restera vraiment plus rien.

— Tout de suite. Je me lave les mains et j'arrive.

Joana et le comte Gussi retournèrent sur la pelouse en devisant comme de vieux amis.

A son tour Erich Wilcken sortit de l'écurie et vint rejoindre Martina.

— Comment vous appelez-vous? demanda Martina.

— Wilcken.

— Je sais. Mais votre prénom?

Il parut gêné.

— Erich, répondit-il en évitant son regard.

— Erich? Eh bien, merci beaucoup, Erich.

Et sur ces mots, elle disparut.

Erich. Un prénom qui ne lui était pas familier.

Naturellement, pendant le déjeuner, elle passa cette rencontre sous silence et se garda bien de faire la moindre allusion à l'étudiant en biologie. Elle se contenta d'un récit très circonstancié du petit déjeuner.

— Six personnes en plus, constata Helen non sans une certaine épouvante. Et de parfaits étrangers.

— Quelle importance? rétorqua Martina. Six de plus ou six de moins, on ne s'en rendra même pas compte.

— *Seems to be fun,* commenta l'Américain.

— Dommage de ne pas être déjà là-bas, dit la baronne Sophie soucieuse de donner un tour plus joyeux à la conversation. Par ce temps! Et on a l'air de bien s'amuser à la ferme.

Elle entreprit de raconter tout ce qu'elle savait du comte

Gussi. Elle connaissait son sujet à fond, car elle se passionnait pour les potins et était une lectrice fervente des chroniques mondaines. Elle avait beau vivre à Regensburg, elle était mieux au courant que quiconque des moindres faits et gestes des grands personnages de ce monde.

On papota de la sorte jusqu'au dessert. Raté! La crème caramel avait un léger goût de brûlé. Rien d'extraordinaire : Ernestine, la cuisinière, qui savait préparer de somptueux rôtis et mijoter des plats succulents, n'avait jamais eu la main heureuse pour les gâteaux et les entremets.

Autre catastrophe : celle qui venait de se produire à la ferme.

— Terrible ce qui arrive à Monika, se lamenta Helen. Qu'allons-nous devenir si elle est vraiment malade?

— Il n'y a pas de quoi s'affoler, répondit Martina. Zensi et Roserl se débrouillent très bien. Et à partir de mercredi Käfer sera là. Rassure-toi, d'après Zensi, Moni va déjà beaucoup mieux.

Effectivement Zensi avait fait un compte rendu assez optimiste de sa visite chez Monika.

L'après-midi, M. Bergmüller s'installa dans le jardin avec un livre et la baronne ne tarda pas à suivre son exemple. Le poète et son épouse se retirèrent dans leur chambre. Quant aux Américains, ils insistèrent pour visiter un peu la ville. Martina les emmena donc au château de Schleissheim où ils passèrent l'après-midi. En rentrant, ils apprirent qu'Arndt avait téléphoné, de sorte que maintenant tous étaient au courant de son départ pour la Corée.

— Pourquoi me l'avoir caché? demanda Helen d'un ton lourd de reproche.

— J'ai simplement oublié de t'en parler, prétendit Martina.

— Doux Seigneur, mais la Corée, c'est le bout du monde!

On dîna au restaurant et pendant tout le repas la conversation roula sur ce thème.

M. Bergmüller, qui avait consulté une encyclopédie

avant de partir, se montra fort brillant. Martina en revanche ne fit guère de commentaires. Inutile de gâcher la soirée en avouant son amertume et sa hantise. On verrait bien.

— De toute façon, tu n'y resteras pas toute ta vie, fit observer Helen. Dans quelque temps Arndt sera probablement nommé ailleurs. A Paris ou à Londres par exemple...

Otto Kannegiesser était là quand ils rentrèrent. Lorsqu'il entendit parler de la Corée, il échangea un long regard de connivence avec sa fille. Ils n'avaient pas besoin de discours pour se comprendre. M. Kannegiesser savait que sa fille était une Munichoise à part entière, profondément attachée à sa ville natale. Pour elle Paris ou Londres n'auraient jamais autant d'attrait que Munich.

Martina de son côté savait ce que son départ représenterait pour son père.

— Toi et ton mariage à la manque! chuchota-t-il en lui souhaitant bonne nuit.

— Tu as raison, mon petit papa. Comme toujours. J'aurais mieux fait de poursuivre mes études. En biologie.

— En biologie? Que signifie cette nouvelle lubie?

— Cela doit être intéressant, non?

— Sûrement. Mais il est trop tard.

— Oui...

Martina embrassa son père.

Elle resta un long moment devant la fenêtre de sa chambre à contempler le jardin. S'il n'avait tenu qu'à elle, elle serait immédiatement repartie à la ferme.

Mais elle ne pouvait pas se permettre deux fois de suite ce genre d'escapade.

Lundi, mardi, mercredi... Jeudi, le mariage.

A la ferme, on avait passé une journée animée et fort plaisante. Après le petit déjeuner, tous étaient allés se promener au bord du lac. Knuddel était de la partie. Au grand dam de William il avait réussi à s'immiscer dans le groupe. En voyant partir les voitures, il avait pris une expression si chagrine que Joana, toujours débonnaire, s'était laissé attendrir.

— Voulez-vous venir avec nous? avait-elle demandé.

Et Knuddel, avec un sourire rayonnant :

— Madonna! Vous avez un cœur d'or. Mais croyez bien que vous n'aurez pas affaire à un ingrat.

William resta donc seul avec Erich Wilcken qu'il emmena à son quartier général. Après l'avoir mis au courant de tous les détails de l'opération, il le présenta aux patrons de l'auberge. Irmgard avait repris son poste, sans manifester le plus léger dépit. Elle était plus adorable que jamais dans sa claire robe d'été, assortie à la couleur de ses yeux.

Tous trois se rendirent dans un village situé à quelque vingt kilomètres d'Endershausen. On y avait retenu des chambres dans une auberge très accueillante où les amis du comte Gussi viendraient s'installer dès le lendemain, car il n'était pas question qu'ils séjournent plus longtemps à la ferme.

— Puisqu'ils sont motorisés, expliqua William, ils peuvent bien faire quelques kilomètres.

A midi, ils déjeunèrent à la « Post ». Puis William et Irmgard se mirent en route pour Munich. Erich, qui avait envie de se promener dans la campagne, rentra à la ferme à pied. Il avait l'impression de vivre un rêve. Tout l'enchantait. Le ciel, le soleil, les montagnes, la forêt. Les chevaux aussi. Et Martina Kannegiesser. Bientôt il se réveillerait et tout serait fini. Le rêve allait s'évaporer. Mais il ne l'oublierait jamais. Tout, jusqu'au moindre détail, resterait gravé dans sa mémoire.

Quand il arriva à la ferme, Josef avait sorti les chevaux.

— Je les laisse un peu dans l'enclos, expliqua-t-il. Je les rentrerai dans une heure.

Wallach s'approcha de la clôture, s'arrêta devant Erich et quémanda une caresse. Puis ce fut le tour de Stormy.

— Oui, dit Erich, oui, tu es beau. Et tu es heureux, tu as une vie en or.

Ensuite Erich aida Zensi et Roserl à remettre un peu d'ordre dans la maison. Quand ils en eurent terminé ils s'installèrent dehors pour boire une tasse de café. Quelques instants plus tard Moni arriva à bicyclette. Elle se sentait au mieux de sa forme, et tenait à réintégrer ses fonctions.

Les invités rentrèrent vers huit heures, en apportant des poulets rôtis. Après s'être restaurés, ils se mirent à danser. Le comte Gussi en profita pour échanger de longs baisers avec sa charmante cousine.

Avant d'aller se coucher, Erich s'assura que l'écurie était bien fermée et resta quelques instants dehors à contempler les étoiles et épier les bruits de la nuit.

Mais personne ne vint cette nuit-là.

Le dimanche était passé.

XVI

LUNDI

On prit le petit déjeuner en comité restreint : Helen, Martina ainsi que M. et Mme Bergmüller.

Les poètes se faisaient servir dans leur chambre. Otto Kannegiesser, quant à lui, était parti à son bureau vers sept heures.

La baronne Sophie annonça que toute réflexion faite ils iraient s'installer à la campagne dès aujourd'hui. Il faisait si beau ! Et puis s'ils attendaient un jour de plus, il y aurait une telle cohue qu'ils ne pourraient plus du tout profiter de la nature.

M. Bergmüller approuva. De toute évidence il était déjà au courant de la décision de sa femme.

— Déjà ? s'étonna Helen. Je croyais que demain matin tu voulais aller chez le coiffeur ?

— Je me ferai coiffer sur place. Je trouverai bien quelqu'un pour me conduire à Priem, non ?

— Je crois que je ferais aussi bien de suivre cet exemple, dit Martina.

— Mais, voyons, il y a encore une foule de choses à faire, gémit Helen. Je t'en prie, ne recommence pas. Tout cela pour ce cheval !

— Entre autres. Mais j'aimerais surtout passer quelques jours là-bas. Qui sait quand je...

Elle n'alla pas jusqu'au bout de sa pensée. La perspective de son départ pour la Corée l'épouvantait. Non qu'elle eût des préjugés défavorables. C'était peut-être un pays merveilleux. Sûrement même. Mais elle ne voulait pas partir, voilà tout.

— Je ne sais pas pourquoi, il faut toujours que tu t'affoles, reprit-elle. Alors qu'il n'y a plus rien à faire. Tout se passe à merveille, il me semble. Ici, on n'attend plus personne, tout le monde doit arriver directement à la ferme. Il faut bien qu'un représentant de la famille soit là pour recevoir les invités. D'autant que les parents d'Arndt arrivent demain. Et puis... si Moni est malade, il faut quelqu'un pour la remplacer.

— Toi peut-être?

— Pourquoi pas? J'ai déjà vécu là-bas sans domestiques. Qu'est-ce que tu crois? Je sais faire le café.

Helen s'abstint de tout commentaire.

Les Bergmüller partirent dans le courant de la matinée. Par précaution Helen appela William pour lui annoncer leur arrivée. William en fut d'ailleurs très satisfait, mieux valait que tous les invités n'arrivent pas en même temps.

Après le petit déjeuner, Martina téléphona à son père pour lui annoncer son intention de quitter Munich.

— Autrement dit, je ne te reverrai pas avant le grand jour, répondit-il.

— Que veux-tu, ici il n'y a pas moyen d'avoir une conversation tranquille. C'est ta faute, aussi. Pourquoi es-tu resté si longtemps en Amérique?

— S'il n'avait tenu qu'à moi, je ne serais pas rentré du tout.

— Tu n'es pas partisan de ce mariage, hein? répondit-elle après un instant de silence.

— C'est le moins qu'on puisse dire. Si au moins tu avais épousé Peter Doppler...

Martina fut suffoquée.

— Peter? Tu l'as toujours pris pour un fumiste. Pourquoi ce revirement soudain?

— Hier, je l'ai rencontré dans l'avion. Il n'était pas du tout au courant de ton mariage, et j'ai l'impression que cette nouvelle lui a donné un choc. A mon avis, il t'aime toujours.

— Tu penses! Dis plutôt qu'il est perpétuellement amoureux, mais jamais très longtemps.

— Il a changé, plutôt en bien. Hier il m'a plu. Il est devenu raisonnable. Et il est loin d'être sot.

— Tu l'as invité au mariage?

— Non. Je n'ai pas eu cette indélicatesse.

— Pourquoi? Parce que nous avons un peu flirté? Tu le connais mal, il n'a pas le cœur si fragile. Écoute, Papa, veux-tu m'accompagner? C'est pour cela que je t'appelle.

— Voyons, mon petit, j'ai à faire.

— Mais non! La boutique marchera bien sans toi. Deux jours de repos te feraient le plus gand bien.

— Du repos? Avec toute cette ménagerie? Non, merci bien. Je passerai peut-être une semaine là-bas quand tout ce cirque sera terminé.

Martina comprit que son père était d'humeur maussade. Inutile d'insister. Pour lui les festivités, « tout ce cirque » comme il disait, étaient une véritable corvée. D'autant qu'il désapprouvait ce mariage.

Pendant quelques instants Martina resta assise près du téléphone à s'apitoyer sur son propre sort. Puis elle se ressaisit et décida d'appeler Peter. Mais à quel numéro? Habitait-il chez ses parents à Grünwald, ou avait-il gardé son petit appartement du Schwabing?

Peter et Martina se connaissaient depuis leur enfance. Son père était à la tête d'un important laboratoire de produits pharmaceutiques et entretenait donc des relations d'affaires avec la Bayern. Martina avait douze ou treize ans lors de sa première rencontre avec Peter, à l'occasion d'une grande fête organisée pour le soixante-quinzième anniversaire des Laboratoires « Doppler et fils ».

Peter avait pris Martina par le bras et lui avait fait visiter toutes les installations de la maison. A quinze ans, il était déjà familiarisé avec tout un vocabulaire technique. Puis, alors que Martina n'avait droit qu'à la limonade, il lui avait fait goûter de sa bière. Un peu plus tard il l'avait embrassée

151

derrière l'estrade de l'orchestre. Un premier baiser qui avait beaucoup impressionné Martina.

Quand elle eut seize ans et lui dix-neuf, ils commencèrent à se voir plus souvent. Ils faisaient partie du même club de tennis et, sous l'impulsion de Martina, il prit des leçons d'équitation, de sorte qu'ils se retrouvèrent souvent au Jardin Anglais où ils faisaient de longues promenades à cheval.

Après avoir brillamment obtenu son baccalauréat, il entreprit des études de chimie et de pharmacie. A l'époque il se prenait déjà pour un véritable bourreau des cœurs. Mais entre lui et Martina il n'y eut jamais qu'un flirt très innocent. Rien d'autre qu'un baiser anodin de temps en temps. Peter ne restait jamais sans une petite amie, quand il n'en avait pas plusieurs à la fois. Toujours des filles ravissantes et peu scrupuleuses, qui allaient et venaient sans laisser aucune trace de leur passage. Martina savait très bien à quoi s'en tenir, d'autant qu'elle était souvent invitée aux surprises-parties qu'il donnait dans son petit appartement du Schwabing. Une fois, il eut une aventure plus sérieuse mais son amitié avec Martina n'en souffrit pas. Elle s'étonnait parfois de son attitude, lui qui ne pouvait approcher une femme sans essayer de la séduire.

Un jour il déclara, comme s'il avait deviné sa pensée :

— Nous, nous avons le temps. De toute façon nous finirons bien par nous marier.

— Nous marier?

— Évidemment. Nous sommes faits l'un pour l'autre, comme on dit dans les romans. Tu as de la classe, tu me plais, et nous nous entendons à merveille. Tu ne crois pas?

Un an plus tôt, il était parti en Amérique suivre un stage de formation. Ainsi donc il était de retour? Martina essaya son numéro du Schwabing. Au bout de dix sonneries, elle allait raccrocher quand elle entendit une voix ensommeillée.

— Oui...?

— Ma parole, tu dors encore?

— Cette question! Mon métabolisme basal a été complètement perturbé par le décalage horaire. Jamais entendu parler, peut-être?

— Espèce de gros lard! Prends exemple sur mon père. Il est à son bureau depuis sept heures et demie.

— De la folie pure! Vous n'auriez jamais dû le laisser faire. Mais dis-moi, c'est toi, Martina?

— Qui veux-tu que ce soit? Ne dis pas que tu ne reconnais plus ma voix.

— Si, mais non sans mal. Tu as déjà des intonations de femme mariée. Bizarre que tu oses encore m'appeler. Moi qui suis malade de rage.

— Parce que je me marie?

— Espèce de gourde! Alors que tu voulais m'épouser!

— Qui a jamais prétendu une chose pareille?

— Moi. Quand ton père m'a annoncé que tu allais convoler, j'ai cru que j'allais sauter de l'avion. Qu'est-ce que ça veut dire? Et un comte par-dessus le marché? Tu es dingue ou quoi?

— Il est comte, ça ne m'enchante pas particulièrement. Je trouve ça un peu ridicule. Mais ma mère est aux anges.

— Je m'en doute. Mais parle-moi un peu de ton mari. Quel genre de type? Ton père a été très discret sur la question.

Martina lui fit un portrait sans fard de son futur mari.

— Charmant jeune homme. Le sens du devoir, le regard fixé sur la ligne bleue des Vosges et tout et tout. Redoutable, quoi.

— Tu viens?

— Où ça?

— A mon mariage, bien sûr. Je t'invite.

— Tu es bien bonne. Mais moi qui ai déjà le cœur brisé.

— Ne me fais pas rire. Je pourrais me marier une bonne demi-douzaine de fois sans que ton malheureux petit cœur soit seulement fêlé.

— Tu me connais mal. Ton père m'a dit que ça se passerait à la campagne...

— Oui, à la ferme. Tu connais. Tu es venu pendant les travaux.

— Si je connais! C'était à l'époque où il t'est arrivé des bricoles avec l'architecte.

Stupéfaite, Martina demanda prudemment :

— Qu'est-ce qui te fait croire ça?

— Pour qui me prends-tu?

Elle préféra éluder ce sujet scabreux.

— Alors? Tu viens, oui ou non?

— Bof, tu sais, moi ce genre de mariage à falbalas... Alors que je viens de rentrer d'un long voyage...

— Arrête, tu veux. Tant d'histoires pour quelques heures d'avion. D'ailleurs le mariage a lieu seulement jeudi. Tu peux venir en jeans, ça m'est bien égal. Viens au moins mercredi. Il y aura une fête à tout casser.

— Mercredi? Il faut voir, je ne dis pas... Il y aura beaucoup de monde?

Martina entreprit de lui énumérer les invités qu'il était susceptible de connaître, en commençant bien entendu par les jolies filles.

— Mais dis-moi : tu te maries vraiment avec des demoiselles d'honneur et tout le bataclan?

— Non. Ma mère y tenait mais je me suis battue. J'ai tout de même un certain sens du ridicule... Si j'avais su que tu rentrais, je t'aurais demandé d'être mon témoin.

— Histoire de m'achever! Écoute, je te fais une proposition honnête : dès que tu divorces, je t'invite.

La conversation ne dura pas moins d'une demi-heure. Mais finalement Helen n'y tint plus : elle aussi avait des coups de téléphone très importants à donner. Peter lui-même finit par abréger : cet effort matinal l'avait épuisé, il avait besoin de quelques heures de sommeil pour récupérer.

Martina raccrocha avec la ferme conviction que Peter viendrait, ne serait-ce que par curiosité, et qu'elle s'offrirait le plaisir de le voir pâlir de jalousie devant Arndt.

L'après-midi elle mit son projet à exécution : elle partit pour la campagne en emportant sa robe de mariée et sa robe de bal.

« Et il faut que je m'exile en Corée », pensa-t-elle en traversant Endershausen.

— Vois-tu, Boy, la Corée est un pays divisé, dit-elle à son chien. C'est pourquoi, d'après Arndt, notre présence y est importante. Va comprendre! Moi, en tout cas, cela m'échappe.

Elle regarda son chien. Le chien la regarda. Tous deux étaient très perplexes.

Martina qui s'était arrêtée sur la place du village, vit soudain une voiture se garer devant la « Post », et quand le conducteur descendit, elle le reconnut immédiatement : l'étudiant du Mecklembourg. Il entra directement à l'auberge sans même se retourner. D'une impudence! Car enfin il connaissait sa voiture. Il l'avait fatalement aperçue. Quoique... Réflexion faite, non, ce n'était pas évident. D'autant qu'elle s'était arrêtée sous les tilleuls, un peu à l'écart. Sans plus d'hésitation, elle descendit de voiture avec son chien et se dirigea vers la « Post » d'un pas décidé. Une petite visite à William, histoire de voir où il en était.

Mme Obermaier fut ravie de voir la fiancée. La demoiselle désirait-elle quelque chose? Un Coca-Cola? Mais certainement. Oui, on pouvait la servir là-haut. Si William était là? Bien sûr. M. William était toujours fidèle au poste, il pensait à tout et savait mener son affaire. Un homme admirable!

Martina opina gravement, puis monta au premier étage. William n'était pas seul, mais Irmgard était là ainsi que l'instituteur, un inconnu, qui s'avéra par la suite être garagiste, et Erich Wilcken.

— Bonjour tout le monde! dit Martina en entrant dans le bureau. Une véritable assemblée générale! J'espère que je ne vous dérange pas?

— Mademoiselle! Quelle surprise!

William se leva et s'inclina. Il semblait médusé.

— Autant vous le dire tout de suite, annonça Martina, je m'installe. J'ai l'intention de rester à la ferme. Si je peux vous être utile, n'hésitez pas.

Soudain Martina se sentit horriblement gênée et rougit, ce qui ne fit qu'accentuer son malaise. Peut-être était-elle simplement désarçonnée par son attitude insolite, car proposer spontanément son aide lui était pour le moins inhabituel. Mais ces derniers temps, elle se conduisait décidément d'une manière assez troublante... Elle bavardait dans l'écurie en pleine nuit, prenait son petit déjeuner avec le personnel, demandait son prénom à un inconnu engagé comme extra...

— Enfin je veux dire, s'empressa-t-elle d'ajouter, si Moni est malade... A propos comment va-t-elle?

— Elle semble complètement rétablie, répondit William encore sous le coup de la surprise. Et je pense que nous n'aurons pas à abuser de votre générosité.

— Vraiment? Dommage! Il ne faut pas que j'entre en scène avant les trois coups, n'est-ce pas? Et je n'ai plus le droit de choisir mon rôle.

Mais quelles inepties était-elle en train de raconter!

Mme Obermaier la tira de ce mauvais pas en lui apportant un Coca-Cola sur un plateau d'argent.

— Oh! merci, dit Martina. C'est très aimable à vous. Quelqu'un désire-t-il boire quelque chose?

Son regard s'arrêta sur Erich.

— Un Coca?

Il secoua la tête.

— Non, je vous remercie.

— Préférez-vous une bière?

— Pas maintenant, non. Merci.

En revanche le garagiste reconnut qu'il se laisserait bien tenter par une petite bière.

William haussa un sourcil réprobateur.

— Vous boirez tout à l'heure, en descendant, dit-il. Réglons d'abord notre petit problème, voulez-vous? Je vous prie de m'excuser, Mademoiselle. Je suis à vous dans un instant.

— Oh, je ne voudrais pas vous déranger, répondit Martina de nouveau gênée. Je ne faisais que passer.

Cependant elle s'assit près de la fenêtre pour boire son

Coca-Cola et sortit une cigarette de son sac. L'instituteur lui donna du feu, et elle remercia d'un sourire.

Dans la matinée, une des voitures qui devaient faire partie du cortège avait été légèrement accidentée. Par chance, Erich, qui était au volant, ne conduisait pas trop vite, car, en voulant éviter un enfant qui s'était presque jeté sous ses roues, il avait éraflé la carrosserie contre un mur. Tout le monde s'en était tiré indemne, ce qui était l'essentiel.

— Heureusement, M. Wilcken a eu d'excellents réflexes, dit l'instituteur qui était assis à côté de lui pendant le trajet.

Martina s'approcha d'Erich.

— Je suis très heureuse que cet accident n'ait pas eu de conséquences fâcheuses, dit-elle, et pour la première fois depuis son arrivée, elle était sincère et n'avait pas eu besoin de forcer le ton.

En écoutant le garagiste, Martina songea que s'il travaillait comme il parlait, la voiture ne serait jamais réparée à temps. William aboutit sans doute à la même conclusion, car il mit fin à la palabre en décidant que demain Erich prendrait le premier train pour Munich d'où il ramènerait une autre voiture de location.

— Cela tombe très bien, dit Martina. Car si M. Wilcken va en ville, il pourrait passer prendre nos Américains. Je voulais les emmener mais ma voiture était déjà très chargée, et eux-mêmes avaient encore un rendez-vous au consulat. Demain, pas de problèmes.

Le garagiste prit congé en promettant de commencer les réparations dès aujourd'hui, et à son tour Erich Wilcken partit vaquer à d'autre occupations.

— Je suis à votre disposition, Mademoiselle, dit William.

— Merci, mais je n'ai besoin de rien. Je suis simplement venue vous dire bonjour. Je crois que je vais aller faire une petite promenade à cheval.

William lui assura qu'à la ferme elle serait parfaitement tranquille. La Señora était partie à Salzbourg avec le comte Gussi et ses amis. De plus, et ce n'était sans doute pas une mauvaise nouvelle, le nombre des invités s'était quelque peu réduit puisque le directeur de la banque de Solothurn était parti en emmenant la dame de Lugano et la Parisienne.

— Grand bien leur fasse, répondit Martina. Je m'en vais. A plus tard!

Le curé du village était en train de soigner ses roses quand, sans s'en être rendu compte, Martina se retrouva soudain devant la grille et lança un joyeux :

— Bonjour, mon Père!

Le prêtre tourna la tête et se redressa avec une grimace de douleur. Il parut très surpris de cette visite.

Martina fut obligée d'entrer.

— Depuis longtemps j'avais l'intention de venir, dit Martina. Pardonnez-moi d'avoir attendu la dernière minute.

— Aucune importance, répondit le prêtre. L'essentiel est que vous soyez là. Nous allons prendre un petit café.

— Non, vraiment, je...

— Si, si, j'y tiens. Voyez-vous, avec le föhn, si je ne prends pas un café bien fort dans l'après-midi, j'ai des maux de tête. Il y a même un gâteau. Il est de samedi, mais c'est meilleur un peu rassis. A mon avis en tout cas.

Après avoir émis diverses considérations sur le temps, ils parlèrent d'Endershausen et de la Bavière et, au fil de la conversation, Martina en vint tout naturellement au sujet qui lui tenait à cœur : son départ en Corée.

— Je n'ai aucune envie d'aller vivre en Corée, dit-elle.

— Mais, mademoiselle Kannegiesser, rétorqua le prêtre, vous n'avez pas le droit de juger avant de savoir. Rien de pire que les préjugés. Ils sont à l'origine de toutes les injustices. Voyez-vous...

Suivit une longue discussion à laquelle le prêtre prit d'autant plus de plaisir que Martina savait le pousser dans ses retranchements.

Avant de la rencontrer, il était enclin à ne voir en elle

qu'une sorte de poupée de luxe. Erreur, constatait-il avec joie. Cette jolie tête n'était pas vide.

La discussion se poursuivit avec âpreté, mais au fond le prêtre comprenait le point de vue de sa convive. Lui non plus n'aurait eu aucune envie de quitter Endershausen pour la Corée.

Martina finit par s'engager sur un terrain dangereux.

— Dans la vie, c'est la même chose, déclara-t-elle. On sait immédiatement si on pourra s'entendre ou non avec quelqu'un. Il y a des gens que l'on trouve antipathiques au premier regard. Pourquoi? Préjugé? Instinct?

— Peut-être se laisse-t-on influencer par la réputation des gens, rétorqua le prêtre, par tout ce qu'on a entendu dire sur leur compte. Et dans ce cas on les aborde bel et bien avec un préjugé.

— Ce n'est pas du tout mon genre, répondit Martina. Quand par exemple j'entends critiquer quelqu'un, je m'insurge, je prends immédiatement le contrepied. Car je tiens à me faire une opinion par moi-même. En revanche, si on le porte aux nues, je me méfie, je suis aussitôt sur mes gardes.

— Ce n'est pas moi qui vous donnerai tort...

— Mais cela va plus loin, poursuivit Martina. Et pour moi, c'est une découverte toute récente. Vous pouvez rencontrer quelqu'un, n'importe où, n'importe quand, quelqu'un que vous n'avez jamais vu, un parfait inconnu, et avoir la conviction immédiate qu'il jouera un rôle dans votre vie. Que vous le...

Elle s'interrompit. Son visage reflétait une sorte de stupeur émerveillée.

— Avant je ne savais pas que cela pouvait arriver, murmura-t-elle.

Ce qui l'étonnait, c'était qu'en parlant de ce « quelqu'un » dont on sait immédiatement que... eh bien, oui... qu'on pourrait l'aimer, elle pensait à Erich Wilcken.

Insensé. Le föhn lui faisait-il donc tant d'effet?

Pourtant, depuis qu'elle était assise dans ce jardin, elle n'avait cessé de plaider en faveur de ce guide sûr qu'est l'instinct, l'intuition. Or elle avait eu de nombreux flirts, elle était parfois tombée amoureuse, elle avait même eu une aventure très sérieuse. En un mot elle n'était plus une enfant et savait donc fort bien que cet homme, qu'elle avait rencontré deux jours auparavant, que cet homme... Non. Absurde.

Ridicule d'affirmer à propos d'un homme que l'on connaissait à peine : c'est lui que je veux!

Et voilà, le grand mot était lâché.

C'est lui, on le sent, on le sait.

Aberrant.

Et pourtant? Cela pouvait arriver. La preuve...

— Nom d'un chien!

— Pardon? fit le prêtre.

— Oh! excusez-moi. Je pensais à autre chose... Il est temps que je parte.

Son regard trahissait encore un certain désarroi.

— J'ai été très heureuse de passer quelques instants en votre compagnie, ajouta-t-elle. Merci pour tout.

— Votre visite m'a fait grand plaisir, mademoiselle Martina. Vous restez à la campagne, je crois?

— Oui. Je vais aller faire une promenade à cheval... Vous vous rendez compte, mon Père, je ne peux pas emmener mon cheval en Corée.

— En êtes-vous certaine?

— Non. Je ne sais pas encore. Cela s'arrangera peut-être. Mais que deviendrait Wallach?

Elle parla encore des extraordinaires rapports d'amitié qui unissaient ses deux chevaux, puis se leva. Le prêtre l'accompagna jusqu'à la grille du jardin.

— Ah, j'ai failli oublier, dit-il. Les jeunes du village aimeraient tirer des salves le jour de votre mariage. A la sortie de l'église, bien sûr.

— Vraiment? Je trouve l'idée merveilleuse. Tout le monde n'a pas droit à un tel privilège, je suppose? Au revoir, mon Père, et encore merci. A jeudi.

Le prêtre la suivit des yeux quand elle traversa la place pour rejoindre sa voiture. Elle était mince et élégante. Ravissante.

Il s'aperçut brusquement qu'ils n'avaient pas du tout parlé du mariage. Il avait pourtant diverses questions à lui poser, sur son fiancé par exemple.

En tout cas il savait qu'il trouverait facilement les mots justes. Maintenant qu'il la connaissait...

Pendant le trajet, Martina réussit à mettre un peu d'ordre dans ses idées. Elle avait eu un coup de foudre, pourquoi le nier? C'était bien normal. D'autant qu'ils partageaient la même passion pour les chevaux.

De ce point de vue, son aventure n'avait rien d'exceptionnel et il était inutile de dramatiser. Dans un an il était probable qu'elle s'en amuserait. Ah oui, le petit biologiste que j'ai rencontré lors de mon mariage? Un gentil garçon, il m'a beaucoup plu. Vois-tu, Arndt, il avait de la personnalité, c'est le genre de choses qu'on remarque au premier coup d'œil. Il venait de l'autre côté. D'où au juste? Voyons... du Mecklembourg, je crois.

Aucun doute : dans quelque temps son « aventure » lui apparaîtrait comme une histoire tout à fait anodine. Restait cependant la possibilité de la vivre jusqu'au bout. A sa place certaines filles auraient fait l'amour avec lui, et l'affaire aurait été classée. Pas mon genre, pensa-t-elle, et encore moins à quelques jours de mon mariage. Arndt méritait plus de respect. D'ailleurs Erich Wilcken ne se prêterait sûrement pas à ce petit jeu.

Au fond, je pourrais le comparer à Arndt ou Peter, encore qu'ils soient tous très différents. Je suis fiancée avec Arndt, je sais qu'il m'aime, mais il n'a jamais essayé de dépasser le stade du flirt. S'il avait voulu, je n'aurais sans doute pas refusé. Il ne m'a jamais non plus posé de questions sur mon passé. Il attend que nous soyons mariés. A-t-il raison, a-t-il tort?

Avec Peter, qui a eu sur ce plan une vie plutôt agitée et qui m'aime beaucoup, je n'aurais peut-être pas refusé non plus. Mais il n'a pas les mêmes rapports avec moi qu'avec les autres femmes; il me croit différente. Au fond, peut-être avait-il réellement l'intention de m'épouser.

Quant à Erich Wilcken, il n'a évidemment rien de commun avec les deux autres. J'ai l'impression qu'il prend tout au sérieux. Il n'aura pas de mal à trouver une amie. Si ce n'est déjà fait. Comment savoir? En tout cas, point final avec cette histoire. Maintenant je sais à quoi m'en tenir. Je le présenterai tout de même à Papa, il pourra peut-être l'aider. D'une manière ou d'une autre. Lui faire obtenir une bourse ou lui trouver un job, quelque chose comme ça...

A peine arrivée à la ferme, elle se rendit à l'écurie, mais les chevaux étaient dans l'enclos. Ils approchèrent en entendant sa voix.

Puis elle trouva la baronne en train de lire à l'ombre du grand marronnier derrière la maison.

— Tu es là, mon cœur, dit-elle en apercevant Martina. On est merveilleusement bien ici. Quelle tranquillité! Ils sont tous partis à Salzbourg.

Elle avait prononcé cette dernière phrase avec une légère intonation de dépit.

— Tu ne t'ennuies pas trop? demanda Martina, sachant que sa grand-mère n'appréciait guère la solitude.

— Pas le moins du monde! Je suis ravie d'avoir un peu de calme. Une vraie bénédiction. Anton est allé se promener, mais je pense qu'il ne tardera pas à rentrer.

— Eh bien, je te laisse. Je serai là pour le dîner.

A l'heure du dîner, les autres n'étaient toujours pas rentrés, ce qui contraria vivement la baronne Sophie. Alléchée par le récit de Martina, elle se réjouissait par avance de passer une soirée pittoresque en compagnie de ce fou de Gussi et de Joana qu'elle connaissait de réputation. Cruelle déception que de trouver la maison vide. Combien de temps allaient-ils donc rester à Salzbourg?

Dans le courant de la soirée, Martina vint trois fois à la cuisine et ne fit pas moins de quatre passages dans la petite salle à manger du personnel, pour s'assurer que l'on n'avait pas besoin d'elle. Vers neuf heures et demie, n'y tenant plus, elle demanda :

— Où sont donc passés nos étudiants? Ils ont déjà dîné?

M. Wilcken, apprit-elle, était allé chercher une voiture à

Munich et il devait revenir demain matin avec des invités. Comme il avait beaucoup de choses à faire en ville, il avait préféré partir ce soir au lieu d'attendre le lendemain.

— Ah bon..., dit Martina.

— L'autre étudiant, poursuivit Zensi, a dîné pendant que vous faisiez votre promenade à cheval. M. William l'a envoyé à Priem. Il doit ramener plusieurs caisses d'oranges qu'on devait nous livrer. J'espère qu'il ne va pas tarder à rentrer, sinon demain il n'y aura pas de jus de fruits au petit déjeuner. Mais avec lui, on ne sait jamais.

— C'est-à-dire?

— Ben, si vous voulez mon avis, on ne peut pas trop compter sur lui. On ne sait jamais ce qui va lui passer par la tête.

Martina retourna dans le hall.

Pourquoi avait-il avancé son départ pour Munich, la sachant à la ferme?

Ainsi au moins l'affaire était claire et nette. Point final. Effectivement il devait avoir une amie, et il avait préféré passer la nuit à Munich. Logique. Elle sortit avec Boy. Que la nuit était douce. Et cette lune! Il faisait presque grand jour, et le vent du sud était si léger, si chaud.

Et elle était là, seule. Toute seule.

Elle entra soudain dans une sorte de transe. Elle leva les bras au ciel, renversa la tête en arrière et fixa la lune aussi longtemps que ses yeux purent la supporter.

— Viens, Boy, dit-elle alors, nous allons courir un peu.

Elle était déjà couchée, quand la bande joyeuse rentra de Salzbourg. Ils étaient tous un peu éméchés à en juger par leurs rires, leurs éclats de voix et le vacarme qu'ils firent dans la maison. Ignorant l'arrivée des Bergmüller et de Martina, ils étaient d'ailleurs excusables. Ceux qui habitaient à l'hôtel repartirent, mais le silence ne se fit pas pour autant. Des portes claquèrent, il y eut des rires, des bruits de pas dans les couloirs, puis ce fut enfin le calme.

Joana et Gussi couchent ensemble, pensa Martina. Je m'en doutais. Enfin, grand bien leur fasse.

Elle se tourna et se retourna dans son lit. Impossible de

dormir par une nuit si douce et avec toutes ces idées folles dans la tête. Erich était-il dans les bras de son amie? Sûrement, oui. Grand bien leur fasse à eux aussi.

Elle finit par se lever et s'approcha de la fenêtre. La nuit était si claire qu'on aurait pu lire sans lumière.

Mais... qu'apercevait-elle là-bas sous le bosquet? Quelque chose bougeait. Oui... ils étaient deux, un jeune couple naturellement. Ils s'embrassaient et le garçon se faisait de plus en plus pressant. Au bout d'un moment ils se levèrent, et quand ils approchèrent de la maison, Martina reconnut Zensi.

(Disons-le tout de suite pour ne laisser planer aucun doute sur la vertu de Zensi : le garçon avec qui elle contait si gentiment fleurette n'était autre que Sepp qu'elle devait épouser l'année suivante.)

Martina se jeta sur le lit. Enfin que lui arrivait-il? Il fallait pourtant qu'elle dorme. Jeudi à pareille heure elle serait mariée et ne serait plus seule dans sa chambre.

Arndt?

Comment se comporterait-il dans un lit? Joana avait raison, il était ridicule d'attendre un jour bien déterminé. Le jour du mariage... Ou, plus exactement : la nuit de noces. Elle essaya de se rappeler ce qu'elle avait éprouvé quand Arndt l'avait embrassée... Voyons, il l'avait prise dans ses bras, l'avait attirée contre lui, et l'avait embrassée, sans fougue, sans passion, avec simplement beaucoup de tendresse. Comment se passerait leur première nuit d'amour jeudi? Ils avaient retenu une chambre à Munich, au « Continental », et le lendemain matin ils s'envoleraient vers la Sicile. Il lui parlerait de la Corée. De la Corée et de Frédéric II. Et entre-temps ils feraient l'amour.

Il n'était pas loin de trois heures du matin quand elle s'endormit. Quelles nuits étranges que ces nuits de föhn, claires et fiévreuses, qui précédèrent le mariage.

XVII

MARDI

SI la journée du lundi avait été fort paisible, celle du mardi fut un peu plus agitée. William avait suggéré que les membres de la famille arrivent de préférence le mardi, les autres invités seulement le mercredi.

Les Bergmüller, on le sait, étaient venus encore plus tôt. On attendait maintenant les beaux-parents de Martina avec la plus jeune de leur fille. Leur fille aînée, Constance, qui devait venir avec son mari et ses enfants, n'arriverait que dans la soirée. Mais, le voyage n'étant pas très long, il était possible qu'elle soit là pour le dîner.

Daniela, qui dirigeait une boutique de mode, avait réservé sa réponse. Les affaires n'étant pas très brillantes en ce moment, peut-être arriverait-elle également dès le mardi soir. Elle se ferait remplacer par une amie.

Seule arrivée inattendue : celle d'Iso. Mais nous y reviendrons.

Procédons par ordre, voyons d'abord comment se passa la journée.

Martina fit une promenade avec Stormy, puis prit son petit déjeuner dans le jardin en compagnie de Joana et Gussi. Elle exigea un compte rendu circonstancié de leur voyage à Salzbourg et ils lui annoncèrent leur décision d'assister au prochain festival. Joana chanta les premières mesures d'un air d'opéra et le comte se félicita d'avoir enfin rencontré une femme aussi mélomane et cultivée.

— J'espère que je serai invitée à votre mariage, dit Martina.

Et le comte de répondre le plus sérieusement du monde :

— A ta place, dans ce cas, je ne partirais pas en Corée pour si peu de temps, car, s'il ne tient qu'à moi, nous serons bientôt mariés.

Martina éclata de rire. Joana — qui aujourd'hui était blonde comme les blés — secoua la tête, et affirma qu'elle n'avait pas du tout l'intention de se marier et qu'on pouvait être parfaitement heureux sans se passer la bague au doigt.

— Réfléchis, dit Martina. Si tu ne l'épouses pas, tu ne seras jamais comtesse.

— Très juste, renchérit Gussi.

— Je n'y tiens pas du tout, prétendit Joana. J'ai l'âme républicaine, moi!

Puis elle parut se concentrer et, après un instant de réflexion, conclut triomphalement :

— Une vraie bombe! Rien que d'imaginer la tête de Carlotta!

Intrigués, Martina et le comte voulurent savoir qui était Carlotta. Sa meilleure amie, leur expliqua Joana. Une veuve très riche qui habitait Mexico et était sa voisine à Acapulco.

— Merci du renseignement, dit le comte. Maintenant si tu me fais faux bond je saurai à qui m'adresser.

— Je t'en prie, répondit Joana avec un sourire malicieux.

Pour laconique que fût ce commentaire, le comte en tira la conclusion qui s'imposait : ladite Carlotta n'avait probablement rien d'affriolant.

Ils passèrent la matinée à marivauder de la sorte en buvant des gin tonic.

Pendant qu'ils paressaient au soleil, se déclencha un véritable branle-bas avec l'arrivée d'une première délégation de la maison Käfer, qui prit bel et bien possession de la cuisine.

— Moni est furieuse, vint annoncer Zensi. Ils l'ont

presque mise à la porte, et elle ne peut même plus préparer le repas.

— Qu'elle ne se fasse pas de souci, dit Martina. Je propose que nous allions déjeuner à Seebruck. Nous nous arrêterons en route pour nous baigner.

— Dans le lac? demanda Joana avec un frisson.

— Non, à la piscine. Enfin, si cela vous fait plaisir.

Ils approuvèrent.

— Et ta grand-mère? s'inquiéta Joana. Proposons-lui de nous accompagner.

— Très bonne idée. Elle viendra sûrement. Anton aussi d'ailleurs. Elle est à Priem, chez le coiffeur. Je vais lui téléphoner.

Quand Martina revint, le comte exposait gravement ses méditations sur ce grand sujet qu'est le mariage :

— Autrefois je considérais le mariage comme une entrave à la liberté, un véritable boulet. Il faut reconnaître que c'est souvent le cas. Du moins quand on est jeune. A vrai dire je n'ai jamais eu le sens de la famille. Mais depuis quelques années j'ai un peu modifié mon optique. J'aimerais avoir un foyer et une femme ouverte, compréhensive, avec qui je puisse parler. Une complice, en quelque sorte, une alliée.

— Est-ce que je corresponds bien à ce portrait, j'en doute fort, dit Joana.

— Si, ma chère, trait pour trait. Malgré mon âge, je serais encore incapable de vivre avec une petite-bourgeoise. J'ai besoin d'une femme pleine d'entrain, enthousiaste, spirituelle, capable de supporter mon rythme et de s'adapter à mon mode de vie. Mais de temps en temps nous pourrions souffler un peu. Nous habiterions une belle demeure, avec de beaux livres, de la musique, loin de toute la faune habituelle mais avec seulement quelques amis choisis.

(Le comte Gussi avait soixante-deux ans. Martina le savait grâce à la baronne Sophie, fervente lectrice d'une certaine presse. Mais il n'accusait guère plus de cinquante-cinq ans. Quant à Joana, nul ne connaissait son

167

âge, car, sur ce point elle était toujours d'une discrétion absolue.)

— Mon cher, dit Joana toujours réaliste, ce dont tu as besoin avant tout c'est d'une femme qui ait de l'argent.

— C'est vrai, reconnut le comte tout aussi objectif. Il faut bien qu'elle ait de l'argent puisque je n'en ai pas. En échange, je lui donne mon titre qui, je te l'accorde, n'a peut-être pas grande valeur. A tes yeux, du moins. Mais je lui offre aussi ma charmante compagnie, mon expérience et un certain art de vivre.

— Ce qui est de loin le plus important. Car tu sais vivre, je n'en doute pas. Et moi de même. Mais à propos, comment se sont passés tes précédents mariages?

— Ils ont eu au moins un caractère commun : la brièveté. J'étais encore trop jeune pour me sentir attiré par ce genre de vie, et j'avoue sans fausse honte que je me suis toujours marié par intérêt. Cela dit, je n'ai jamais épousé que des femmes très séduisantes. L'un n'empêche pas l'autre, n'est-ce pas? La première était Edwige, une Parisienne tout à fait charmante qui avait quelques années de plus que moi et qui était la veuve d'un fabricant d'armes. Pendant quelques années, nous avons mené une vie tumultueuse, absolument passionnante. J'ai d'ailleurs gardé de très bons amis à Paris.

— Elle a demandé le divorce?

— Oui. Pour toutes sortes de raisons. Mais surtout parce que je l'avais trompée, oh! à peine, juste un petit écart de rien du tout. Hélas! c'était plus qu'elle n'en pouvait supporter. Elle était d'une jalousie effroyable. Mais d'autre part elle avait rencontré un homme qui lui convenait d'ailleurs beaucoup mieux que moi. Elle l'a épousé par la suite. Et nous sommes devenus tous les trois les meilleurs amis du monde.

— Magnifique! s'exclama Joana d'un ton sarcastique. Et le numéro deux?

— C'était Francis, l'Américaine. Tu la connais, je crois?

— Oui. Très riche. Très jolie, mais un vrai glaçon et d'un égoïsme à toute épreuve.

— Justement. Cette fois, ça n'a pas duré plus de quatre mois. Mais nous sommes restés très bons amis.

— Magnifique! répéta Joana. Et maintenant la troisième...

— Il n'y a jamais eu de troisième.

— Je croyais que tu t'étais marié trois fois?

— Non, deux.

— Tu m'étonnes.

Martina s'esclaffa.

— Il sait mieux que toi, tout de même!

— Oh, ce n'est pas évident. Tu es sûr de ne pas te tromper? Et la chanteuse?

— Ah oui! Eliza, veux-tu dire. Mais nous n'avons jamais été mariés.

— Je croyais.

— Non. Je ne l'ai pas épousée. C'est une longue histoire. Assez compliquée. En tout cas, elle a joué un rôle important dans ma vie.

— C'est encore relativement récent, non?

— Je me suis séparé d'elle il y a cinq ans. Plus exactement, c'est elle qui m'a quitté. Je crois que moi je n'aurais jamais pu rompre avec elle.

— Tu l'as donc tant aimée?

Gussi devint soudain très grave. Il baissa les yeux et deux plis d'amertume se formèrent au coin de ses lèvres.

— Aimée?... Est-ce bien le mot? Je ne sais pas. Elle m'appartenait. Et dans la mesure où je la considérais comme ma chose, elle me possédait. C'est un processus habituel. Je jouais le rôle d'un Pygmalion, et ce n'est pas par hasard que je l'appelais Eliza. Son vrai nom était Sally. Mais c'est sous le nom d'Eliza qu'elle est devenue célèbre.

— Très célèbre, on peut le dire, même si son succès a été relativement éphémère. Car elle a disparu brusquement. Que lui est-il arrivé? Des problèmes avec sa voix?

— Non, elle a toujours une voix merveilleuse. Voulez-vous que je vous raconte ce qui s'est passé?

Joana acquiesça.

— J'en meurs d'envie. Est-ce une histoire triste?

— Assez, oui. Tout a commencé à La Nouvelle-Orléans. Une ville étonnante où l'ancien côtoie le moderne. Très curieux. J'aimais y séjourner, de temps en temps. Je n'ai pas toujours vécu dans le luxe. J'ai même connu la misère, pendant les six mois que j'ai passés à Malaya par exemple. Au point que je m'étais mis à travailler. Trop drôle, non?

— Tu nous raconteras cela plus tard. Finis d'abord ton histoire.

— Oui... Donc à l'époque j'étais à La Nouvelle-Orléans. J'habitais dans un hôtel pouilleux. Je m'en tirais tant bien que mal en gagnant un peu d'argent au jeu. Là-bas, on ne peut pas sortir sans entendre de la musique. Et de l'excellente musique. Mais un jour j'ai entendu quelque chose qui surpassait de loin tout ce à quoi j'étais habitué. Une voix. Une voix extraordinaire. La fille se produisait dans un night-club de basse catégorie. Elle n'était pas très grande, frêle, et d'une souplesse étonnante. Elle n'était pas vraiment jolie, en tout cas pas au sens où on l'entend d'habitude. On ne découvrait sa beauté que peu à peu. Elle avait un visage très expressif, des yeux merveilleux, très sombres, presque noirs. Et des cheveux blond platiné. Teints naturellement, mais ce n'était qu'un détail, le contraste était fantastique. Mais on l'oubliait complètement quand elle chantait. Elle avait une voix grave, très prenante, fabuleuse. Et absolument naturelle, elle ne l'avait jamais travaillée. Une puissance vocale aussi! Stupéfiante! Elle n'avait pas besoin de micro, croyez-moi. Et elle chantait d'une façon bouleversante. Après l'avoir entendue une fois, je suis retourné là-bas tous les soirs... Uniquement pour elle. Pour l'entendre. J'ai essayé de faire connaissance, mais elle refusait de venir à ma table. Elle entrait en scène vers minuit, chantait trois ou quatre chansons et disparaissait. Une nuit, elle est arrivée avec un œil au beurre noir. Elle avait tenté de le dissimuler sous une énorme couche de maquillage. Pas besoin d'être très malin pour comprendre. Ce soir-là quand elle est passée devant ma table après son tour de chant, je me suis levé et lui ai demandé si elle accepterait de s'asseoir un moment. Elle a secoué la tête et elle est partie. J'ai demandé au barman si elle avait eu un accident. Il m'a expliqué que « son homme » était très jaloux et qu'il la battait. Je m'en doutais un peu. Et puis elle n'est pas revenue. J'ai cessé de la voir. Je l'ai cherchée pendant quelque temps, j'ai continué à fréquenter le night-club, puis j'ai renoncé. J'avais décidé de partir, et j'avais déjà fait ma valise quand un jour — environ trois semaines plus tard — j'ai entendu sa voix. Tout à fait par hasard. En passant devant un boui-boui crasseux. Aussitôt je suis entré, je me suis assis et je l'ai écoutée. Elle m'a reconnu tout de suite et, à la fin de son tour de chant, elle est venue directement s'asseoir à ma table. Voilà comment toute l'histoire a commencé. Le soir même elle m'a accompagné à mon hôtel et j'ai défait ma valise.

— Mais si l'autre était tellement jaloux? Tu n'avais pas peur?

— Si, bien sûr. Elle disait qu'elle l'avait quitté. La dernière fois qu'il l'avait battue, elle n'avait pas pu sortir pendant une semaine. Il venait d'être arrêté pour vol et elle était terrorisée à l'idée de ce qui se passerait quand il sortirait de prison. Alors j'ai refait ma valise et nous sommes partis.

— Un vrai roman, dit Martina.

— N'est-ce pas? Mais ce genre d'aventure arrive réellement.

— Et où êtes-vous allés? demanda Joana.

— D'abord à Miami. Je voulais qu'elle se rétablisse, qu'elle oublie ce type et qu'elle s'attache à moi.

— Exactement ce qui s'est passé, je suppose?

— Oui. De Miami je l'ai emmenée à New York. Je lui ai trouvé un professeur de chant et je l'ai présentée au directeur d'une grande maison de disques. Un an plus tard elle était célèbre. Eliza! Elle se produisit dans un des cabarets les plus huppés de la ville, donna des galas, devint une

vedette de la télévision, enregistra des disques, fit du cinéma. Elle était devenue d'une beauté resplendissante et
ne portait plus que des vêtements de grand luxe. Je lui avais
appris à marcher, à parler, à évoluer partout avec aisance.
Nous sommes restés quatre ans ensemble. Je l'accompa-
gnais dans ses tournées, je jouais en quelque sorte le rôle
d'un imprésario. Nous nous sommes beaucoup aimés, et
elle m'est restée longtemps fidèle. Puis elle a commencé à
me tromper, de temps en temps, pas très souvent. Jusqu'au
jour où elle est tombée amoureuse. Le même genre de type
que celui avec qui elle vivait à La Nouvelle-Orléans. Une
vraie brute. Vulgaire. Au fond elle-même était restée une
fille du peuple, même si elle avait réussi à dissimuler sa
vulgarité sous un vernis mondain.

— Et ce fut la fin?

— Le commencement de la fin. J'ai essayé de la
convaincre qu'elle faisait une erreur. Que sa carrière était
en jeu. Qu'elle ne s'entendrait pas longtemps avec ce genre
de type. En vain. Elle m'a ni plus ni moins claqué la porte
au nez.

— Passablement ingrate. Cela prouve, s'il en était encore besoin, que les gens ne changent pas. Le vernis est
toujours superficiel. Tu as beaucoup souffert?

— Oui. J'ai souffert. Je n'étais pas seulement blessé
dans mon orgueil, pas seulement déçu, mais elle me faisait
pitié. Car elle s'apprêtait à gâcher sa carrière et à briser sa
vie. J'étais convaincu qu'elle allait à la catastrophe. Elle
avait besoin de quelqu'un qui la soutienne, l'encourage,
l'oblige à travailler et à respecter une discipline.

— Ce que tu as fait?

— Oui, si bizarre que cela puisse paraître. C'est la seule
fois de ma vie que j'ai joué pareil rôle. Et je crois que je l'ai
bien joué. Parce que je l'aimais, voilà tout. Peu de femmes
ont eu autant d'importance à mes yeux.

Le comte Gussi alluma une cigarette d'une main légèrement tremblante. Joana le dévisagea, non sans une certaine
tendresse. Elle venait de découvrir quelle sensibilité était
enfouie en lui, et il lui plaisait beaucoup plus qu'aupara-

vant. Il avait au fond un caractère assez complexe, une personnalité à facettes. Pygmalion! Oui, sans aucun doute.

— Et depuis? demanda-t-elle d'une voix douce. Qu'est-elle devenue?

— Elle est retournée d'où elle est venue. Non, pire. Elle est tombée encore plus bas. Ce n'est plus qu'une épave.

Il ferma les yeux à demi, le regard absent.

— La drogue, ajouta-t-il laconiquement.

Une demi-heure plus tard les Américains arrivaient à la ferme, dans la voiture conduite par Erich Wilcken. Ils se joignirent au groupe, et tous allèrent déjeuner à Seebruck. Ce fut une journée idyllique. Les montagnes alentour se détachaient sur le ciel d'un bleu infini, et le lac avait des reflets d'azur.

Les Américains débordaient d'enthousiasme. Ils firent un détour par Frauenchiemsee, visitèrent le couvent, goûtèrent à la liqueur préparée par les religieuses, et allèrent admirer la vieille église.

Ils rentrèrent juste à temps pour accueillir le comte et la comtesse Solm-Weltingen. Constance arriva deux heures plus tard avec son mari et ses enfants. Tous étaient réunis pour l'apéritif — l'ambiance était plutôt guindée, et Joana comme Gussi affectaient des mines d'enfants de chœur — quand Iso fit son entrée en scène. Ce qui eut pour effet de dégeler considérablement l'atmosphère...

XVIII

ISO

En épousant la fille du boulanger Mühlbauer, le jeune Otto Kannegiesser avait fait un mariage d'amour.

Anna Mühlbauer avait tout juste un an de moins qu'Otto. Ils se connaissaient depuis leur plus tendre enfance et avaient partagé les mêmes jeux. Pendant son adolescence, Otto ne voulut plus entendre parler de la petite fille, mais ce fut pour se rendre compte par la suite que personne ne lui plaisait devantage au monde.

Elle était ravissante avec ses cheveux châtains et ses grands yeux marron. Elle avait un caractère très ouvert, affichait des goûts assez romantiques, se montrait toujours très chaleureuse, et aimait Otto autant qu'elle en était aimée.

Le soir ils faisaient de longues promenades au cours desquelles Otto parlait de ses études. Et le jour où ils échangèrent leur premier baiser, ils se considérèrent comme fiancés.

Anna éprouvait toujours une certaine inquiétude quand elle songeait à toutes les étudiantes qu'il côtoyait. Inquiétude injustifiée. Non seulement Otto la préférait à toute autre, mais il était d'un tempérament fidèle. Leurs familles respectives n'élevèrent jamais la moindre objection, de sorte qu'on célébra bientôt leurs fiançailles officielles. Quelques années plus tard ils se mariaient.

En un mot, ce fut un mariage heureux. Ils n'eurent

jamais de problèmes. Tous deux se réjouirent quand Anna attendit un enfant, et la naissance d'une fille les combla de félicité.

L'enfant fut baptisée Senta.

Le choix d'un tel prénom s'explique aisément. Tous deux aimaient l'opéra avec une prédilection pour ceux de Wagner. Ainsi, Anna qui avait une préférence pour le « Hollandais volant », décida-t-elle d'appeler sa fille Senta, sans penser au destin tragique et à la mort précoce de l'héroïne de Wagner.

Quand Anna eut un deuxième enfant pendant la guerre, Otto était au front. Elle aimait toujours Wagner, mais préférait maintenant « Tristan et Isolde » au « Hollandais ». Quelle plus belle fin que de mourir d'amour? De plus, c'était le dernier opéra auquel elle avait assisté avec Otto. Aussi appela-t-elle sa petite fille Isolde. L'enfant connut très peu sa mère, puisque, on le sait, Anna fut tuée dans un bombardement avec sa fille aînée. La petite Isolde avait deux ans à l'époque. Elle fut recueillie par les grands-parents d'Otto et vécut dans leur ferme en Basse-Bavière. Elle y resta jusqu'en 1946. Puis elle vint habiter chez la mère d'Otto, qui mourut un an plus tard. Ce fut alors la mère d'Anna qui prit l'enfant en charge.

Quand Otto épousa la baronne Helen Charlotte Luise, Isolde avait six ans. C'était une enfant timide et frêle, aux cheveux bruns et aux yeux sombres, élevée par une grand-mère qui avait peu de temps à lui consacrer car la boulangerie avait prospéré. Isolde avait un caractère volontaire et affichait déjà des goûts — et des aversions! — marqués. Elle préférait la compagnie des garçons à celle des filles, ne jouait jamais à la poupée, se montrait d'une susceptibilité maladive, de sorte qu'un rien suffisait à la blesser et qu'elle s'enfermait alors dans un mutisme farouche.

Naturellement Otto voulut que l'enfant vînt habiter chez eux. Il tenait à ce qu'elle ait enfin un véritable foyer et mène une vie normale. Malheureusement la baronne — qui n'avait pas l'habitude des enfants — accumula les maladresses. Tout se serait sans doute mieux passé si Isolde avait été jolie, douce et obéissante. Mais il n'en était rien. Elle avait toujours été plus ou moins livrée à elle-même, avait connu la période difficile de l'après-guerre, avait pris l'habitude de vagabonder dans les rues et de fréquenter qui lui plaisait. Surtout elle aimait vivre entourée d'animaux, ce qui déclencha les hostilités.

Helen et Otto avaient trouvé, non sans peine, un appartement de trois pièces dans un immeuble épargné par les bombardements qui était d'un assez bon standing et possédait un petit jardin.

Helen, qui avait tout décoré avec beaucoup de raffinement, traquait la moindre poussière et briquait chaque pièce avec un soin méticuleux. Et voilà que cette enfant arrivait avec toute une ménagerie : deux cochons d'Inde, un chat de gouttière, un hamster, des souris blanches et un chien estropié d'une patte.

Autant le dire tout de suite : Helen et Isolde ne s'entendirent jamais. Elles furent hostiles dès le premier jour. Helen était nerveuse, irritable, pleurait facilement et se plaignait chaque soir à Otto. L'enfant était revêche, agressive, rétive, et ne cessait de mentir.

Un an plus tard, Helen eut un enfant. Cet heureux événement aurait pu modifier l'ambiance. On s'efforça par tous les moyens d'amener Isolde à éprouver de l'affection pour sa petite sœur, on essaya d'éveiller son intérêt en lui confiant un certain nombre de charges, comme celle de surveiller le bébé. Mais Isolde ne pouvait pas le supporter, et l'écoutait hurler avec une suprême indifférence quand elle lui avait retiré sa tétine et l'avait jetée par la fenêtre. Ses rapports avec sa belle-mère ne cessèrent donc de s'envenimer. Leur hostilité atteignit un point culminant, le jour où Isolde plongea le bébé dans la baignoire de telle sorte que Martina faillit se noyer. Helen était allée ouvrir à un visiteur en demandant à Isolde de faire bien attention au bébé. Elle était revenue pour trouver Martina évanouie.

Helen ne le lui pardonna jamais.

Certes il aurait mieux valu ne pas garder Isolde, la renvoyer chez sa grand-mère ou la mettre dans un foyer. Mais Otto s'y refusait farouchement. Sa femme était jeune et jolie, leur situation matérielle allait s'améliorant, ils habitaient maintenant un appartement plus spacieux, où il y avait, selon lui, bien assez de place pour deux enfants et même pour trois, affirma-t-il à la naissance de son fils. Isolde était tout ce qui lui restait d'Anna. La petite avait eu une enfance difficile, elle avait droit maintenant à une véritable vie de famille. Point.

Vinrent les années d'expansion. Ils quittèrent leur deuxième appartement pour un hôtel particulier puis une villa à Bogenhausen, et engagèrent plusieurs domestiques, dont une nurse. Helen put se consacrer à ses nouvelles obligations mondaines, et le fait qu'elle eût l'esprit occupé joua en faveur d'Isolde.

On n'appelait plus Isolde que par son diminutif. Elle l'avait choisi elle-même quand elle était petite, car son nom était trop difficile à prononcer. Tout le monde finit par s'y habituer de sorte qu'il lui resta.

A douze ans elle était maigre et dégingandée. Elle avait une allure très masculine avec ses pantalons et ses cheveux coupés très court. Elle était renfermée, méfiante, souvent brutale avec ses frère et sœur. Quand elle le voulait, elle était très bonne élève, mais ses professeurs ne l'aimaient pas car elle était d'humeur aussi récalcitrante en classe que chez elle.

Ces quelques notations pour expliquer l'évolution parfaitement logique d'Iso.

Otto ne se rendait pas très bien compte de la situation dans la mesure où il menait une vie un peu à part. Étant rarement à la maison, il ne voyait pas souvent les enfants. En général ils étaient déjà couchés à l'heure où il rentrait. De plus, il s'absentait fréquemment pendant les weekends, et était d'autant plus absorbé par son travail et ses affaires, que leurs besoins avaient considérablement augmenté, qu'il devait gagner beaucoup d'argent pour faire face à toutes leurs dépenses.

Ils vivaient dans l'aisance, et Iso pouvait naturellement

profiter de cette prospérité. Elle n'en fit rien. A l'âge où les jeunes filles commencent à devenir coquettes, elle arborait toujours les mêmes jeans râpés et portait encore les cheveux très courts. Elle préfigurait déjà la mode hippy.

A ses yeux seuls comptaient ses deux chiens. Ils étaient ses amis et l'accompagnaient partout. Elle ne se séparait d'eux que pour aller en classe.

Iso avait un physique intéressant. Eût-elle été un peu plus soignée, qu'on aurait pu la dire jolie. Mais elle se moquait éperdument de l'opinion d'autrui et restait sourde aux admonestations d'Helen ou de son père.

Après avoir passé son baccalauréat, elle déclara qu'elle avait l'intention de poursuivre ses études et naturellement son père ne s'y opposa pas. Mais que voulait-elle étudier? Nul ne le savait. Aussi fut-on fort surpris quand elle annonça sa décision d'étudier la sinologie. Mais pourquoi pas? Cette option en valait bien une autre. A l'époque le culte de Mao et les idées de révolution culturelle n'étaient pas encore à la mode. Iso était déjà en avance sur son temps.

Elle commença donc ses études à Munich. Elle travailla avec frénésie de sorte qu'on ne la vit pratiquement plus. D'autant qu'elle menait sa vie amoureuse avec autant de fougue que sa vie d'étudiante. Elle prit plusieurs amants et ne s'en cacha pas. Certes elle n'en parlait jamais, mais elle disparaissait pendant des jours et des semaines, peu soucieuse des esclandres et autres orages que lui attirait son comportement. Car enfin elle était la fille d'Otto Kannegiesser, personnalité importante et très en vue.

Un beau jour, elle en eut assez de la Chine et troqua la sinologie pour la psychologie. Elle recommença donc ses études, et cette fois encore s'y jeta à corps perdu. A cette époque, elle devint d'une insupportable arrogance. Elle affichait une morgue insolente, parlait rude, et savait tout mieux que personne. Helen était naturellement sa bête noire, et elle ne manquait jamais une occasion de le lui faire sentir.

Pour les deux enfants l'exemple d'Iso était catastrophique. D'autant que son insolence leur en imposait. Elle avait beau les traiter de sales petits morveux et les couvrir de mépris, ils ne pouvaient s'empêcher de l'admirer.

Ainsi jusqu'au jour où éclata le dernier orage. Iso renversa un bol de mayonnaise sur la tête d'Helen, et sur ce haut fait quitta définitivement la maison.

On ne la revit jamais et elle ne donna plus signe de vie. Elle quitta Munich pour Berlin. De temps en temps quelques bruits parvenaient aux oreilles des Kannegiesser. Quelqu'un l'avait aperçue ou rencontrée, ce qui donnait lieu à des anecdotes toutes plus horribles les unes que les autres. C'était chaque fois un nouveau scandale.

Selon certains, elle vivait à Berlin dans une communauté. Aux toutes dernières nouvelles, elle faisait partie d'un groupe d'extrême gauche et participait à des actions terroristes.

Même s'il n'en parlait jamais, Otto en souffrait. Il alimentait régulièrement le compte en banque de sa fille. Jamais elle ne le remerciait, jamais elle ne lui avait écrit une seule ligne. On ne savait pas si elle avait continué ses études, si elle travaillait, si elle gagnait sa vie.

Et voilà que venait de se produire l'événement que nul n'aurait cru possible : deux jours avant le mariage, Iso était là! Tous, on le sait, étaient en train de prendre l'apéritif dans le hall en devisant plaisamment. Joana portait une merveilleuse robe de soie ivoire richement brodée et arborait une chevelure noire de jais. Elle était éblouissante. Gussi n'avait d'yeux que pour elle. Les autres hommes étaient eux aussi fascinés, en particulier le frère de Gussi, le comte Solm-Weltingen, aîné de la famille. La comtesse Cornelia les observait avec un sourire bienveillant.

Tous étaient assis par petits groupes, un verre à portée de la main. Ne l'oublions pas, Helen était arrivée avec le poète et son épouse. La meilleure amie d'Helen était là également, ainsi qu'une vieille dame nommée Mathilde, chez qui la baronne Sophie et sa fille avaient habité avant l'entrée en scène d'Otto Kannegiesser.

Inutile d'énumérer tous les invités. Disons simplement

qu'ils étaient nombreux et que tous buvaient force whisky, sherry, Campari, gin fizz, Martini et jus d'orange. Le poète lui-même avait consenti à revenir sur terre. Il était vautré dans un fauteuil et, une fois n'est pas coutume, avait accepté une coupe de champagne.

Il était entre sept et huit heures quand la porte s'ouvrit livrant passage à une créature filiforme en jeans et T-shirt délavés, les pieds nus, les cheveux sur les épaules et le visage dissimulé derrière d'immenses lunettes de soleil : Iso.

Un gros chien la suivait. Tous deux restèrent sur le seuil, examinant tout à loisir les invités réunis dans le hall.

Naturellement William fut le premier à s'apercevoir de leur présence. Il tressaillit (imperceptiblement, il va sans dire), réfléchit, en vint à la conclusion que tout était possible, et, d'un pas mesuré, vint à la rencontre de la nouvelle arrivante.

Bientôt tout le monde eut le regard braqué sur la porte. Helen poussa un petit cri d'effroi.

— Non ! souffla-t-elle, les premières secondes de terreur passées.

Martina était surprise. Elle ne connaissait pas cette intruse. Les autres n'en savaient pas davantage. Soudain on entendit une exclamation de stupeur venant du fond de la pièce :

— Iso !

L'étrange créature enleva ses lunettes de soleil, cherchant du regard qui l'avait interpellée. Tous s'étaient retournés, et William lui-même avait sursauté.

Celui qui avait poussé cette exclamation spontanée n'était autre qu'Erich Wilcken.

XIX

MARDI SOIR

D'UN pas décidé, Iso s'avança vers Erich Wilcken.
Celui-ci, visiblement, regrettait d'avoir cédé à son impulsion, mais, après un temps d'hésitation, il vint à sa rencontre. Le chien suivit Iso, sans un regard pour le dalmatien
qui s'était levé avec curiosité.

— Pas possible, Erich, toi ici? s'écria Iso d'une voix
grave et mélodieuse. Qu'est-ce que tu fabriques dans ce
repaire de capitalistes?

Bien qu'il lui fût pénible d'être au centre de l'attention,
Erich sembla heureux de voir Iso.

— Tu m'as reconnu! dit-il, surpris.

Arrivée près de lui, Iso lui donna une grande claque sur
l'épaule.

— Tu m'as bien reconnue, toi. Évidemment il y a un bail
qu'on ne s'était pas vus. Mais je n'oublie jamais un visage.

Ils se donnèrent l'accolade et s'embrassèrent sur les
deux joues. Puis elle dit assez fort pour que tout le monde
entende (un silence de mort régnait dans toute la pièce) :

— Si on m'avait dit que je rencontrerais quelqu'un d'intelligent dans un endroit pareil!

Ils poursuivirent leurs démonstrations d'amitié en se
donnant une longue et vigoureuse poignée de main.

— Qu'est-ce qu'un type comme toi peut bien faire ici?
poursuivit Iso. Ne me dis pas que tu fais partie du même
clan que tous ces gens-là.

Erich qui ne manquait pas d'humour apprécia le comique de la situation. Il éclata de rire.

— En aucune façon, répondit-il, riant encore, j'appartiens au personnel.

A son tour Iso s'esclaffa.

— Tu n'as pas honte! Décidément tu n'as pas changé. Pas la moindre conscience de classe. Enfin, je préfère encore te retrouver larbin que bourgeois nanti. Cela prouve au moins que tu n'es pas devenu un sale cochon de capitaliste.

— J'en prends pourtant bien le chemin, répondit Erich. En tout cas, je fais tout ce qu'il faut pour le devenir.

— Alors ils ont eu raison de te mettre sous les verrous. Ils t'ont relâché?

— Comme tu vois.

— Il faut que tu me racontes. Il n'y a pas moyen d'être tranquille un instant?

— Pour le moment, non. J'ai du travail, et je te signale que, toi, tu fais bel et bien partie du clan. Alors, je t'en prie...

D'un geste nonchalant il désigna les invités auxquels Iso tournait le dos.

Iso fit volte-face, promena un regard morne sur l'assistance et jeta d'un ton méprisant :

— Ah, ceux-là!

Elle regarda Helen qui s'était levée et qui, ne sachant trop quel parti adopter, se contentait de dévisager la nouvelle venue avec une antipathie manifeste.

Iso grimaça un semblant de sourire.

— Hello, belle-maman!

Puis, se tournant vers les autres :

— Salut à tous! Ne vous dérangez surtout pas.

Elle toisa William avec un sourire narquois. Celui-ci l'avait suivie, décontenancé, et ne savait que dire ni que faire.

— Hello, Mister, dit Iso. Je suppose que vous êtes le maître d'hôtel de ce noble établissement. Ne vous donnez pas la peine de me jeter dehors, je suis invitée.

William s'inclina légèrement.

— Mademoiselle!

Iso enregistra cette courbette d'un hochement de tête, puis se tourna de nouveau vers Helen qui avait maintenant décidé d'affronter le démon avec sang-froid, et approcha la main tendue.

— Je suis très heureuse que tu sois venue, murmura-t-elle.

— Oui, n'est-ce pas? minauda Iso avec un sourire narquois.

Elle prit la main d'Helen et la secoua énergiquement.

— Je pensais bien que tu serais contente. En plus ça tombait bien, j'avais justement quelque chose à voir à Francfort, alors je me suis dit : « Allons faire un petit tour là-bas. » Je vous croyais tous disparus, je ne pensais plus du tout à vous, et puis voilà que je me suis souvenue de la famille. Il faut croire que je prends de l'âge. Mais, au fait, où est la petite?

La petite — Martina — venait justement de se lever pour les rejoindre.

Précisons tout de suite que Martina n'avait rien contre sa demi-sœur, dont elle jugeait la personnalité fort intéressante. Enfant, elle enregistrait ses impertinences avec de doux frissons. Mais, quelques minutes plus tôt, voilà qu'un événement troublant venait de se produire. En voyant Iso et Erich Wilcken tomber dans les bras l'un de l'autre et s'embrasser, en les entendant rire et se tutoyer comme de vieux amis, elle avait senti naître en elle une jalousie féroce, un sentiment de rage incontrôlable.

— Pas possible, dit Iso, c'est Martina? Non, Martina, je rêve! Quand je suis partie, tu n'étais encore qu'une gamine. Tu devais avoir onze ou douze ans. Quand j'ai reçu le faire-part de mariage je n'en ai pas cru mes yeux. Ça ne me rajeunit pas!

Elle dévisageait Martina avec franchise et sans la moindre acrimonie.

— Tu as beaucoup changé. Et pas en mal!

Elles se serrèrent la main. Puis, après avoir jeté un coup

d'œil autour d'elle, Iso demanda en baissant le ton :

— Père est-il là?

— Il arrivera demain, répondit Martina. Je suis contente que tu sois venue.

Helen, qui arborait toujours un sourire passablement crispé, se tourna vers les autres :

— Je n'ai pas besoin de faire de longues présentations. Voici Iso, ma... ma belle-fille, en quelque sorte.

Parmi les invités présents, rares étaient ceux qui connaissaient déjà Iso. Les autres ignoraient son existence ou avaient entendu parler d'elle en termes vagues. Mais la scène qui venait de se dérouler avait été assez explicite. Par sa tenue vestimentaire comme par son comportement, Iso cherchait manifestement à provoquer.

Iso n'était plus de la première jeunesse. Elle avait trente ans, mais elle n'accusait pas son âge. Elle avait un visage intelligent et possédait un charme particulier qui tenait peut-être à son naturel et son franc-parler.

Soudain l'ambiance se ranima comme par magie. On reprit son verre, on alluma des cigarettes, les langues se délièrent, en un mot on s'efforça de paraître heureux et détendus.

Si, dans leur for intérieur, quelques-uns étaient choqués, Joana et le comte Gussi avaient trouvé l'incident fort divertissant.

— Un grand numéro, murmura Gussi. La classe! Elle est vraiment de la famille?

— Oui, une sorte de brebis égarée. Elle est partie il y a environ dix ans et n'a plus jamais donné signe de vie. Elle te plaît?

— Beaucoup. Nous l'adopterons!

Joana éclata de rire.

— Bonne idée!

La baronne Sophie se leva et vint vers Iso les bras tendus.

— Iso! Chère enfant! Tu as bien fait de venir, je suis folle de joie!

— Mamy! Aussi jeune et fraîche qu'au premier jour! s'écria Iso.

Elle embrassa Sophie et l'étreignit avec beaucoup de tendresse. Car, surprenant mais vrai, la baronne Sophie s'était toujours très bien entendue avec l'enfant. Iso elle-même avait beaucoup d'affection pour sa grand-mère, au point qu'elle s'était sentie lésée quand la baronne s'était remariée et avait quitté Munich.

La vieille dame nommée Mathilde avait elle aussi connu Iso enfant, puisque, nous l'avons dit, la baronne Sophie avait habité chez elle pendant quelque temps. Iso la reconnut aussitôt et la prit dans ses bras en demandant :

— Quand pourrai-je aller te voir, Tante Mathilde? Il y a des années que je rêve de tes bons petits plats. Je n'ai jamais si bien mangé de ma vie.

Le chien était resté près d'Iso, assistant sans broncher à tous ces débordements de tendresse. Le dalmatien s'était approché, intéressé, et observait l'intrus d'un air légèrement désapprobateur.

— Il s'appelle Pouchkine, dit Iso. Et lui, à qui appartient-il?

— A moi, répondit Martina. Il s'appelle Boy. Viens ici, Boy.

Les deux chiens se flairèrent non sans une certaine méfiance, puis s'éloignèrent à distance respectueuse. Ils ne se quittaient pas des yeux, mais ne montraient cependant aucun signe d'hostilité. Iso avait pris Boy par le cou et lui parlait en répétant son nom d'une voix douce. Elle avait toujours su se faire aimer des chiens.

Martina suivit son exemple et caressa Pouchkine.

— Ils vont bien s'entendre, jugea Iso.

Soucieuse de se rappeler à l'attention générale et de reprendre la situation en main, Helen demanda :

— Puis-je te présenter à nos invités?

— Est-ce bien nécessaire? De toute façon, j'oublierai leurs noms. Il y a un monde épouvantable. Dis-moi plutôt, Martina, où est ton futur mari?

— Pas encore arrivé. Il ne sera là que dans le courant de la soirée, ou demain matin, je ne sais pas au juste.

— Dommage. J'étais curieuse de le rencontrer.

De nouveau William entra en action.

— Que puis-je servir à Mademoiselle? demanda-t-il d'une voix onctueuse. A moins que vous ne préfériez vous changer avant de prendre l'apéritif?

Et Iso, tombant des nues :

— Me changer? Mais pourquoi?

Elle jeta un rapide coup d'œil autour d'elle. Par égard pour Helen, tous faisaient semblant d'être absorbés dans une conversation animée.

— Est-ce indispensable? N'importe comment, je n'ai rien apporté.

Martina éclata de rire.

— Si tu veux, je peux te prêter une robe. Mes vêtements devraient t'aller. Mais si tu n'as pas envie de te changer, ne t'inquiète surtout pas pour moi. Je te trouve très bien comme ça.

— Alors, à ce que je vois, tu es moins bornée que je ne le pensais.

— Bornée, moi? Mais pourquoi?

— Cela n'aurait rien de surprenant. En général, les filles à papa tournent plutôt mal.

— C'est toi qui as des idées toutes faites, rétorqua Martina. Il y a longtemps que les vêtements ne sont plus un signe distinctif. Maintenant les filles à papa s'habillent exactement comme toi. Je te rappelle d'ailleurs que sur ce plan tu n'as rien à m'envier. Toi aussi, tu es une fille à papa.

— Hélas! oui. Seulement, quand il me donne de l'argent, je ne le garde pas pour moi.

— A qui le donnes-tu?

— A mes camarades. Pour notre combat.

— Quel combat?

— Ne te fais pas plus gourde que tu ne l'es. La révolution, bien sûr!

Et se tournant vers William, Iso demanda avec un bel entrain :

— Donnez-moi donc à boire, valet du capitalisme. Que me proposez-vous?

— Ce que tu veux, dit Martina, répondant à la place de William. Du cognac au champagne, il y a de tout.

— Alors du champagne. Ne lésinons pas.

— Ne t'inquiète pas. Tu n'es pas la seule à en boire, les camarades révolutionnaires ne font pas tant de manières.

— A propos...

Iso chercha Erich du regard, mais il avait disparu.

— Je veux qu'Erich trinque avec moi, dit-elle. Je suis tellement contente de l'avoir retrouvé.

— Pas question, répondit sèchement Martina. Il fait partie du personnel, il te l'a dit lui-même.

— Pour de bon? Je croyais qu'il plaisantait. Comment a-t-il pu atterrir ici?

— Aucune idée. Je ne le connais pas et je ne sais strictement rien de lui. C'est William qui l'a engagé et il n'est là que depuis quelques jours. Je suppose qu'on l'a pris comme extra.

— Pauvre bougre! Être aussi doué et en arriver là. Si ce n'est pas malheureux.

Helen prit sa mère par le bras.

— Viens, Maman, prenons encore un verre. Martina, je te rappelle que nous allons bientôt passer à table.

— Oui?

— Puisque tu t'entends si bien avec ta sœur, tu pourrais peut-être la persuader de se changer. Je crois que tes robes devraient lui aller.

— Tes désirs sont des ordres, très chère Maman, dit Iso avec un sourire narquois. Je m'en vais quitter mes guenilles et revêtir une pelure de luxe! Je suppose que je trouverai une robe tout ce qu'il y a de plus chic dans la garde-robe de Martina. A ta santé, petite sœur!

Elle prit une coupe sur le plateau de William, Martina l'imita et toutes deux trinquèrent.

Se tournant vers Helen, Iso ajouta :

— Je bois la deuxième gorgée à ta santé, chère Maman. Tu es resplendissante. A ta santé!

Et sur ces mots, elle vida sa coupe d'un seul trait.

Une demi-heure plus tard, Iso faisait une seconde entrée en scène aussi stupéfiante que la première. Tout le monde était encore installé dans le hall, de sorte que William avait donné des ordres en cuisine pour qu'on retarde le service.

Iso fit donc encore sensation.

Martina qui s'était donné beaucoup de mal fut particulièrement satisfaite de l'effet produit quand elle descendit l'escalier derrière Iso. Celle-ci avait pris une douche, s'était parfumée et légèrement maquillée, puis avait examiné d'un œil critique toute la garde-robe de Martina.

Elle apparut donc dans une robe longue dont le décolleté mettait son bronzage en valeur. Des boucles d'oreilles et des chaussures de satin bleu complétaient cette tenue. (« Elles sont trop petites pour moi », avait gémi Iso en essayant les chaussures. « Mais non, elles ne sont pas trop petites, avait rétorqué Martina, juste un peu étroites. Quand on sera à table tu pourras les enlever sans que personne s'en rende compte, mais pour le moment gardeles. »)

Silence et stupeur dans le hall.

Helen écarquilla les yeux. Le comte Gussi poussa un formidable « Caramba! » et se leva lentement sous le regard ironique de Joana. Le frère de Gussi, le comte Alexander Friedrich, jeta un coup d'œil anxieux à son angélique épouse et rectifia son nœud de cravate. En un mot, chacun exprima son émotion à sa manière.

Iso descendit l'escalier avec une élégance souveraine. Sa grâce n'avait d'égale que la noblesse de son maintien.

Témoignage d'admiration, son chien vint l'accueillir respectueusement au pied de l'escalier.

Iso marqua un temps d'arrêt sur la deuxième marche pour mieux se faire admirer.

William ouvrit toutes grandes les portes de la salle à manger.

— Tu as vu un peu la grande sœur, commenta Knuddel un peu plus tard dans la cuisine. Une sacrée nana. Sans blague, tu la connais bien?

— Je la connais, répondit évasivement Erich.

— Je veux dire... tu la connais, vraiment? Enfin, au sens biblique, quoi...

— Tu ne peux vraiment pas t'empêcher de poser des questions stupides?

— Oh! tu sais, moi ce que j'en dis. Les petits s'intéressent toujours aux faits et gestes des grands. Mais bref, si tu veux tout savoir, pour une poupée comme ça je me damnerais. Et en plus elle est de gauche? C'est vrai?

Erich eut un sourire condescendant.

— Comme si des gamins dans ton genre pouvaient savoir ce que cela signifie. Vous jouez à la révolution comme à la petite guerre. On s'amuse avec des allumettes, mais on est les premiers à décamper en cas d'incendie.

— C'est de moi que tu parles?

— Oui, mon bonhomme. Et cesse de poser des questions, je n'ai pas le goût des confidences.

— Bien, Papa. Mais, sans blague, tu es vraiment allé en cabane?

— Ça te regarde? Essaie plutôt de te rendre utile et emporte le vin.

Knuddel opina gravement.

— Fou ce que j'apprends ici. Au moins je ne perds pas mon temps.

Et sur ces mots il disparut.

XX

LA BELLE-FAMILLE

LE moment est venu de donner quelques précisions sur la famille du fiancé :

Elle était originaire de Suède. La dynastie des Solm appartenait depuis des temps immémoriaux à l'élite du pays. Ils avaient combattu sous le règne de Gustave Adolphe pendant la guerre de Trente Ans. Les comtes Solm s'étaient toujours illustrés par leur bravoure; tous étaient des protestants intègres et de fidèles serviteurs de leur pays.

Le comte Solm quitta sa patrie au début du dix-neuvième siècle, faute de pouvoir admettre l'ingérence de Napoléon dans les affaires de la Suède. Il émigra d'abord dans le Schleswig-Holstein avec sa femme et ses cinq enfants. Mais là ils étaient encore trop près de la Suède pour que leurs blessures se cicatrisent. Ils s'installèrent donc en Rhénanie, puis dans le Würtemberg où les catholiques, pour nombreux qu'ils fussent, étaient plus ouverts et tolérants.

Un comte Solm de la génération suivante épousa une comtesse Weltingen et, à la faveur de cette alliance, la famille ne tarda pas à être reconnue par la noblesse allemande. Désormais la Suède était oubliée, et la famille alla jusqu'à se convertir au catholicisme.

Pendant quelque temps ils vécurent dans le faste, mais cette prospérité devait prendre fin avec la Première Guerre mondiale. Wilhelm-Ludwig Solm-Weltingen et son fils aîné tombèrent sur le champ de bataille. Restaient trois fils, trop jeunes pour être appelés à défendre leur patrie.

Les trois derniers représentants de la famille n'étaient autres que : Alexander-Friedrich, le père d'Arndt, Gustav-Hendrik — *alias* Gussi — et le plus jeune, Franz-Eckart.

Une seule fille : Birgitta-Augusta.

L'inflation ruina les Solm, qui ne purent conserver leur domaine qu'au prix d'immenses sacrifices. Étant aux abois, ils commirent la folie de vendre des forêts et des vignes, se privant ainsi de leurs plus importantes sources de revenus. Mais en ces temps difficiles, quelle autre possibilité s'offrait à la comtesse, veuve avec quatre enfants?...

Franz-Eckart subit le même sort que son père et son frère aîné : il fut tué pendant la Seconde Guerre mondiale. Alexander-Friedrich, qui était le chef de famille, resta sur leurs terres, et s'efforça, non sans mérite, de subvenir aux besoins de la famille.

Rien à ajouter au sujet de Gustav-Hendrik. On connaît suffisamment sa vie et son goût des futilités.

Quant à Birgitta-Augusta, elle fit un excellent mariage, mais mourut à l'âge de quarante ans dans un accident de voiture.

Alexander-Friedrich avait eu la chance d'épouser une femme admirable. Cornelia était réellement exceptionnelle. Douce, aimante, et toujours prête à se sacrifier pour son mari et ses enfants, elle témoignait la même affection et la même sollicitude à tous ceux qui l'approchaient. Nul ne l'avait jamais vue se mettre en colère ou commettre la moindre injustice. Méchancetés et calomnies n'étaient pas sont fait, et jamais elle ne proférait la moindre critique.

Ils avaient quatre enfants. Leur fille aînée, Constance, trente-deux ans, avait épousé le directeur commercial d'une importante société internationale et vivait sinon dans le luxe du moins dans l'aisance. Elle avait deux enfants, un garçon de six ans et une fille de quatre ans.

Ensuite venait Arndt, trente ans.

Daniela, la plus intéressante des quatre enfants, était âgée de vingt-sept ans. Elle était d'une beauté exceptionnelle, avec un rien d'excentricité et, après un mariage et un divorce rondement menés, était allée d'aventure en aventure. Trois ans plus tôt, elle s'était séparée de sa famille qui n'approuvait pas toujours son mode de vie. Elle avait ouvert une boutique à Munich où elle vendait des vêtements à la fois jeunes et élégants. Elle allait deux fois par an faire ses achats à Paris et à Rome, mais ses affaires n'étaient guère florissantes et elle parvenait tout juste à couvrir ses frais. Actuellement elle avait une liaison tumultueuse avec un jeune professeur de faculté, qui avait malheureusement charge de famille. Si Daniela s'en souciait peu, ses parents en revanche avaient violemment réagi. Et la femme dudit professeur davantage encore.

Restait Birgitta, dix-huit ans, jeune, blonde, et fort charmante. Elle était encore étudiante. Elle vénérait son frère Arndt et était au fond terriblement jalouse de sa future épouse.

Le mardi soir presque toute la famille se trouva réunie au grand complet. Arndt fit le trajet dans une voiture conduite par Erich Wilcken en compagnie d'Elga, la meilleure amie de Martina. Elga et Arndt s'étaient déjà rencontrés. Installés sur la banquette arrière de la Mercédès, ils bavardèrent avec animation. Elga raconta les derniers potins de Munich tandis qu'Arndt, maintenant bien documenté, se lança dans un discours enthousiaste sur la Corée. Ils n'adressèrent pas la parole à Erich. Arndt ne se doutait évidemment pas que leur chauffeur occasionnel était un peu son rival.

Daniela arriva à la ferme en fin d'après-midi. Elle venait de Bâle où elle avait rejoint son professeur qui donnait là-bas une série de conférences. Ils avaient passé la nuit ensemble, et le lendemain, après une longue promenade dans la ville, ils n'avaient pu se résoudre à se séparer et étaient retournés à l'hôtel. Daniela n'avait donc quitté Bâle qu'en début d'après-midi.

Malgré son manque de sommeil, à son arrivée à la ferme, elle était resplendissante et débordait d'entrain. Elle embrassa Martina et toute sa famille, ravie en particulier de retrouver Gussi que naturellement elle adorait.

Un mot encore du comte Alexander-Friedrich : c'était un homme d'une statue impressionnante, blond, aussi séduisant que son frère Gussi, mais plus raisonnable et plus réservé. Il avait alors soixante-quatre ans.

Mais assez parlé des Solm-Weltingen.

XXI

MERCREDI

LA nuit dernière Martina avait très peu dormi et d'un sommeil agité. Elle se sentait perturbée, sans pouvoir s'expliquer ni définir son trouble. Elle savait qu'elle devait réagir, que quelque chose allait se passer, qu'elle n'avait pas le droit de se laisser porter par les événements.

La soirée avait été plutôt agréable, même si désormais la preuve était faite que l'idée de célébrer le mariage à la campagne et de réunir une foule d'invités à la ferme n'avait finalement rien d'une trouvaille géniale.

Trop de monde. Au fur et à mesure que la maison se remplissait, l'ambiance devenait de plus en plus fébrile, et la tension nerveuse épuisante. Cependant la soirée s'était déroulée sans incident. Les appréhensions d'Helen concernant Iso demeurèrent injustifiées. Rien à reprocher à Iso. Au contraire. Ses discours provocants avaient échauffé les esprits et mis quelque piment dans la conversation.

Le dîner s'éternisa. Puis, quand on se leva enfin de table, des petits groupes se formèrent spontanément. Certains s'installèrent dans le hall, d'autres dans la bibliothèque, d'autres encore dans le jardin. La journée du lendemain promettait d'être chargée, beaucoup allèrent se coucher de bonne heure. Iso elle-même ne tarda pas à disparaître.

Martina partit à sa recherche, et son instinct infaillible la mit bientôt sur la bonne piste. Iso était dans la cuisine où le personnel achevait de nettoyer et de ranger. Elle discourait à perdre haleine dans la bonne humeur générale.

Martina s'arrêta devant la porte et, personne n'ayant remarqué sa présence, se retira discrètement. Une heure plus tard tous étaient encore assis dans la salle à manger du personnel. Nul ne donnait de signe de fatigue. Ils buvaient du vin en écoutant Iso discourir. Contrairement à leur habitude, même John et Miss Chocolat-au-lait s'étaient attablés avec les autres.

Sans savoir pourquoi, Martina était contrariée. Ou plutôt si, elle le savait. Facile à comprendre : Iso était assise à côté d'Erich Wilcken un bras autour de ses épaules. A vrai dire Martina était surtout furieuse contre elle-même. Car enfin pourquoi n'était-elle pas tout simplement entrée s'asseoir avec eux ?

Mais non. Dépitée, elle était allée voir les chevaux dans l'écurie et était restée un long moment devant les boxes. Dommage qu'Arndt ne soit pas encore là... Peut-être quelqu'un allait-il surgir dans l'écurie, quelqu'un qui aimait les chevaux. Elle avait attendu. En vain.

Une fois couchée, elle avait tenté de rassembler ses idées. Mais l'image d'Iso et d'Erich Wilcken la hantait. Ainsi donc il avait été en prison. Iso le savait. Elle non. Pourquoi l'avait-on arrêté ? Quelle sorte d'expériences avait-il vécues ? Iso avait-elle d'autres renseignements sur son compte ?

Vint le mercredi. Le vent s'était levé. Un föhn chaud et assez violent qui provoquait des maux de tête. Depuis samedi déjà il s'annonçait. Quand il rencontra Martina près de l'écurie, Josef ausculta le ciel d'un œil inquiet.

— Le temps va changer, augura-t-il.

Martina haussa les épaules.

— M'en fiche.

Jusqu'à Stormy qui était d'humeur morose. Durant toute la promenade, il fut tantôt indolent, tantôt rétif. Il faisait des écarts sans raison, s'effarouchait pour un rien, et faillit même renverser sa cavalière.

Ce jour-là, Martina traversa Endershausen, ce qu'elle ne

faisait jamais à l'accoutumée. Elle rencontra une partie de la famille Kannegiesser devant la « Post » — ils venaient tout juste d'arriver — et dut accepter de prendre un verre avec eux en laissant la garde de Stormy à un gamin du village. Elle ne put s'attarder bien longtemps. Par la fenêtre, elle vit le gamin lutter désespérément pour retenir Stormy, et elle arriva juste au moment où, à bout de forces, il avait fini par lâcher les rênes, et était tombé à la renverse. Martina l'aida à se relever, le consola, lui donna une pièce, et se remit en selle.

Rentré à la ferme Stormy devint franchement impertinent.

— Attends un peu, dit Martina. Attends un peu, toi. Tu vas voir ce qui va t'arriver quand je ne serai plus là. Tu t'imagines que la vie est une partie de plaisir? Et que tu peux rester dans l'enclos avec ton vieux copain à ne rien faire? Tu crois ça, toi? Eh bien, compte sur moi. Je ne partirai pas en Corée avant d'avoir trouvé quelqu'un qui te fasse faire de l'exercice. Et si je ne trouve personne, tu retourneras à Munich, au manège universitaire. Et tu verras si on supportera tes caprices.

Stormy secoua vigoureusement la tête comme pour montrer qu'il ne se laissait pas si facilement impressionner.

Martina eut une autre idée. Si elle ramenait Stormy en ville? Ainsi Erich Wilcken pourrait le monter. A envisager...

Ou plutôt non. A la réflexion, ce n'était pas une idée très brillante. D'abord, elle ne savait pas s'il montait correctement. Ensuite à quoi serviraient ces immenses étendues de prairie si personne n'en profitait? Non, si Stormy devait retourner à Munich, ce ne serait pas avant l'hiver. Mais Wallach? Qu'allait-il devenir, lui?

La vie était décidément d'une complication épouvantable. Tout allait de travers.

Martina rentra par la porte de derrière et s'assura que le hall était désert avant de monter l'escalier quatre à quatre pour s'enfermer dans sa chambre.

Elle se fit couler un bain, puis resta longtemps devant la

fenêtre à observer Iso qui était allongée sur la pelouse et ne portait pour tout vêtement qu'un minuscule bikini. Elle avait un corps superbe. Si elle avait envie de se faire bronzer en toute tranquillité son espoir fut déçu. Car les enfants de Constance commencèrent à gambader sur la pelouse, puis Knuddel vint s'asseoir près d'elle, et quand elle eut réussi à se débarrasser de lui, il fut immédiatement remplacé par le beau John, le chauffeur de Joana, qui apportait deux verres.

Quelle pagaille! Insensé! Enveloppée dans une serviette de bain, Martina faisait triste mine.

Ces gens se croyaient décidément tout permis. Ils envahissaient la maison, SA ferme, et s'y installaient comme chez eux. Et Wilcken? Où était-il passé? Elle ne l'avait pas encore vu de la journée. Apparemment il ne s'intéressait plus du tout aux chevaux.

Martina achevait de s'habiller quand Arndt frappa à sa porte.

— Oui?

— C'est moi, chérie.

— Ah, tu es là?

Elle ouvrit.

— Tu t'étais enfermée, constata Arndt un peu surpris.

— Oui, j'avais envie d'être seule.

— Beaucoup de monde, j'imagine. Enfin, il n'y en a plus pour longtemps.

Il la prit dans ses bras et l'embrassa sur la joue puis sur les lèvres. Un baiser empreint de douceur et de tendresse.

Impossible de faire un compte rendu détaillé de la journée. Chacun fit de son mieux pour se distraire, et au fur et à mesure que les invités arrivaient, William les prenait en charge et les dirigeait vers leurs hôtels respectifs.

Le bal devait commencer vers six heures. L'orchestre jouerait quelques morceaux pendant que l'on terminerait l'installation du gigantesque buffet froid. Naturellement on danserait. Mais le mariage devant avoir lieu le lendemain, la fête ne se prolongerait sans doute pas au-delà de minuit. Aussi avait-on décidé de commencer très tôt.

Durant tout l'après-midi William ne cessa d'observer le ciel avec une anxiété croissante. Fini le bleu serein, fini l'éblouissant azur. Les nuages s'amoncelaient, menaçants.

Joana partageait les préoccupations de William.

— Inquiétant, non? dit-elle en scrutant l'horizon.

— Peut-être Madame ferait-elle bien de dire encore quelques prières, répondit William.

— Vous n'y songez pas. Ce serait une insulte au Tout-Puissant. Nul ne peut abuser de sa clémence.

L'orchestre arriva dans le courant de l'après-midi. Serveurs et cuisiniers avaient déjà pris leurs fonctions, et le personnel au grand complet, étudiants compris, était maintenant en pleine action. Plus les heures passaient, plus la tension montait.

Erich Wilcken et Knuddel passèrent la majeure partie de la journée sur les routes, puisqu'ils étaient chargés d'assurer la navette entre la gare et les différents hôtels où William avait retenu des chambres.

William lui-même se partagea entre la ferme et son quartier général de la « Post ». Irmgard le suivait fidèlement, crayon et bloc-notes à la main.

Don Emilio et Anastasia arrivèrent vers cinq heures dans une limousine conduite par un chauffeur en uniforme. William les attendait car il tenait à les accueillir personnellement. Il avait réservé pour eux les deux plus belles chambres de la « Post ».

Certains invités repartirent à peine arrivés. Ce fut le cas du poète et de son disciple. Car le poète s'en était convaincu une fois de plus : il ne supportait pas le brouhaha de la foule. Aussi était-il retourné à Munich où la villa des Kannegiesser était devenue un havre de paix. Épuisé par le föhn, le malheureux était blême et souffrait de violents maux de tête.

Ils disparurent sans crier gare, et leur départ fut si discret que personne ne se rendit compte de leur absence.

Plusieurs groupes de jeunes, au premier rang desquels Peter Doppler, arrivèrent en fin d'après-midi. Tous étaient des amis de Martina, rencontrés au club de tennis, sur les pistes de ski, au manège universitaire, ou encore sur les bancs de l'école.

Otto Kannegiesser arriva bon dernier. S'il n'avait tenu qu'à lui, il ne serait pas venu du tout.

XXII

LE PÈRE

PEUT-ÊTRE serait-il bon, avant que commence le bal, de dire quelques mots d'Otto Kannegiesser.

Un père n'a généralement rien contre le mariage de sa fille. A plus forte raison quand elle épouse un jeune homme de bonne famille, bien de sa personne et d'une moralité irréprochable.

Mais l'homme est ainsi fait qu'il réagit souvent d'une manière inattendue. Quelque chose d'indéfinissable et d'imprévisible, l'impondérable si l'on préfère, influence son jugement et son comportement, lui donnant des réactions tout à fait surprenantes.

Que l'on en juge ici par l'exemple d'un père. Un père qui aime sa fille, précisons-le. Car c'était à n'en pas douter le cas d'Otto. Martina était le seul être au monde pour qui il éprouvât une affection sincère et profonde. D'autant qu'elle ne l'avait jamais déçu ni gravement contrarié.

Quand tel est le cas, un père est toujours heureux de marier sa fille afin de ne plus avoir à supporter ses caprices et de se décharger de ses responsabilités sur son futur gendre. Mai rien de semblable en la circonstance. Depuis les fiançailles de Martina avec le comte Solm-Weltingen, un sentiment de malaise diffus mais chaque jour plus aigu s'était emparé d'Otto Kannegiesser. La perspective de ce mariage lui déplaisait, sans qu'il sût dire pourquoi.

Certes il avait bien d'autres soucis en tête. Accaparé par

ses activités, il oubliait son amertume ou, plus exactement ses problèmes personnels passaient au second plan mais demeuraient à la manière d'une douleur lancinante, pas assez aiguë pour nécessiter une visite impérative chez le médecin. Pendant les premiers mois, Otto s'était purement et simplement refusé à aborder la question du mariage, et il évitait soigneusement d'y penser. Mais la date fatale se rapprochait, bientôt le pas serait franchi, et il perdrait Martina. Pour fuir son anxiété il avait multiplié les voyages d'affaires. Cette année-là, il n'avait pas pris de vacances au mois d'avril comme à l'accoutumée. De plus, il avait rarement passé ses week-ends à Munich, de sorte que sa famille avait pratiquement cessé de le voir.

Et voilà qu'il était de retour à Munich, obligé d'assister à cette foire ridicule qu'avait organisée Helen pour le mariage de sa fille. Et cette perspective lui répugnait, l'angoissait, le rendait littéralement malade.

A New York il avait envisagé de retarder son retour, d'envoyer un télégramme ou de téléphoner, en prétextant une maladie ou une blessure, une fracture de la cheville, par exemple. Et qu'ils célèbrent donc le mariage sans lui!

Helen n'en mourrait pas, et ce serait bien fait pour Martina.

Otto se souciait de son futur gendre. Il le connaissait à peine; il n'avait eu qu'une seule conversation avec lui, et encore n'avait-elle pas duré une demi-heure. Un comte! Quelle sottise! Martina comtesse? Cette idée le hérissait.

Il avait tout de même fini par prendre l'avion. A la dernière minute. Et il allait bel et bien se rendre à la ferme. Toujours à la dernière minute. Non sans avoir envisagé, comme à New York, tous les prétextes derrière lesquels il pourrait s'abriter.

Sa secrétaire, Mme Danecke — que tout le monde appelait Dany — l'avait déjà plusieurs fois rappelé à l'ordre dans le courant de l'après-midi. Or non seulement il ne se décidait pas à partir, mais il avait convoqué ses principaux collaborateurs.

— Enfin, Monsieur Kannegiesser, vous n'y pensez pas! avait objecté Dany.

— Pardon?

Il avait prononcé ce dernier mot d'un ton si abrupt et péremptoire qu'elle n'avait pas osé insister.

Ces messieurs se réunirent donc pour une conférence improvisée. Ils étaient naturellement quelque peu surpris. D'autant que certains de leurs collègues, invités au mariage, étaient déjà partis.

La conférence terminée, Otto Kannegiesser exigea qu'on lui apportât un dossier très important.

— Il n'en est pas question! riposta Dany. Cela suffit comme ça. Il est temps que vous partiez.

— Je sais ce que j'ai à faire. Allez me chercher ce dossier!

— Comment peut-on être aussi têtu! Enfin c'est insensé. Pensez à votre femme et à votre fille.

— Elles s'amuseront aussi bien sans moi. Qu'irais-je faire là-bas? J'irai demain assister à la cérémonie, un point c'est tout.

— Et moi je vous dis que vous allez partir maintenant. Voilà déjà trois heures que Moser vous attend.

(Moser était le chauffeur.)

— Si j'y vais, je conduirai moi-même.

— Et pourquoi? Vous feriez mieux de vous détendre un peu, non? Il me semble que vous en avez besoin.

— Je ne vous le fais pas dire. Tout ce cirque, j'en suis éreinté d'avance. Et d'abord sur qui vais-je encore tomber? Je ne sais même pas qui est invité. Je suis sûr que vous êtes plus au courant que moi.

Dany éclata de rire.

— Tout ce que je sais, c'est que ce soir il y aura des représentants de la presse. Dont trois très importants.

— Et je devrais applaudir? hurla-t-il soudain. Mais enfin pour qui me prend-on? Qu'est-ce que c'est que ces singeries! Comme si ma fille était une star de cinéma ou une poupée de salon!

Dany fut un peu effrayée par cette explosion de colère.

— Je vous en prie, dit-elle, il faut que vous vous calmiez. Laissez Moser vous conduire chez vous, étendez-vous pendant une heure et...

— Partez si vous voulez, moi je reste. Et allez me chercher ce dossier, voulez-vous.

Dany s'éclipsa, pour revenir un instant plus tard avec un verre et un tube de comprimés. Elle mit un peu d'ordre dans les papiers qui jonchaient le bureau et délara d'un ton menaçant :

— Pas question que je vous apporte un dossier. Quel qu'il soit! Si vous ne voulez pas aller là-bas, rentrez au moins chez vous et installez-vous dans le jardin. La journée est terminée.

Une demi-heure plus tard il quittait son bureau en maugréant. Il s'était d'abord rendu à Bogenhausen, sans chauffeur, et, après avoir erré dans la maison comme une âme en peine, s'était finalement décidé à partir. Naturellement au plus fort de la circulation.

La perspective du départ de Martina pour la Corée lui avait donné le coup de grâce. La goutte qui avait fait déborder le vase. Qu'est-ce que sa fille irait faire en Corée? En quoi était-elle concernée par les problèmes de son diplomate de fiancé? Monsieur le comte pouvait bien mener sa vie comme il l'entendait, mais qu'il laisse sa fille en dehors du jeu. Car elle n'avait pas la moindre envie de partir, il le savait bien.

Ce fut dans cet état d'esprit qu'il arriva à la ferme. Bon dernier, nous l'avions dit. Sa colère redoubla quand il découvrit toutes les voitures. Le champ transformé en parking était naturellement trop petit, de sorte que les voitures étaient garées jusqu'à la lisière de la forêt. Monstrueux! Et s'il approchait de la ferme, son arrivée ne pourrait pas passer inaperçue.

Il abandonna donc sa voiture à l'entrée de la forêt, et fit un large détour pour éviter l'entrée pricipale de la ferme. Marcher lui fit du bien. Le ciel était nuageux. Mauvais présage, songea-t-il, non sans une secrète satisfaction.

La première personne qu'il rencontra fut Erich Wilcken,

occupé à ranger des caisses et des cartons qui barraient l'entrée de service.

Erich reconnut immédiatement Otto Kannegiesser pour avoir vu maintes fois sa photo dans divers journaux.

— Bonjour, Monsieur le consul, dit-il avec déférence.

Otto leva un sourcil interrogateur.

— Qui êtes-vous?

— Wilcken. Un extra.

— Ah! Pensez-vous que je puisse monter dans ma chambre sans rencontrer personne?

— Difficile.

— Crétin d'architecte. Il n'aurait pas eu l'idée de construire un escalier de service, ou quelque chose de ce genre.

Erich sourit :

— Il n'avait peut-être pas prévu ce genre de réception.

— Oui, évidemment... Que disiez-vous tout à l'heure? Vous avez été engagé comme extra? Vous n'êtes pourtant pas de la région.

— Bureau de travail des étudiants.

— Ah! Vous êtes étudiant.

Un coup d'œil aigu, et Otto prononça les mêmes mots que sa fille quelques jours plus tôt :

— Vous n'avez pas l'air d'un étudiant.

Erich sourit. Le vieux lui avait plu au premier regard. Tout comme sa fille.

— Je termine cette année, expliqua-t-il. J'ai commencé avec un peu de retard.

— Ah!

Maintenant Otto aurait dû lui demander quelles études il faisait, mais il n'en eut pas le loisir, car à cet instant précis, Knuddel arriva, chargé de caisses.

— Attention, cria-t-il. Garez-vous, les mecs, je n'ai pas de frein!

— Étudiant, lui aussi, conclut Otto. Bon, faisons une tentative.

Il traversa le hall sans trop de difficultés, la plupart des invités étant regroupés dehors près de l'orchestre.

Il dut cependant serrer quelques mains avant de pouvoir gagner sa chambre où ses vêtements soigneusement préparés avaient été disposés sur le lit.

Se changer, donc. Et puis plonger...

Il jeta un coup d'œil par la fenêtre. Spectacle plaisant, il il fallait bien le reconnaître. Ce serait une grande fête.

Mais cela ne changeait rien au fait qu'il allait bel et bien perdre sa fille.

XXIII

SOIRÉE DE BAL

TOUT bien considéré la fête fut beaucoup moins réussie qu'on pouvait l'espérer. Plus fatigante que divertissante. Et un mot, insipide.

Commençons par le plus important : le temps. La chaleur jusqu'alors supportable devint accablante. La température atteignit facilement vingt-huit degrés, et cela au mois de mai. Le vent était tombé. Plus le moindre souffle d'air. Les montagnes qui dominaient la vallée, sombres et menaçantes, donnaient un sentiment d'oppression.

Le buffet fut excellent et fastueux. Les boissons les plus variées coulaient à flots. L'orchestre était convenable, la piste de danse assez spacieuse, les tables et les chaises en nombre suffisant pour que personne ne se vît contraint de manger debout. William et Käfer avaient bien travaillé.

La ferme prestigieusement illuminée brillait de mille feux, mais le décor semblait presque artificiel.

Hélas! cent fois hélas! impossible de décrire toutes les robes. Qu'on le sache seulement, ces dames arboraient des toilettes plus somptueuses les unes que les autres.

— Non mais, regardez-moi un peu tous ces bijoux, dit un des journalistes. Qu'est-ce que vous diriez d'un coup de main vite fait bien fait? Après on écoule la joncaille et on est peinards pour le restant de nos jours.

— Il y a une chose que je ne comprends pas, dit un de ses collègues qui portait une caméra. Je croyais que ce serait un mariage champêtre? Moi, je m'attendais à voir tout le monde en costume régional.

— Pas ce soir, demain, répondit une chroniqueuse de mode. Tu ne lis même pas ton journal, ma parole? Demain soirée bavaroise. Tous les villageois sont invités, et on ne servira que des spécialités de la région. Mais aujourd'hui seul le gratin est invité, on reste entre soi. Il faut bien que les couturiers vivent. Moi aussi d'ailleurs... Mais regarde là-bas... Qui est-ce? Tu connais?

— La seconde fille de la maison, répondit son collègue, toujours très bien informé.

— Car il y en a une autre?

— Apparemment. Je ne la connaissais pas non plus. D'habitude, elle n'assiste jamais aux réceptions. On ne la voit nulle part.

— On la cachait?

— Sais pas. Il faut que j'aille aux renseignements. Et pas plus tard que maintenant.

— Il y a du louche. Je ne serais pas mécontente de découvrir un bon petit scandale. Il serait temps. Avec les Kannegiesser, on n'a jamais rien à se mettre sous la dent.

— Joli petit lot, en tout cas. Regarde un peu comment elle danse! Cette souplesse!

Dommage pour les journalistes, comme pour la plupart des invités, qu'ils n'aient pas été là pour assister à l'arrivée d'Iso. La rencontrant pour la première fois, ils ne pouvaient évidemment pas apprécier son extraordinaire métamorphose. Ils voyaient ce soir une jeune femme d'une beauté remarquable, un peu sophistiquée, souple, gracieuse, élégante, et dont les qualités de danseuse étaient aussi évidentes que son habitude du flirt.

Ces messieurs transpiraient dans leurs smokings. Sans doute la température expliquait-elle en grande partie l'impression de torpeur générale. Les conversations languissaient, et les propos restaient purement conventionnels. On se contentait de grignoter et on dansait sans entrain. En revanche, on buvait immodérément.

A un moment de la soirée, Martina et Peter Doppler dansèrent ensemble.

— Alors? demanda Peter.

— Alors quoi?

— Parle-moi de tes états d'âme. Comment te sens-tu?

— Cette question! Comme d'habitude, tout simplement.

— Allons, je t'en prie. Tu dois tout de même bien éprouver... Je ne sais pas, moi... des sentiments particuliers. Ce n'est pas tous les jours qu'on se marie.

— J'ai eu le temps de me faire à cette idée.

— A t'entendre, on se rend compte que tu es formée à l'école de la diplomatie. Astucieux comme réponse. Mais tu ne m'as toujours pas dit si tu étais heureuse.

— Tu m'ennuies avec tes questions. D'abord je ne suis pas encore mariée. Attends demain si tu veux voir une épouse rayonnante de bonheur.

Un silence.

— Ta coiffure te va bien.

— Merci.

— Tu fais déjà très femme d'ambassadeur. Très digne, majestueuse. C'est vrai ce que j'ai entendu dire? Vous partez en Corée?

— Oui. Fantastique, non?

— Pas mal. Et maintenant, ris.

— Pourquoi?

— Comme ça, c'est tout. Je ne t'ai pas vue rire une seule fois depuis que je suis arrivé.

— C'est que tu n'es pas là depuis longtemps.

— Depuis deux heures et demie montre en main. Allez, j'attends!

— Voilà. Tu es content?

— C'était une grimace, pas un sourire. Et encore moins un rire. Tu n'es pas heureuse?

— Bien sûr que si. Et maintenant cesse de divaguer, tu veux?

Silence.

— Martina?

— Oui?

— Pourquoi me faire ça?

— Quoi.

— Te marier. Avec un autre.

— Tu ne vas pas recommencer?

— Tu l'aimes?

— Évidemment.

— Alors, tant mieux. Viens, allons boire quelque chose. Il fait trop chaud pour danser. *It's much too hot, it's much too hot...* Tu connais?

— Bien sûr. Cole Porter.

— Oui... Je trouve ta sœur fantastique.

— N'est-ce pas?

— Qu'est-ce qu'elle fabrique dans la vie? Tu sais ce qu'elle a fait toutes ces dernières années?

— Aucune idée.

— Cela ne t'intéresse pas?

— Si. Mais je n'ai pas le temps de faire connaissance. Je pars en Sicile. Et en Corée tout de suite après.

— Je ne trouve pas que ce soit une perspective tellement séduisante. Et toi?

— Bof...

— Elle est justement dans les bras de ton futur époux. Iso, je veux dire.

Martina jeta un coup d'œil vers la piste de danse.

— Oui..., dit-elle, parfaitement indifférente. Et l'Amérique? C'était bien?

— Super. Je m'entends bien avec les Américains. Ils sont d'une gentillesse! Et tous très complaisants.

— Tous? Les filles, tu veux dire.

— Exactement.

Entre Iso et Arndt la conversation était beaucoup plus animée.

— Je ne savais pas que Martina avait une sœur aussi ravissante.

— Vous ne saviez même pas qu'elle avait une sœur, j'imagine.

— Eh bien... pour être franc, non. Un peu suprenant, non? Pourquoi riez-vous?

— Il y a longtemps que je n'ai plus beaucoup de rapports avec ma famille. Nous nous sommes perdues de vue, en quelque sorte. Il faut dire que nous n'allons pas très bien ensemble.

— Vraiment? Vous m'étonnez.

— Si vous préférez, je peux m'exprimer autrement : disons que je me fous éperdument de la famille.

— J'espère que cela changera. J'en serais même très heureux.

— Attendez de me connaître un peu mieux. Ou qu'on vous ait expliqué mon cas. Demandez donc à votre belle-mère.

— Si vous êtes restée absente pendant dix ans, que peut-elle savoir sur votre compte?

— Oui, vous avez raison. Elle ne pourrait guère vous raconter que des histoires d'enfance. Du reste assez anodines.

— Vous cherchez à m'impressionner. Mais je ne laisserai personne ternir votre image. L'image de ma belle-sœur!

— Grands dieux, c'est vrai? Je vais devenir votre belle-sœur?

— Mais bien sûr.

Il l'enlaça un peu plus étroitement. Elle dansait merveilleusement bien. Avec une légèreté incomparable.

— Iso... Curieux prénom.

— Isolde, en réalité.

— Isolde? C'est très beau.

— Vous vous moquez de moi?

— Quelle idée? C'est un prénom merveilleux. Si doux, si mélodieux. J'aime cette sonorité.

— Parce que vous pensez à Wagner.

— Non. C'est un prénom qui me plaît en lui-même.

Un instant de silence, puis Arndt reprit :

— Vous êtes une passionnée. C'est pourquoi ce prénom vous va bien.

— Merci. Cette remarque me va droit au cœur, répondit Iso d'un ton à peine teinté d'ironie.

Que faisait-elle à marivauder de la sorte avec son futur beau-frère? Ridicule. Elle avait manqué d'esprit de repartie. Car elle aurait aimé le choquer. Or, elle se sentait à court d'inspiration, ce qui ne lui était jamais arrivé. Car si elle possédait un don, c'était bien celui de choquer.

Quelle idée aussi d'être venue à ce mariage!

En répondant à l'invitation, elle avait eu un peu l'impression de faire une mauvaise plaisanterie. Un gag désopilant. Mais rien ne s'était passé comme prévu. A commencer par sa rencontre avec Erich Wilcken.

A l'époque ils avaient été au courant de son arrestation et avaient souvent parlé de lui. Combien de temps de cela? Sept ans? Huit ans? Non, plus... Elle était alors inscrite à l'université de Francfort, mais avait abandonné ses études pour vivre avec un journaliste auquel elle s'était beaucoup attachée. Elle était très jeune et lui nettement plus âgé qu'elle. C'était un homme cynique et volontiers insolent. Elle l'accompagnait souvent à Berlin-Est, où, disait-il, ses activités l'appelaient. Il y avait beaucoup de relations : des confrères journalistes, mais aussi des fonctionnaires de la DDR, des commerçants et également des étudiants.

Dont Erich Wilcken. Il était de l'âge d'Iso. Intelligent et très ouvert, il discutait avec âpreté. Ce fut par l'intermédiaire de son ami qu'Erich put se procurer les livres qu'il désirait lire. Peu après il disparut. Par la suite, Iso apprit qu'on l'avait arrêté et, un peu plus tard, découvrit que son amant était un espion. Pour le compte de qui, voulut-elle savoir? De l'Est? De l'Ouest? Il avait ri. Il travaillait aussi bien pour les deux, le tout étant de savoir qui payait le mieux.

Cette révélation l'avait choquée par son cynisme. Était-ce lui qui avait dénoncé Erich? Quand elle lui avait posé cette question, il s'était esclaffé. Pourquoi aurait-il perdu son temps à dénoncer un petit étudiant minable?

— Mais, si cela avait servi tes intérêts, l'aurais-tu fait?
— Évidemment.

Elle le quitta. De même qu'elle quitta Berlin. De même qu'elle quitta Francfort. Elle vécut à Paris pendant quelques années et s'y fit de nouveaux amis. Ne travaillant pas, elle vivait de l'argent de son père. Une véritable déchéance. Puis elle revint à Berlin et reprit ses études. Elle fit effectivement partie d'une sorte de communauté, mais elle n'y resta pas longtemps. Elle quitta Berlin pour Francfort, où elle s'installa dans un petit appartement.

Depuis quelque temps, elle vivait très seule. Plus rien ne la tentait. Elle avait découvert un beau jour que toutes ses passions d'antan étaient bien mortes. Elle ne s'intéressait plus à tout ce qui autrefois donnait un sens à sa vie. Elle ne savait plus ce qu'elle voulait. En un mot, elle se sentait totalement désemparée. Et maintenant, depuis qu'elle était à la ferme, plus que jamais. Oui, décidément, elle avait eu tort de venir à ce mariage.

Elle l'avait compris en voyant son père. Elle n'avait su que lui dire lorsqu'elle l'avait rencontré et se reprochait sa gaucherie. Du reste lui-même lui avait à peine adressé la parole. Ils s'étaient simplement salués comme s'ils ne s'étaient quittés que depuis trois jours.

Mais ses yeux. Son regard. Insupportable. Depuis elle évitait de se trouver sur son chemin. Elle mangeait, buvait, dansait, parlait à toutes sortes de gens qui ne l'intéressaient pas le moins du monde, mais en réalité n'avait d'yeux que pour lui et ne cessait de l'épier.

Pour l'heure, il était assis à une table un peu à l'écart. Martina était près de lui, un bras autour de ses épaules, et le regardait avec tendresse. Oui, il était le père de Martina. Mon père aussi, pensa Iso. Mais moi, je l'ai abandonné. Je n'ai plus le droit d'être ici. Je n'en ai d'ailleurs pas la moindre envie. C'est un endroit horrible. Horrible! Tout ce tape-à-l'œil me répugne. Je vais chercher Pouchkine et je pars. Pour ne plus jamais revenir. Jamais!

Martina était nerveuse. Elle n'avait pas de place définie, mais passait d'une table à l'autre, ou bien restait debout, parlait, dansait. En un mot, elle essayait de donner le change, mais le cœur n'y était pas. Demain, songeait-elle, demain je serai mariée. Demain tout sera dit, les dés seront jetés. S'il faisait moins chaud, aussi! *Much too hot.*

Elle but plus que de coutume. D'ordinaire, elle ne buvait d'ailleurs pratiquement pas d'alcool. Juste un verre de vin de temps en temps, ou une coupe de champagne. Or aujourd'hui elle ne cessait de boire. Plus : elle fumait, ce qui ne lui arrivait jamais. Elle papillonnait de groupe en groupe, dansait, s'entendait rire.

— Tu vois, dit-elle à Peter, je n'ai pas besoin de me forcer pour rire.

— Oui, je vois...

— Je te plais? demanda-t-elle à Arndt.

— Voyons, chérie! Tu le sais bien.

— Je voulais simplement te l'entendre dire.

— Papa, que dis-tu de la présence d'Iso?

— Que pourrais-je dire, mon enfant?

— Tu lui as parlé?

— Ici? Aujourd'hui?

— C'est une très belle fête, n'est-ce pas?

Otto ne répondit pas. Il semblait très las. Et vieux.

Alors que, pour une raison quelconque, elle était rentrée et traversait le hall, elle rencontra Erich Wilcken.

— Il fait trop chaud, dit-elle. Pourquoi ne retirez-vous pas votre veste?

— Je crois que ce ne serait pas très bien vu.

— Mais pourquoi? C'est un bal champêtre pas une réception officielle.

Elle ne lui trouva pas l'air très avenant.

— Vous en avez par-dessus la tête, n'est-ce pas?

— Pourquoi? Non.

Le ton était froid et impersonnel.

— Ne le niez pas. Je suis comme vous. D'où vous est venue l'idée d'accepter ce job?

— Je serais bien incapable de vous répondre.

— Maintenant vous regrettez, n'est-ce pas?

— Pas le moins du monde.

— Iso ne comprend pas ce que vous faites ici. Elle vous trouve très déplacé.

— Ah bon.

— Vous la connaissez bien?

— Il y a longtemps que je ne l'avais pas vue.

— Vous êtes vraiment allé en...

Il détourna soudain les yeux.

— J'ai à faire, dit-il. Mais, si vous voulez le savoir, oui j'ai été en prison. Maintenant, si vous voulez bien m'excuser.

— Inutile de faire cette tête, vous savez. Je me fous éperdument que vous ayez été en prison ou non.

A peine eut-elle prononcé ces derniers mots qu'elle le regretta. Il resta un instant devant elle, stupéfait, puis disparut.

Quand Martina revint à la table de son père, elle le trouva très entouré. Il semblait à bout de nerfs.

— J'aimerais te parler, dit-elle.

— A quel sujet?

— C'est important.

— Alors l'endroit est mal choisi.

— Il y a ici quelqu'un que j'aimerais te présenter.

— Comme s'il n'y avait déjà pas assez de gens à venir me saluer.

— Mais celui-là est différent. C'est quelqu'un... enfin quelqu'un à qui tu pourrais rendre service.

Otto la regarda sans répondre.

— Comprends-tu ce que je veux dire?

— Non, mon enfant.

— Il arrive que vous accordiez des bourses à des jeunes particulièrement doués, il me semble?

— Et alors?

— Eh bien, c'est pour cela que je voudrais te présenter cette personne. C'est un biologiste.

— Un biologiste?

— Oui, un étudiant. Enfin, je crois qu'il a pratiquément terminé ses études. Il travaille ici en ce moment.

— Ah! ce jeune homme?

— Comment? Tu le connais?

— Je crois savoir de qui tu veux parler.

Ils n'eurent pas le loisir de poursuivre cette conversation, car on ne tarda pas à les interrompre. Le moment était effectivement mal choisi.

— Je te le présenterai demain, d'accord? chuchota Martina, mais elle ne fut pas certaine qu'il ait bien entendu, car Helen venait de s'installer à la table en compagnie du consul de Suède.

Apercevant Arndt, la comtesse Cornelia se leva pour aller à sa rencontre.

— Arndt! Pourquoi danses-tu toujours avec cette fille?

— Mais non, Maman, je ne l'ai invitée que deux fois. Cela dit, je la trouve tout à fait charmante. Et n'oublie pas qu'elle va devenir ma belle-sœur.

— Hélas! J'aurais voulu que tu la voies arriver.

— Tu savais que Martina avait une sœur?

— Ce n'est qu'une demi-sœur.

— Quand bien même. Personne ne m'avait jamais parlé d'elle.

— Il doit y avoir des raisons. Mais écoute-moi, Arndt, je voulais te dire autre chose. As-tu remarqué ce jeune homme, là, celui qui joue les serveurs?

— Il y a tant de monde... Auquel fais-tu allusion?

— Un petit blond, tu sais bien... Pour le moment je ne le vois pas, mais je te le montrerai. J'ai bien l'impression que c'est un von Bettersberg.

— Von Bettersberg?

— Oui, un fils d'Amely. Tu sais que je n'oublie jamais un visage. A plus forte raison quand il s'agit d'un membre de la famille. Je l'ai connu quand il était tout petit. Mais je l'ai revu il y a trois ans pour l'anniversaire de ton grand-oncle Wilfried. Je suis sûre de ne pas me tromper. Il s'appelle Knud-Dietmar. Peux-tu me dire ce qu'il fait ici?

— Je n'en ai pas la moindre idée.

— Je trouve cela très inconvenant.

— Quoi donc?

— Qu'il travaille ici au vu et au su de tout le monde. Tu ne veux pas te renseigner?

— Voyons, Maman... Il est possible que tu confondes.

— Je te dis que non.

— Dans ce cas, je suppose qu'il doit avoir ses raisons...

— Là! Regarde! C'est lui. Tu vois, ce jeune homme qui porte un plateau. Tu le connais?

— Oui... Maintenant que tu me le fais remarquer, j'ai en effet l'impression de l'avoir déjà rencontré.

— C'est vraiment scandaleux. Si Amely savait ça!

— Inutile de le lui dire.

— Bien sûr que non. Encore faudrait-il que personne ici ne découvre la vérité. Et surtout pas ton père.

En réalité Arndt savait fort bien que son père n'eût pas été particulièrement choqué. Mais sachant que sa mère vivait dans l'appréhension perpétuelle des éclats de son mari, il acquiesça.

— Alors, c'est entendu, tu te renseignes. Et pense à ce que je t'ai dit... tu sais, à propos de la sœur de Martina... Martina est vraiment ravissante, tu ne trouves pas?

— Si. Très jolie.

Au même moment, Helen disait à sa mère :

— Tu es d'une pâleur! Tu ne te sens pas bien?

— C'est cette robe. Elle me serre trop. Si encore je n'avais pas mangé tant de homard.

— Maman!

— Je n'ai pas pu résister. J'ai toujours raffolé du homard. Ah, il ne faudrait pas vieillir... Je crois que je ne vais pas tarder à aller me coucher.

— J'ai hâte de pouvoir en faire autant.

— Tu n'es pas la seule, j'ai l'impression. Regarde Otto. Je lui trouve très mauvaise mine.

— Il est d'une humeur! A peine si on peut lui adresser la parole.

— Pour quelle raison?

— Je ne sais pas. Enfin, je crois qu'il n'aime pas la foule. Que veux-tu, il refuse d'admettre que nous avons des obligations mondaines.

— Ma foi... Je ne voudrais pas te faire de reproches, mais tu as peut-être vu un peu grand.

— Je n'ai pas eu de nouvelles du ministre. Crois-tu qu'il viendra demain?

— Quelle importance?... Bien, je crois que je ne vais pas tarder à me retirer.

— Tu as bien raison.

Arndt parvint enfin à avoir une conversation avec le jeune homme blond qui faisait office de serveur.

— Un instant, s'il vous plaît.

— Monsieur le comte désire?

— Dites-moi... Est-ce que nous nous connaissons?

— Pas que je sache. A moins que j'aie déjà eu l'honneur de servir Monsieur le comte en d'autres circonstances?

Ce sourire insolent. Maintenant Arndt était sûr de le reconnaître.

— Ne serais-tu pas Knud-Dietmar?

— Extraordinaire la façon dont Monsieur le comte arrive à prononcer mon nom. On voit que Monsieur le comte est fin diplomate.

— Que fais-tu ici?

— Je crois que c'est évident.

— Que signifie?

— Un job comme un autre, non? Je ne suis qu'un pauvre étudiant.

— Insensé. Comme si ta famille n'avait pas de quoi payer tes études!

— Sans doute. Mais si je suis venu, c'est moins pour gagner de l'argent, que pour me livrer à un travail d'étude.

— Quelle sorte d'étude?

— Eh bien, je crois qu'il faut apprendre à connaître les milieux les plus divers. La fréquentation des étudiants finit par m'ennuyer. Ils parlent toujours de la même chose.

— Je serais assez partisan de la discrétion.

— Allons ! Il n'y a pas de honte à travailler. D'autant que le métier de serveur est un métier d'avenir. Non, non, je ne suis pas mécontent de cette expérience. Mais, dis-moi, comment se fait-il que tu m'aies reconnu ?

— Pas moi, Maman.

— Tante Cornelia ! N'est-elle pas merveilleuse ?

— Que vais-je lui dire ?

— Dis-lui que je suis un sosie. Ou un bâtard, comme tu veux.

— Knud-Dietmar !

— Pas si fort ! Ici, tout le monde m'appelle Knuddel.

— Knuddel ?

— Joli nom, n'est-ce pas ? Et maintenant, excuse-moi, mais le devoir m'appelle. J'ai des verres à laver. *Hasta la vista,* cousin. Ah si, une dernière chose : moi aussi je vais me marier. Il y a ici une adorable poupée. Sa peau ! Du chocolat ! Appétissante, tu n'en as pas idée. J'ai l'intention de l'emmener au château et de la présenter à mon père. Si tu veux, tu seras mon témoin.

Il n'était pas loin de minuit quand le comte Gussi déclara à la Señora Ramirez :

— Belle mia, notre mariage sera plus gai.

— Curieux, n'est-ce pas ? Moi-même, je me sens toute drôle. Sais-tu ce qui me ferait plaisir ? Aller me baigner.

— Oui, dommage qu'il n'y ait pas de piscine.

— D'autant que tout le monde se jetterait dans l'eau. Au moins ce serait drôle. A la maison, j'ai une piscine fantastique. Immense.

— Il ne m'est jamais venu à l'idée d'aller vivre à Mexico. Mais plus j'y pense, plus cela me séduit.

— Tu as fini ?

— Fini quoi ?

— A t'entendre on croirait que nous sommes déjà mariés. Ne te fais pas d'illusion. Ce n'est pas parce que je t'ai permis quelques privautés que j'accepterai de t'épouser. D'ailleurs, j'avais décidé de ne plus jamais me marier.

— Pour quelle raison?

— Cinq fois m'ont suffi.

— *Darling!* Tu n'es pas femme à reculer devant un sixième mariage! Je suis très sérieux. Ce soir je te le dis : J'ai l'honneur de demander ta douce main.

— Nous nous connaissons depuis quatre jours.

— Bien. Attendons encore un jour ou deux. Où irons-nous en partant d'ici?

— Je dois aller à Madrid. Voir des parents du Señor Ramirez. Des gens charmants. Seulement il faudra que je me déguise en veuve éplorée.

— Les voiles noirs t'iront à ravir.

— Ensuite, j'irai passer une quinzaine de jours à Marbella. Avant que le flot des vacanciers n'ait tout envahi.

— Excellente idée. J'ai de très bons amis là-bas. Et tu sais quoi? C'est là que nous nous marierons. Il n'y a plus que les Espagnols qui aient le sens de la fête. J'achèterai un sombrero et un cheval andalou, et tu monteras en croupe.

— Moi?

— C'est la coutume. Les chevaux y sont habitués.

— Peut-être, mais moi pas.

Soudain le vent se leva et souffla en violentes rafales. Les robes des femmes volèrent, les bougies s'éteignirent. Ce fut une véritable tempête. Et elle eut au moins le mérite d'abréger la fête.

Otto profita de la confusion générale pour s'éclipser. Il maudit encore une fois l'architecte qui n'avait pas prévu un second escalier plus discret, mais, chacun s'étant réfugié dans la maison, il y avait une telle cohue qu'il put traverser le hall sans être importuné.

Il avait atteint le tournant de l'escalier, quand il

s'aperçut qu'on le suivait. Il jeta un coup d'œil discret par-dessus son épaule.

Sa fille Iso!

Otto s'arrêta et lui fit face.

— Je t'ai vu monter…, commença Iso d'une voix mal assurée.

— Oui…?

— J'ai pensé que tu allais te coucher.

— En effet. C'est bien mon intention.

— Je voulais te dire au revoir.

— Que veux-tu dire? Tu ne seras pas là demain?

— Non.

— Monte avec moi. Si nous restons ici, nous n'allons pas tarder à être ennuyés.

Sans ajouter un mot, ils montèrent l'escalier côte à côte, puis traversèrent le couloir au bout duquel se trouvaient les chambres des maîtres de maison.

Otto ouvrit une porte, s'effaça, et, d'un geste de la main, invita sa fille à entrer.

Une petite lampe était allumée, on avait retiré le couvre-lit, le pyjama d'Otto était prêt, et on avait déposé une bouteille d'eau minérale sur la table de chevet.

— Le service est vraiment irréprochable, dit Iso avec une intonation ironique.

— N'est-ce pas? Malheureusement je couche rarement ici. Ce sera ma troisième nuit à la ferme. J'espérais y venir plus souvent. Aujourd'hui on ne se rend pas très bien compte à cause de toute cette cohue, mais c'est un endroit très agréable. Tu t'y plais?

— Disons que la ferme me plaît. Et je comprends que tu t'y sentes bien.

— Sais-tu ce que j'aimerais? J'aimerais venir m'y reposer.

— Te reposer? Toi? C'est ce qu'on appelle un vœu pieux.

— Oh! non. J'en ai réellement besoin. Et il se peut que je prenne ma retraite beaucoup plus tôt qu'on ne le pense. Je me sens parfois tellement las. J'en ai assez de cette vie.

— Et qui te remplacera? Max Ludwig est encore trop jeune. Et il n'est pas près de terminer ses études.

— Si tant est qu'il en fasse. On ne peut pas dire qu'il soit particulièrement doué. A mon avis, il ne sera jamais capable de diriger une entreprise. Mais il se trouvera bien quelqu'un d'autre pour prendre ma succession. Peu importe qui. Je suppose que mes filles s'en moquent éperdument. Elles ne savent même pas choisir le mari qu'il leur faut.

— Comment le sais-tu?

— Quoi?

— Que je n'ai pas su choisir mon mari.

— Car tu es mariée? Je n'étais même pas au courant, puisque tu n'as pas eu la bonté de m'en faire part. Alors comme ça? Tu es mariée?

— Oui. Mais plus pour longtemps. Il y a déjà trois ans que j'ai quitté mon mari, et j'ai l'intention de divorcer.

— Hm... Dans ce cas, inutile que je te pose des questions à son sujet, répondit Otto d'un ton las. Mais je regrette que tu ne sois pas heureuse.

— Heureuse! Qu'est-ce que cela signifie? Tu peux me le dire?

— Iso, je t'en prie. Tu ne crois pas qu'il est un peu tard pour se lancer dans une discussion philosophique? Chacun trouve son bonheur où il le peut, un point c'est tout.

— Oui... Toi, par exemple, tu trouves ton bonheur dans le travail, je sais.

Une certaine amertume perçait dans la voix d'Iso.

— Pas seulement, répondit Otto.

— Si. Je te connais assez pour le savoir. Tu as la passion du travail. C'est ta vie.

— Serait-ce un reproche?

— Peut-être. Ou plutôt non. Non, pas le moins du monde. Maintenant, ça n'a plus aucune importance.

— Pour moi, le bonheur c'était aussi de vivre avec ta mère. Je l'ai malheureusement perdue trop tôt. C'était le pire qui pouvait m'arriver dans la vie.

Il se tut. Comme lui, Iso pensait à Helen. Avait-il aimé

Anna plus qu'elle? Difficile d'établir une comparaison. Mais peut-être, comme le bonheur, l'amour avait-il plusieurs visages. A chaque âge, sa façon d'aimer. Ou bien... Ou bien perdait-on en vieillissant la faculté d'aimer?

— Mes enfants m'ont également donné beaucoup de joies, dit Otto après un long silence méditatif. Toi comme les autres, Iso. Tu étais tout ce qu'il me restait de mon passé.

— Seulement tu ne savais que faire de moi.

— C'est toi qui m'as quitté, Iso, et non moi qui t'ai abandonnée. N'essaie pas de rejeter la responsabilité sur moi.

— Oh, je n'ai pas besoin de me justifier, si c'est ce que tu penses.

— Quand on s'est trompé, autant reconnaître son erreur et faire amende honorable. Peut-être ai-je été coupable envers toi, mon enfant. Et si j'ai péché, je te demande humblement de me pardonner. Mais je ne voulais que ton bien.

— Péché! Quelle expression! Mais rassure-toi, tu n'as aucun tort envers moi. Tu as fait tout ce que tu pouvais, j'en suis parfaitement consciente. Mais que veux-tu, je ne pouvais pas supporter Helen. Je l'ai toujours détestée. Et elle me le rendait bien. Le moins que l'on puisse dire, c'est qu'elle n'a pas fait beaucoup d'efforts pour arranger les choses.

— Possible. Vous n'étiez pas plus conciliantes l'une que l'autre. Elle, quand tu étais enfant et qu'elle aurait dû faire un effort pour te comprendre. Et toi, quand tu as grandi et que tu aurais dû devenir plus raisonnable et plus patiente. Mais c'est *moi* que tu as puni en partant et en ne me donnant plus aucune nouvelle.

— Je reconnais que j'ai été stupide. Je vais repartir. Mais cette fois j'aimerais rester en contact avec toi. Quand tu seras en vacances et que tu auras un peu plus de temps, peut-être pourrions-nous nous revoir et essayer de...

— Oui? Iso?

— Quand j'étais petite, j'adorais m'asseoir sur tes genoux. Tu me racontais des histoires. Je t'aurais écouté pendant des heures. Je t'aimais beaucoup, tu sais. Mais il y avait ton travail, Helen, les autres enfants. J'étais jalouse. Mais j'aimerais te retrouver, retrouver celui que j'aimais tant. Car tu étais l'être à qui je tenais le plus au monde.

Ils échangèrent un long regard. Puis il prit sa main, l'attira vers lui et la serra dans ses bras.

— Veux-tu boire quelque chose? demanda-t-il un instant plus tard.

Tous deux se sentaient un peu gênés.

— Oui, merci.

Elle but quelques gorgées dans son verre.

— Est-il vraiment indispensable que tu repartes aujourd'hui?

— Je préfère ne pas rester ici. Et surtout pas demain. Je vais retourner à Berlin. Mais si tu veux je reviendrai après mes examens.

— Dans ce cas je prendrai des vacances et nous aurons tout le temps de bavarder. Mais si j'ai bien compris, tu es encore étudiante?

— J'ai repris mes études. Après une longue interruption. Malheureusement j'ai perdu beaucoup de temps. Je voudrais devenir psychologue d'entreprise. En principe je termine l'hiver prochain. Si tu veux, tu pourras m'employer.

Otto eut un sourire amusé.

— Bonne idée! Psychologue d'entreprise! Quel titre ronflant! En tout cas je serais très heureux que tu viennes, Iso. Fin juillet, d'accord?

— D'accord.

Elle sourit, libérée.

— Tu ressembles à ta mère, dit-il. Elle était un peu plus petite que toi, mais elle avait les mêmes yeux, les mêmes cheveux. Un menton décidé. Comme toi. Tu t'en sortiras, Iso. Je suis content que tu arrives à la fin de tes études. Et je serai très heureux que tu aies un métier qui te plaise et qui te permette de gagner ta vie. Il est très important de réussir par soi-même et d'être indépendant. Mes enfants ne l'ont malheureusement pas compris. Je me demande à quoi cela tient.

— Moi, j'en suis convaincue. C'est un principe fondamental. Et depuis que je l'ai compris, je travaille énormément.

— Et cet homme?

— Ne t'inquiète pas pour cela. Si je refuse de continuer à l'entretenir, il acceptera de divorcer.

— Car tu l'entretenais? Et l'argent que je t'envoyais vous permettait de vivre sans travailler?

— Oui...

— Alors j'ai peut-être eu tort. Mais j'avais peur de te laisser dans le besoin.

— J'avoue que sans toi, je ne sais pas très bien comment je m'en serais sortie. Cela dit, je suis de ton avis : rien ne vaut l'argent qu'on a gagné à la sueur de son front. Et encore une chose : si quelqu'un te parle de la façon dont je me suis comportée hier en arrivant, ne le prends pas trop au sérieux. Je l'ai fait exprès. Surtout pour embêter Helen.

Otto sourit.

— Alors j'aurai droit à un compte rendu détaillé. Mais, dis-moi, Iso, vas-tu enfin devenir adulte?

— Je crois que j'en prends le chemin. Rassure-toi, va, je suis sur la bonne voie. Et maintenant je m'en vais. Il faut que tu dormes.

— Toi non?

— Je ne suis pas fatiguée. Je vais chercher mon chien et je pars pour Munich. Je passerai la nuit à l'hôtel. Au revoir, Papa. Rendez-vous en juillet!

Quand Iso fut sortie, Otto garda longtemps les yeux fixés sur la porte. Puis il vida son verre et commença lentement à se déshabiller.

Somme toute la soirée s'était bien terminée. Iso allait revenir. Et diplomée qui plus est... Psychologue d'entreprise! Que n'allait-on inventer!

Il venait de se coucher, quand Helen passa la tête par la porte.

— Tu dors?

— Presque.

— Alors je ne veux pas te déranger. Moi aussi, je suis morte de fatigue.

Ce qui ne l'empêcha pas d'entrer et de se laisser tomber dans un fauteuil avec un soupir d'épuisement.

— Tu as vu cette tempête? Imagine que cela continue jusqu'à demain!

— Attendons, on verra bien. Bonne nuit, Helen.

— A la réflexion...

— Demain, Helen, demain. Va te coucher, il est l'heure. Si tu as mal dormi, tu auras les traits tirés.

— Oui, tu as raison. Bonne nuit.

Elle l'embrassa sur la joue et disparut.

Otto s'étira avec volupté.

Il avait besoin d'être seul.

Et de penser à Iso.

XXIV

LA NUIT

UNE heure plus tard la maison était plongée dans le silence. Après la tempête tous s'étaient réfugiés à l'intérieur, et la tentative de continuer la fête avait échoué. L'orchestre fit de son mieux, mais finit par renoncer. Même les jeunes n'avaient plus envie de danser.

Dès lors tout s'était passé très vite. Les voitures démarrèrent les unes après les autres. Ceux qui n'avaient pas de véhicule ou préféraient ne pas conduire, se faisaient déposer à leur hôtel par Erich ou William. Car, Knuddel ayant disparu, William se vit dans l'obligation de le remplacer.

Quand il rentra, tous étaient déjà couchés, à l'exception d'Erich.

— Où est passé votre collègue? demanda William.

— Aucune idée.

En réalité Erich s'en doutait fort bien.

— Il fallait s'y attendre, commenta William, trop las pour se fâcher. En revanche votre aide a été très précieuse, monsieur Wilcken. Je tenais à vous le dire.

— Merci...

— Je pars. Vous fermerez?

— Comptez sur moi. Bonne nuit.

William, précisons-le, avait décidé de coucher dans son bureau de la « Post » afin de libérer sa chambre pour Iso.

(Il ne savait évidemment pas qu'Iso était repartie le soir même.)

Erich resta sur le seuil et regarda s'éloigner la voiture. La nuit était très sombre, et de violentes rafales de vent échevelaient la cime des arbres.

Quand il se retourna, décidé à aller se coucher, il la vit debout sur une des dernières marches de l'escalier.

Depuis combien de temps était-elle là, immobile? Elle ne s'était pas changée, mais portait toujours sa robe du soir très décolletée et n'avait pas encore défait son chignon.

Il traversa le hall à pas comptés, s'arrêta au pied de l'escalier et la regarda. Un rêve, une apparition.

Tous deux se dévisagèrent en silence. Il fut le premier à rompre le charme.

— Pourquoi ne dormez-vous pas? demanda-t-il.

Il posa cette question d'un ton rude.

— Je n'ai pas sommeil. Et je ne veux pas dormir.

Elle descendit deux marches, lentement, très lentement, puis s'arrêta de nouveau.

— Je suis si... si... comment dire? Je ne sais pas... Je me sens toute bouleversée. J'ai besoin de réfléchir. Je... Enfin, il faut que je prenne une décision, et je ne sais pas ce que je dois faire.

Elle descendit les dernières marches.

— Que dois-je faire?

Il serra les poings. Ne pas céder à son impulsion. Ne pas la prendre dans ses bras et la serrer contre lui...

— Je ne comprends pas votre question.

— Et moi je ne vous crois pas.

— Que ne croyez-vous pas?

— Que vous ne comprenez pas ce que j'ai voulu dire.

Il sentit qu'il ne pourrait plus résister très longtemps, que le masque allait tomber. Désemparé, il recula de quelques pas.

Martina passa devant lui et se dirigea vers la porte en déclarant d'un ton parfaitement dégagé :

— Je voulais vous faire mes excuses.

— Des excuses? Mais pourquoi?

— J'ai été très désagréable, non? Tout à l'heure, je veux dire. Mais il ne faut pas m'en vouloir. C'était à cause de toute cette cohue. Je suis si...

Elle sortit, laissant sa phrase en suspens. Aussitôt la tempête fit voler sa jupe et défit ses cheveux.

Il la suivit des yeux et, voyant que loin de faire demi-tour, elle s'enfonçait toujours plus profondément dans l'obscurité, il courut la rejoindre.

— Martina!

Il la prit par le bras.

— Où allez-vous?

Elle ne parut pas entendre et continua sa course folle.

— Martina, où allez-vous?

— Loin! Le plus loin possible!

Il la força à s'arrêter.

— Vous ne pouvez pas courir comme cela, au hasard. En pleine nuit.

— Oh! si. Oh! si, je peux. Vous venez avec moi? Partons tous les deux. N'importe où. Oui? Venez!

D'une secousse elle l'obligea à lâcher prise et se remit à courir, vite, toujours plus vite, s'enfonçant davantage dans l'obscurité à mesure qu'elle approchait de la forêt.

Ses sandales à hauts talons la gênaient. Elle les jeta au loin et continua pieds nus.

Pendant un instant il demeura perplexe. Mais il n'était pas en état de réfléchir posément et, sans plus d'hésitation, il courut la rejoindre.

Il la trouva accroupie à la lisière de la forêt.

— J'ai marché sur une pierre, expliqua-t-elle.

— Cela devait arriver, répondit-il d'un ton acrimonieux. Qu'est-ce qui vous prend?

— Si je le savais...

Elle se releva et s'appuya contre un arbre.

— Cessez de poser des questions stupides. Dites-moi plutôt ce que je dois faire.

— Moi?

— Oui, vous. Si nous partions tout simplement?

— Je ne sais pas qui de nous deux pose des questions

stupides. Mais maintenant, cela suffit. Venez, il faut que vous alliez vous coucher.

— Il ne faut rien du tout, et je n'irai pas me coucher! Aïe!

Elle tâta son pied. Il faisait trop sombre pour qu'il pût se rendre compte de la blessure.

— Ce n'était pas une pierre, dit-elle. Plutôt un éclat de verre ou quelque chose comme ça. Ça saigne. On a dû casser beaucoup de verres, non?

— On ne voit rien ici. Rentrez, je vous ferai un pansement.

— Je ne veux pas rentrer! Ce n'est pas merveilleux ici? Écoutez. Vous entendez comme le vent mugit? J'adore la tempête.

Comme il restait silencieux, elle rit. Doucement. D'un rire étouffé.

— Je ne vois pas votre visage, mais je sais qu'en ce moment vous écarquillez les yeux pour essayer de percer l'obscurité. Qu'est-ce que je fais avec cette folle, devez-vous penser. Cette fille un peu détraquée qui se met à courir dans la tempête. Elle a trop bu, probable. Mais non, détrompez-vous. Je ne suis pas saoule. Pas du tout ivre. Je sais parfaitement ce que je fais. Ou plutôt non, Je ne sais pas. Je sais seulement ce que je ne veux pas. Oui, je crois que j'ai tout de même bu un petit verre de trop.

Elle était si près de lui qu'il sentait son souffle sur sa joue. La tempête rugissait. Réfléchir, garder son contrôle. Mais il était trop étourdi pour agir raisonnablement. Elle ne lui laissa d'ailleurs pas le temps de se ressaisir, mais reprit, apparemment dégrisée :

— Il me déplaît de vous voir travailler dans cette maison. Je ne veux pas vous voir jouer les domestiques. Je m'y oppose, un point c'est tout. Demain, terminé. Je ne veux plus vous voir avec un plateau. Vous n'avez pas à servir cette bande d'imbéciles. Je vous l'interdis.

Il éclata de rire, stupéfait.

— Je vous l'interdis, vous entendez. Ce William n'est qu'un idiot. Il n'a pas le droit de vous humilier.

— Mais je ne me sens pas du tout humilié. Grands dieux, non.

— Demain je vous présenterai à mon père. Il peut sûrement vous trouver un job.

— Merci, mademoiselle Kannegiesser, répondit-il, glacial. Mais je n'ai pas besoin de protection.

— Oh, je vous en prie. Ne prenez pas ces airs outragés. Pourquoi n'en auriez-vous pas besoin? Vous êtes comme tout le monde, non? Et vous avez perdu assez de temps.

Un silence, puis elle ajouta :

— Pourquoi êtes-vous allé en prison?

— Vous tenez vraiment à le savoir?

— J'y tiens. Dites-le-moi.

— Non.

— Étiez-vous un adversaire du régime?

— En aucune façon.

— Alors pourquoi vous a-t-on arrêté? Il y avait bien une raison. Si vous ne voulez pas me répondre, je demanderai à Iso.

— J'avais des livres interdits à l'Est.

— Des livres? Quelle sorte de livres? Politiques ou pornos?

Là encore il ne put s'empêcher de rire.

— Ni l'un ni l'autre. Des ouvrages techniques. Pour mes études.

— Mais ce n'est pas une raison pour arrêter quelqu'un.

— Si, c'en est une. En tout cas il n'y en avait pas d'autres.

— Insensé.

Soudain il sentit sa main effleurer sa joue.

— Vous avez beaucoup souffert?

— Je préférerais ne pas en parler. Pas maintenant.

— Pourquoi refusez-vous que mon père vous aide? Je suis sûre qu'il peut faire quelque chose. La Bayern décerne des bourses, ou je ne sais quoi. Je ne m'en suis jamais beaucoup préoccupée. J'ai été élevée dans du coton. Mais fini. J'ai envie de mener une vie normale. Je voudrais être comme les autres. Et travailler. Vous comprenez?

Comment répondre à cette question? Il resta silencieux.

— Vous ne comprenez pas?

— Je ne sais pas. Je crois simplement que vous êtes mal dans votre peau. Mais cela passera.

— Oh, charmant! Cela passera! Voilà bien une réaction typiquement masculine. Cela passera... C'est tout ce que vous trouvez à répondre!

— De toute façon, votre vie va changer. Vous vous mariez demain.

— Aujourd'hui. Dans quelques heures.

Elle était toujours appuyée contre l'arbre, la jambe levée et tenant dans une main son pied blessé.

— Encore une chose que j'aimerais savoir. Vous vous êtes évadé?

— Non, ils m'ont relâché.

— Et ensuite?

— Quoi, ensuite?

— Comment avez-vous fait pour passer à l'Ouest?

— Je suis venu par la Baltique.

— A la nage?

— Non, bien sûr que non, avec un bateau. Une barque. Mais j'avais un moteur et, quand j'ai été assez loin, j'ai pu le mettre en marche.

— C'était très dangereux, non?

— Oui, ça aurait pu mal tourner.

— Où avez-vous accosté?

— Je n'ai pas accosté. Un bateau danois m'a pris à son bord. Les passagers exultaient. Pour un peu ils se seraient battus pour m'adopter.

— Racontez en détail.

— Non, pas maintenant.

— Vous avez encore de la famille là-bas?

— Ma mère.

— Votre mère? Elle... elle est seule?

— Oui. Mon père est mort.

Un silence. Puis il ajouta d'une voix songeuse :

— Deux ans, elle viendra. Pour son soixantième anniversaire.

Soudain il sentit ses bras autour de son cou. Et elle pressa sa joue contre la sienne.

— Cela passera vite. Oh! Regardez!

Elle renversa la tête en arrière.

— Il pleut.

Ce fut une averse torrentielle.

Martina fut au comble de l'enthousiasme.

— Il pleut! répéta-t-elle en riant.

Et soudain elle s'échappa, courut sur la prairie, bras tendus, tout entière livrée à la pluie. En quelques secondes sa robe fut trempée et ses cheveux ruisselants.

Affolé, Erich se précipita pour l'obliger à se mettre à l'abri. Elle se laissa aller contre lui, riant à gorge déployée.

— Cela suffit! dit-il. Venez! Allez, courez!

— Mais je ne peux pas courir. Mon pied me fait mal. Il faut que vous me portiez. Eh bien... qu'attendez-vous?

Ils étaient debout, si proches l'un de l'autre que ses lèvres l'effleuraient presque.

— Nous pouvons aussi bien rester ici, cela m'est égal, murmura-t-elle d'une voix suggestive. J'adore la forêt sous la pluie.

Enfin il la prit dans ses bras et la serra contre lui. Puis il sentit ses lèvres sur sa bouche. Et ce fut un long baiser. Un baiser éperdu, passionné.

Puis il la souleva et la porta jusqu'à la maison. Lentement. Elle avait passé les bras autour de son cou et renversé la tête en arrière, de sorte que la pluie ruisselait sur son visage.

Arrivé devant la maison il la posa à terre. Elle entra et se mit en devoir d'examiner son pied.

— Tu vois!

Elle était réellement blessée, mais la pluie avait lavé le sang.

— Je dois être dans un état! Demain, il faudra que je me refasse coiffer.

— Il faut que tu prennes une douche bien chaude, dit-il, sinon tu vas t'enrhumer.

— Quelle importance...?

De nouveau elle passa les bras autour de son cou et l'embrassa. Avec passion. Avec abandon. Sa robe n'était plus qu'un chiffon détrempé, et elle était comme nue dans ses bras.

Cependant il la repoussa et jeta un regard inquiet autour de lui. La maison était pleine de monde et quelqu'un pouvait surgir à tout instant.

— Tu as peur qu'on nous surprenne? dit Martina. Aucune importance. Au contraire, comme cela au moins ils sauront à quoi s'en tenir. Et demain tu parleras à mon père, tu as compris? J'y tiens absolument.

— Demain...

— Aujourd'hui, rectifia-t-elle.

Elle avait repris tout son contrôle et semblait parfaitement maîtresse de la situation.

— Bon, maintenant je vais dormir, dit-elle. Et je te conseille d'en faire autant.

Il la suivit jusqu'au pied de l'escalier. Sur la première marche, elle se retourna, se pencha et effleura ses lèvres.

— Bonne nuit. Et sois sûr d'une chose : je suis parfaitement sérieuse.

Sur ces mots, elle monta l'escalier d'un pas léger sans plus se retourner.

Il la suivit des yeux jusqu'à ce qu'elle disparaisse. Qu'avait-elle voulu dire par : « Je suis parfaitement sérieuse »?

Martina alla tout droit à la chambre de Joana. Elle devait dormir. Mais au diable le sommeil, il fallait absolument qu'elle lui parle.

La porte était fermée à clé. Elle frappa des coups discrets, et Joana vint lui ouvrir avec une promptitude surprenante.

— Mon Dieu, mais que fais-tu ici?

— Il faut que je te parle.

— Maintenant? Mais dans quel état es-tu? Tu es trempée jusqu'aux os!

— Il pleut à torrents. Tu n'as pas entendu?

— Comment? Tu es sortie par ce temps? A cette heure-ci?

— Oui. Je t'expliquerai. Laisse-moi entrer.

— Non, mon trésor, impossible.

— Mais il faut que je te parle.

— Je ne suis pas seule.

— Oh! excuse-moi.

— Tu ne peux pas attendre jusqu'à demain?

— Demain il sera trop tard. Viens dans ma chambre. S'il te plaît, Joana!

— Une seconde.

Joana rentra dans sa chambre. Martina l'entendit parler, puis une voix lui répondit. Gussi? Sans doute...

Joana réapparut, vêtue d'un peignoir de soie.

— Et maintenant tu vas dans ta chambre, dit-elle avant de fermer la porte derrière elle. J'ai absolument besoin de quelques heures de sommeil. Sinon de quoi aurai-je l'air demain?

— Tu seras aussi belle que d'habitude, répondit-on. Pas de meilleur cosmétique que l'amour, tu devrais le savoir.

Martina s'abstint de tout commentaire. Elle regagna sa chambre en frissonnant. Maintenant elle avait froid.

— Alors? demanda Joana. Que se passe-t-il?

— Il faut que tu m'aides. Je ne peux pas épouser Arndt.

— Quoi?

— Je ne peux pas l'épouser.

— Et pour quelle raison?

— Je suis amoureuse d'un autre.

— Un autre?

— Oui.

— Je croyais que tu aimais Arndt?

— Je le croyais aussi. Mais je ne savais pas ce que c'est.

— Tu ne savais pas quoi?

— Ce qu'est le véritable amour.

— Et c'est maintenant que tu le découvres? Es-tu ivre morte?

— Donne-moi un conseil.

— Charmant! Quel conseil pourrais-je te donner?

Comme cela, en pleine nuit, quelques heures avant ton mariage? Alors que la maison est pleine d'invités. Que dis-je, la maison? Toute la région. Qu'as-tu l'intention de faire?

— Je ne sais pas.

— Commence par enlever cette robe. Tu es transie. Si tu continues, tu vas attraper un rhume.

— Tu comprends, j'aime beaucoup Arndt. Vraiment. Je l'aime beaucoup. J'aime bien ses parents aussi. Alors que faire?

Comme Joana avait défait sa fermeture Éclair, Martina fit tomber sa robe à terre, puis s'assit sur une chaise et recommença à examiner son pied.

— Tu vois, je me suis blessée. Mais je ne suis pas plus avancée. Si au moins je m'étais fracturé la cheville, ce serait un prétexte suffisant...

— Martina, mon petit, tu perds la tête! Vraiment, tu es complètement folle!

— Oui, tu as raison, je suis folle. Excuse-moi de t'avoir dérangée. Et, s'il te plaît, ne dis rien à Gussi. Même s'il te pose des questions. Raconte-lui n'importe quoi, tout ce qui te passera par la tête. Mais ce que je t'ai dit doit rester entre nous.

— Rassure-toi. Aucun homme ne m'a jamais forcée à répondre quand je n'en avais pas envie. Bon... tu seras sage, promis?

— Promis. Merci, Joana. Bonne nuit.

— Bonne nuit, mon trésor.

Joana hésita.

— Je ne suis tout de même pas tranquille. Dis-moi franchement : tu n'aurais pas l'intention de partir dans la nuit?

— Non. Sûrement pas. Tu as ma parole. Je ne bouge pas.

XXV

LE MATIN DU MARIAGE

Et pourtant : le matin du mariage la fiancée n'était pas là. Vers huit heures et demie, Helen jeta un coup d'œil dans la chambre de Martina : personne. Le chien qui avait profité de l'absence de sa maîtresse pour s'installer confortablement sur le lit, sauta à terre, et, se sentant coupable, regarda Helen en remuant la queue. Au pied du lit, une loque en triste état. Helen la souleva du bout des doigts... La robe du soir de Martina ? Que s'était-il donc passé ?

Tout d'abord Helen ne s'inquiéta pas trop. Martina était levée. Parfait.

Elle descendit. Tout allait à merveille. Les domestiques étaient à leurs postes, tandis que le comte Alexander-Friedrich et la comtesse Cornelia prenait leur petit déjeuner.

— Quel dommage qu'il pleuve ! dit Helen. Il faisait si beau ces derniers jours !

— D'ici midi, le temps va peut-être s'améliorer, suggéra le comte.

Helen commanda deux petits déjeuners, pour elle et pour Otto, et demanda si quelqu'un avait aperçut Martina.

— Mademoiselle est allée faire une promenade à cheval, annonça Zensi.

— Comment ? Par ce temps ?

Un instant plus tard, elle surgissait, telle une furie, dans la chambre d'Otto.

— Ta fille est impossible! Sais-tu ce qu'elle fait le matin de son mariage?

— Je n'en ai pas la moindre idée.

— Elle est allée faire une promenade à cheval. Insencé! A croire que c'est la seule chose qui compte à ses yeux.

Soulagé, Otto ne put s'empêcher de rire.

— Cela ne m'étonne pas d'elle, dit-il. Mais ne t'inquiète pas, elle sera rentrée à temps.

Quand elle redescendit, Helen ne cessa de se lamenter. Le temps en particulier fournit un excellent sujet de conversation. Puis Zensi servit le petit déjeuner. Mais ils ne purent achever leur repas en paix : Zensi fit bientôt irruption, suivie de William, Roserl et Josef Grainzinger.

— Madame! criait Zensi. La demoiselle...

Comme toujours Otto leva le sourcil, tandis qu'Helen regardait Zensi, pétrifiée.

— Mademoiselle..., commença William.

Mais lui aussi semblait avoir perdu l'usage de la parole.

— Que se passe-t-il? demanda Otto d'un ton abrupt.

— Stormy est revenu seul! cria Roserl.

— Qu'est-ce que cela signifie? clama Otto en se tournant vers William.

— C'est exact. Le cheval est revenu seul. Sans sa cavalière.

Tous se précipitèrent.

Quand ils arrivèrent, Erich Wilcken venait de rentrer le cheval dans l'écurie.

L'anxiété fut à son comble et la confusion totale.

— Du calme! ordonna Otto.

— Il faut partir à sa recherche, dit Erich Wilcken. Elle a dû faire une chute, c'est évident.

Otto voulut savoir quel chemin elle avait l'habitude d'emprunter. Mais personne ne put le renseigner. Elle prenait tantôt une direction, tantôt une autre.

— Le cheval est arrivé par ce chemin, expliqua Josef en désignant un point précis de la forêt. Je le sais, c'est moi qui l'ai vu arriver.

— Peut-être devrions-nous emmener le chien, suggéra

William. Ce matin Mademoiselle est partie seule, si je ne m'abuse.

— Il est dans sa chambre, dit Helen entre deux sanglots.

Quelques instants plus tard un commando formé d'Otto, William, Josef et Erich Wilcken se mit en marche. Naturellement Boy les accompagnait. Ils n'eurent d'ailleurs pas besoin d'aller très loin. Ils trouvèrent Martina dans une petite clairière à quelques centaines de mètres.

Elle était étendue là, à côté d'une grosse branche, complètement repliée sur elle-même, et, comme la veille, trempée jusqu'aux os. Elle avait perdu connaissance.

Otto blêmit. Erich Wilcken s'agenouilla près d'elle, prit son pouls, et lui souleva la paupière.

— Il faudrait aller chercher un brancard, dit Otto. Au cas où elle se serait cassé quelque chose.

On la laissa donc sous la pluie jusqu'à ce qu'on ait ramené une sorte de civière, du moins quelque chose qui pouvait faire office de brancard.

Dès qu'on la toucha, elle gémit et ouvrit les yeux. Mais elle ne sembla reconnaître personne, poussa un nouveau gémissement et referma les yeux.

En voyant le sinistre cortège entrer dans la cour de la ferme, Helen éclata en sanglots hystériques. Joana était près d'elle car, sitôt avertie du drame, elle s'était levée en toute hâte.

On avait déjà appelé le médecin. Par bonheur il était chez lui et avait promis d'accourir.

Martina n'avait pas encore repris connaissance quand on la déposa sur son lit avec mille précautions. Alors Joana entra en action.

— Tout le monde dehors! exigea-t-elle. Je reste ici jusqu'à l'arrivée du médecin. Otto, occupe-toi d'Helen, c'est ce que tu as de mieux à faire. Ce n'est sûrement pas grave. Moi-même j'ai fait je ne sais combien de chutes de cheval et je n'en suis pas morte.

— C'est sûrement cette grosse branche que l'on a trouvée à côté d'elle qui a provoqué sa chute, suggéra Otto.

— Oui, cela arrive, répondit Joana. Mais soyez gentils, ne restez pas là.

— Puis-je vous être utile? demanda Constance.

— Non, vraiment. On ne peut rien faire pour le moment. Mieux vaut ne pas la toucher avant que le médecin l'ait examinée. Essayez plutôt de retéléphoner pour savoir s'il est en route.

Joana les poussa dehors. On entendit des voix dans le couloir, couvertes par les sanglots d'Helen que la baronne Sophie s'efforçait de consoler tandis que Gussi lui prodiguait des encouragements.

Joana s'assura que la porte était bien fermée, puis s'approcha du lit.

— Nous sommes seules, dit-elle. Tu peux ouvrir les yeux!

XXVI

DERNIER ACTE

MONTER cette mise en scène n'avait pas été sans difficultés. En particulier, persuader Stormy de rentrer seul ne fut pas une mince affaire. Il fallut l'insulter et lui donner un bon coup de cravache, pour que, vexé, il consente enfin à s'exécuter.

Martina avait à dessein choisi un endroit pas trop éloigné de la maison. Le plus malaisé fut de simuler l'évanouissement. En gémissant et en ouvrant les yeux de temps en temps, elle y parvint plus facilement. Erich avait-il été dupe? Elle n'en était pas sûre. Il avait fait preuve d'un tel sang-froid...

Et voilà qu'elle était dans son lit, les yeux grands ouverts, seule avec Joana.

— On fera quelque chose de toi, dit Joana. Très bien montée, cette petite comédie.

Martina sourit et s'enfouit le visage dans un oreiller pour étouffer un éternuement. Joana s'assit près d'elle.

— Ce n'est pas une mauvaise idée. Au moins personne ne perd la face. Mais reste encore à s'assurer la complicité du médecin.

— A toi de jouer, chuchota Martina.

— Oui... Une chance que je l'aie déjà rencontré. Il est très gentil. Mais que vais-je lui dire?

— La vérité.

— C'est-à-dire?

— Que je ne peux pas me marier car j'aime un autre homme.

— Pourrais-je savoir qui est l'heureux élu?

— Tu le sauras bien assez tôt.

Le docteur Rupert fut visiblement ébranlé quand il apprit quel rôle on entendait lui faire jouer.

En arrivant, il avait eu l'impression d'entrer dans une chambre mortuaire. Otto avait beau conserver une certaine dignité, on le sentait près de s'effondrer. D'autant que les autres arboraient tous une mine affligée. Aussi, quand il entra dans la chambre de la malade, le médecin était-il très anxieux.

Dès qu'elle l'aperçut la Señora se leva et renvoya tous les importuns. Otto lui-même fut refoulé sans ménagement.

Avant de lui fermer la porte au nez, Joana jugea tout de même bon de le rassurer :

— Je lui ai parlé, dit-elle. Elle a repris conscience. Ce n'est sûrement pas très grave.

Le docteur Rupert s'approcha lentement du lit. Martina était couverte de boue. Elle était blême et claquait des dents mais, de toute évidence, n'avait pas du tout le regard vitreux.

Elle regarda le médecin et lui tendit une main suppliante.

— S'il vous plaît, docteur, s'il vous plaît. Je vous en prie.

Et en quelques mots, Joana lui exposa la situation.

Jamais, tout au long de sa carrière, le docteur Rupert n'avait rencontré semblable cas de conscience. Non, c'était vraiment trop exiger. Il était médecin, pas comédien. Et qui dit exercice loyal de la médecine dit fidélité au serment d'Hippocrate. Mais à peine eut-il entamé un discours pompeux, qu'il eut honte de s'exprimer avec une telle emphase.

Avec l'aide de Joana il se mit en devoir de déshabiller Martina. Elle grelottait et se remit à éternuer. Heureusement, Joana eut la présence d'esprit de lui cacher la tête sous un oreiller, car on n'éternue pas lorsqu'on est à demi mort. Du moins, n'est-ce pas l'usage.

Quand la crise fut passée, Martina prit la main du médecin :

— Docteur, je vous en supplie, il faut que vous m'aidiez. Comprenez-moi. J'aime beaucoup mon fiancé. Et je ne veux à aucun prix le ridiculiser. D'autant que toute sa famille est là. Et ils sont tous si gentils avec moi. Je ne voudrais pas non plus faire cela à mes parents. A ma mère surtout, elle s'est donné tant de mal pour ce mariage, elle ne me pardonnerait jamais...

— Il faudra lui faire une piqûre de tranquillisant, intervint Joana toujours réaliste. Elle est dans tous ses états. Vous pensez, depuis des mois elle ne vit que pour ce mariage.

— Quand on pense à tout l'argent englouti..., renchérit le docteur Rupert.

N'y tenant plus, Otto entrouvrit la porte et jeta un coup d'œil dans la chambre. Martina eut tout juste le temps de fermer les yeux. Pauvre Papa, lui jouer un tour pareil! Il faudrait dès que possible lui dire la vérité.

— Alors? demanda Otto.

Le docteur Rupert se leva sans hâte.

— Entre, dit Joana. C'est moins grave qu'on pouvait le craindre, N'est-ce pas, docteur?

Elle suppliait le médecin du regard.

Après avoir poussé toute une série de grognements indistincts, le médecin trouva enfin le courage de commenter plus clairement la situation. La vie de la patiente n'était pas en danger. Il diagnostiquait une commotion cérébrale, et il était indispensable que la malade reste couchée. Demain il lui ferait une radiographie de la jambe. Une fracture? Pas exclu. Mais ce n'était peut-être qu'une simple fêlure. Somme toute, rien de très alarmant. Il fallait simplement que la malade garde la chambre. Elle avait besoin d'un repos absolu. Surtout pas de visites.

Martina ouvrit les yeux et regarda son père. Il s'approcha du lit.

— Ma petite fille! murmura-t-il d'une voix mal assurée.

Martina lui prit la main. Elle avait les yeux pleins de larmes.

— Pardonne-moi!

Otto la regarda, hébété. Qu'avait-il à pardonner? Comme il n'osait pas s'asseoir sur le bord du lit, Joana lui avança une chaise, puis lui posa une main sur l'épaule.

— Tu vois, ce n'est pas trop grave. Il est évidemment très regrettable que cet accident soit arrivé aujourd'hui, mais le docteur a raison : cela aurait pu être pire. Évidemment Martina a reçu un choc. Mais ça lui apprendra! Avait-elle besoin de monter à cheval aujourd'hui? Enfin, ce qui est fait est fait. Le mariage sera reporté en été, voilà tout.

D'un geste réconfortant, elle accentua la pression de sa main.

— Tu vois? Il n'y a pas de quoi se lamenter.

— Non, bien sûr, convint Otto en la remerciant du regard.

— Papa? murmura Martina.

— Tu me reconnais?

— Oui, Papa.

— Tu souffres beaucoup?

— Non, pas trop.

— Elle a avant tout besoin de repos, répéta le docteur Rupert, d'une voix un peu plus assurée.

— Oui, dit Otto. Je la laisse. Mais dites-moi, docteur, ne vaudrait-il pas mieux la transporter à l'hôpital?

— Cela me semble parfaitement inutile. Elle a tout ce qu'il faut ici. Il faut simplement qu'elle reste couchée et qu'elle se repose. Je repasserai dans l'après-midi.

— Et sa jambe?

— Aucun danger.

Curieux médecin, songea Otto. Il est vrai que les paysans sont plus robustes que les citadins.

— Et maintenant laissez-la tranquille, dit Joana avec entrain. Je m'occupe d'elle, ne craignez rien. Toi, Otto, tu ferais bien d'aller rejoindre Helen. J'ai pensé que le docteur pourrait lui faire une piqûre. Elle a sûrement besoin d'un tranquillisant. Mais il faudra bien qu'elle se fasse une raison : sa fille ne se mariera pas aujourd'hui.

— Au diable ce mariage! Tout ce que je veux, c'est que ma fille se rétablisse vite. Elle aura bien le temps de se marier.

Martina esquissa un sourire.

— Papa! Mon petit Papa!

Quand il sortit de la chambre, Otto avait retrouvé tout son sang-froid. Il prit l'affaire en main et fit preuve d'une autorité souveraine. Il expliqua qu'en raison des circonstances, le mariage serait reporté à une date ultérieure, réconforta Arndt, échangea quelques mots avec ses parents, et interdit à quiconque l'accès à la chambre de Martina. Elle avait besoin de repos et on ne devait la déranger sous aucun prétexte.

Ayant dit, il se fit servir un cognac.

— Alors? demanda Martina quand Joana revint dans la chambre avec le médecin.

— Tout va bien. Ton père a été parfait. Vous prendrez bien un verre, docteur? Je vais voir ce que je peux trouver en bas. Et toi, Martina, garde ton calme. Le docteur va te prescrire un médicament contre le rhume.

— J'ai mal dans le cou.

— Tu vas boire un thé bien chaud. Ah, quel plaisir de soigner un malade en parfaite santé!

— Mais je suis malade, protesta Martina entre deux éternuements.

— Voilà, dit le docteur Rupert en achevant de rédiger son ordonnance. Je vous laisse. J'essaierai de repasser dans l'après-midi. Autant jouer le jeu jusqu'au bout.

— Merci, docteur. Merci infiniment. Je n'oublierai jamais ce que vous avez fait pour moi.

— Reposez-vous bien. Je vais d'ailleurs faire de même. Car j'ai besoin de me remettre en paix avec ma conscience.

— Vous irez tout droit au paradis, assura Joana.

Martina resta seule avec Joana.

— Toi aussi, je ne sais comment te remercier, dit-elle.

Sans toi, je n'aurais peut-être pas eu le courage d'aller jusqu'au bout.

Elle éternua derechef.

— Stormy est bien rentré?

— Ne t'inquiète pas pour lui. Un des étudiants s'en est occupé.

— Erich?

— Il s'appelle Erich? Je ne sais pas. En tout cas il est très serviable. Je vais d'ailleurs l'envoyer à la pharmacie.

— Oui. Et, s'il te plaît, quand il reviendra, dis-lui de m'apporter les médicaments lui-même, tu veux bien?

— Quelle idée?

— Je ne vois pas pourquoi je serais la seule à souffrir. Il peut bien participer un peu.

— Lui?

— Lui, parfaitement.

— Grands dieux, et moi qui n'ai rien remarqué! Et pourtant! Quand je vous ai vus dans l'écurie, j'aurais dû m'en douter. Martina, tu as bien réfléchi? Tu ne crois pas que tu vas un peu vite en besogne?

— Oh non!

— Dans ce cas... Tu dois savoir mieux que moi. Tu sais, mon trésor, je n'ai jamais reculé devant rien. Mais je dois dire que tu bats tous les records. Enfin, passons. Je vais chercher quelque chose à boire. Et le festin préparé par les bons soins de Käfer? Qu'est-ce qu'on va faire de toute cette nourriture?

— Rassure-toi. Je suppose que tout le monde n'est pas parti. Et les émotions ouvrent l'appétit.

Joana sortie, Martina resta enfin seule.

Elle se sentait fiévreuse et souffrait de violents maux de tête. Mais ce n'était que justice, et de se sentir un peu malade, elle avait moins de remords.

Car, en pensant à Arndt, elle avait tout de même mauvaise conscience. Pourtant, elle eut tôt fait de l'oublier.

Et elle attendit celui qui devait lui apporter ses médicaments.

XXVII

P.-S.

UNE pensée émue pour le malheureux William. Préparer le mariage avait été un jeu d'enfant en comparaison du martyre qu'il subit quand il annonça l'annulation. Il fut littéralement assailli, et faillit bien devenir fou.

A la « Post », on vida force bouteilles à la santé de la fiancée. Chacun voulut trinquer à son prompt rétablissement. Après tout, ce n'était que partie remise, la demoiselle se marierait bien un jour ou l'autre, et on pouvait bien s'y prendre un peu à l'avance pour porter des toasts à son bonheur.

Quant au fiancé il accepta ce coup du sort avec beaucoup de dignité.

— Remercions Dieu que l'accident n'ait pas été plus grave, dit-il quand il fut enfin admis au chevet de Martina. Ne te fais pas de souci, ma chérie. L'essentiel est que tu te rétablisses très vite. Je saurai bien t'attendre, et à l'avenir je te promets de mieux veiller sur toi. Non, ne pleure pas !

De grosses larmes roulaient sur les joues de Martina.

— Pardonne-moi ! Je t'en prie, pardonne-moi !

— Qu'aurais-je à te pardonner ? Évidemment tu n'as pas été très prudente… Finalement, vois-tu, je me félicite que tu ne puisses pas emmener ton cheval en Corée.

Martina essuya ses larmes.

— Oui, bien sûr…, murmura-t-elle. D'ailleurs que ferais-je d'un cheval ? J'apprendrai la langue du pays et je serai déjà bien assez occupée.

Elle recommença à éternuer.

— Tu as attrapé un rhume, constata Arndt d'un ton désapprobateur. Il ne manquait plus que ça.

— Forcément. Je suis restée sous la pluie pendant je ne sais combien de temps.

Nouvel éternuement.

— Le médecin ne t'a pas prescrit de médicaments?

— Si, j'ai tout ce qu'il faut.

Elle désigna les boîtes de médicaments empilées sur sa table de chevet. Quand Erich les lui avait apportées, ils s'étaient longuement dévisagés sans dire un mot. Pour tout commentaire, Erich s'était contenté de secouer la tête.

— Que pouvais-je faire d'autre? Je crois que c'est une bonne solution. Non?

Il sourit. Martina lui caressa la joue.

— Dis-moi quelque chose.

Il se pencha vers elle.

— Je crois... je crois... que je t'aime.

Joana, venue prendre des nouvelles, les trouva tendrement enlacés.

— Suffit pour aujourd'hui, dit-elle avec un joyeux entrain. Et vous, disparaissez, sinon vous allez finir par attraper son rhume.

Arndt en revanche n'avait pas embrassé Martina, mais s'était contenté de lui baiser la main. Ce fut tout.

— J'ai un peu honte, dit Martina quand elle se retrouva en tête à tête avec Joana.

— J'espère bien.

— D'après toi, quand faudra-t-il que je lui avoue la vérité?

— Tu as bien le temps. Pour le moment tu es malade, profites-en. Il faut laisser les esprits se calmer.

— Tu crois qu'il sera très malheureux?

— Il n'en mourra pas. Je ne crois pas qu'il soit du genre cœur brisé.

La plus affectée de tous fut naturellement Helen. Une véritable martyre. Elle avait tout de même fini par sécher ses larmes, épuisée d'avoir pleuré. Otto s'acquitta fidèlement de ses devoirs d'époux. Il resta près d'elle à lui prodiguer des paroles de réconfort. Elle ne devait pas se mettre dans un état pareil. Après tout ils pouvaient encore s'estimer heureux de s'en sortir à si bon compte.

La pluie n'avait toujours pas cessé.

Helen venait de se poser une compresse sur le front, quand William frappa à la porte de sa chambre. Il entra, le visage décomposé.

— Madame! Monsieur le ministre vient d'arriver!

XXVIII

P.-S. (bis)

QUE l'on n'aille pas s'imaginer qu'il n'y eut jamais de mariage à la ferme.

Six mois plus tard, on y fêta bel et bien le mariage. En novembre donc, et non plus en ce beau mois de mai. Au demeurant le temps fut exactement le même : gris et froid.

Ce fut une fête familiale très simple. Seul William fut invité, avec naturellement Don Emilio et Anastasia. Tous les autres étaient de la famille, y compris, cela va sans dire, la comtesse Joana et son mari. Iso, qui était maintenant revenue vivre à Munich, était de la fête.

Si Helen, qui aurait préféré une grande réception mondaine, n'était pas tout à fait dans son élément, Otto en revanche était enchanté. Il débordait de bienveillance à l'égard de son gendre. Pourtant ce garçon lui avait donné du fil à retordre. Têtu ! Il ne voulait à aucun prix que son beau-père le fasse entrer à la Bayern, et il affirmait qu'il n'avait besoin de personne pour trouver un job.

Aussi Martina avait-elle fini par prendre l'affaire en main.

— Écoute-moi, Erich, avait-elle déclaré, quand je n'ai pas envie de me marier, je ne recule pas devant les grands moyens, tu devrais le savoir. Alors dis-toi bien que si je t'épouse, c'est surtout pour que Papa puisse enfin se décharger sur quelqu'un. Je ne veux pas qu'il se tue à la tâche. Inutile de prendre cette expression ahurie. Je tiens à le garder longtemps, et je veux que mes enfants aient un grand-père. Alors tu vas me faire le plaisir d'entrer à la Bayern et de te mettre rapidement au courant. Et ne recommence pas à m'expliquer la différence entre la chimie et la biologie. Je m'en moque éperdument.

A la fin de ce discours, Otto et Erich s'étaient regardés et avaient éclaté de rire.

Un détail à ne pas oublier : en l'honneur du mariage, Stormy eut droit à une double ration d'avoine. Et naturellement, comme on ne voulait pas faire de jaloux, les autres bénéficièrent du même traitement. Car l'écurie avait maintenant un troisième pensionnaire. Il s'appelait Silvio, et c'était Martina qui l'avait offert à son époux en cadeau de mariage.

TABLE DES CHAPITRES

LA COMPOSITION, L'IMPRESSION ET LE BROCHAGE DE CE LIVRE
ONT ÉTÉ EFFECTUÉS PAR FIRMIN-DIDOT S.A.
POUR LE COMPTE DES PRESSES POCKET
ACHEVÉ D'IMPRIMER LE 21 NOVEMBRE 1977

Presses
Pocket

Presses
Pocket

8 rue Garancière
75006 Paris
tél. 329 12 80

Imprimé en France
Dépôt légal : 4e trimestre 1977
No d'édition : 1273 — No d'impression : 0040